中國語言文字研究輯刊

五　編

許　錟　輝　主編

第 8 冊

說文重文字形研究（第一冊）

陳　立　著

花木蘭文化出版社

國家圖書館出版品預行編目資料

說文重文字形研究（第一冊）／陳立 著 — 初版 — 新北市：
花木蘭文化出版社，2013〔民102〕

目 8+242 面；21×29.7 公分

（中國語言文字研究輯刊 五編；第 8 冊）

ISBN：978-986-322-511-9（精裝）

1. 說文解字 2. 研究考訂

802.08 102017774

ISBN-978-986-322-511-9

9 789863 225119

中國語言文字研究輯刊

五 編 第 八 冊 ISBN：978-986-322-511-9

說文重文字形研究（第一冊）

作 者	陳 立	
主 編	許錟輝	
總 編 輯	杜潔祥	
出 版	花木蘭文化出版社	
發 行 所	花木蘭文化出版社	
發 行 人	高小娟	
聯 絡 地 址	235 新北市中和區中安街七二號十三樓	
	電話：02-2923-1455／傳眞：02-2923-1452	
網 址	http://www.huamulan.tw 信箱 sut81518@gmil.com	
印 刷	普羅文化出版廣告事業	
初 版	2013 年 9 月	
定 價	五編 25 冊（精裝）新台幣 58,000 元	

說文重文字形研究（第一冊）

陳　立　著

作者簡介

作者／陳立

學歷／國立臺灣大學文學博士

現職／國立高雄師範大學國文系副教授

著作名稱／《說文》重文字形研究

提　要

　　本書依據段注本《說文》，並參以大小徐本等相關資料，透過已發表之殷周以來的文字，與《說文》重文相較。正文分作十四章，逐字討論、分析重文的字形，藉以明瞭其來源與字形的變化，就其形體的訛誤，找出其原因，並加以訂補。

凡　例

一、本文以臺北黎明文化事業股份有限公司出版之（漢）許慎撰、（清）
　段玉裁注的《說文解字注》（經韻樓藏版）為底本，相關的古文字與
　資料，悉以電腦掃瞄放入文中。

二、引用的文句，若有不識之字，或是缺一字者，以「□」代替；若所
　缺之字數不明，則以「☑」代替。

三、配合電腦既有的字形，文中所見「𠃊」字悉作「呂」。

四、引用的金文資料，出自《殷周金文集成》，為避免篇幅過大，正文中
　一律僅列出該器名稱，而未加上書名與編號。

五、本文引用之字形，多據著錄專書摹寫或繕寫，或直接採用相關的字
　書，再以電腦掃瞄放入文中。文中引用的金文字形，部分出自黃沛
　榮編製之《電腦古文字形──金文編》，器名則據《殷周金文集成釋
　文》之定名；引用的楚簡帛文字，若尚未正式發表者，多據滕壬生
　《楚系簡帛文字編》所繕寫者為準。

六、論文的注解，採取當頁作注的方式，凡是同一章裡首次出現的專著、
　學位論文等，悉於引用時註明出版的機關與日期，期刊論文則註明
　出版日期與期數；其次，部分當頁的注解，因電腦自行排序之故，
　會將注文移至下一頁。

七、本文有關上古音的使用，原則上根據郭錫良《漢字古音手冊》所列。

八、引用之甲骨文著錄專書名稱，除「本文引用著錄甲骨專書簡稱對照表」所列外，悉書以全名。

九、「本文引用著錄甲骨專書簡稱對照表」：

中國社會科學院歷史研究所：《甲骨文合集》 　　　　　《合》

中國社會科學院考古研究所：《小屯南地甲骨》 　　　　《屯》

中國社會科學院考古研究所：《殷墟花園莊東地甲骨》 　《花東》

彭邦炯等：《甲骨文合集補編》 　　　　　　　　　　　《合補》

朱歧祥：《周原甲骨研究》 　　　　　　　　　　　　　《西周》

曹瑋：《周原甲骨文》 　　　　　　　　　　　　　　　《西周》

李學勤、齊文心、艾蘭：《英國所藏甲骨集》 　　　　　《英》

許進雄：《懷特氏等收藏甲骨文集》 　　　　　　　　　《懷》

十、論文中引用他人研究成果時，仿梁啟超《清代學術概論》體例，對於前輩師友一律只書其名而不加「先生」或「師」字，以便行文。

第一章 緒 論

第一節 研究之目的

　　《說文‧敘》言，書中收錄正文九千三百五十三字，重文一千一百六十三字，段玉裁〈注〉指出：「今依《大徐本》所載字數冣之，正文九千四百卅一，增多者七十八文；重文千二百七十九，增多者百一十六文。」〔註1〕可知所增之字，爲後人所增補。古文字的研究，多以已知之字釋讀未知者，《說文》的重要性不言而喻。其間的小篆係經過整理，古文與籀文幾經變化，多已失去造字時的原貌，因此探求《說文》收錄之重文的字形，以及其來源，甚者透過已知的文字去釋讀未知者或未收錄之字，成爲不可或缺的課題。

　　從《說文》在字形、字義、字音的解釋，可知許慎的說解多有憑證。其可供徵信的材料，或爲古代經傳諸子中的記載，或爲老師的傳授，或博采古今通人的說解，或依據現實的語言材料，或採用鐘鼎碑石上的文字，或襲自李斯《倉頡篇》、趙高《爰歷篇》、胡毋敬《博學篇》、司馬相如《凡將篇》、史游《急就篇》、李長《元尙篇》、楊雄《訓纂篇》等七篇中的五千三百四十字。

　　隨著時代的進步，地下出土的文物與日俱增，從現今出土的文物觀察，器

〔註1〕　（漢）許慎撰、（清）段玉裁注：《說文解字注》，頁 789，臺北，黎明文化事業股份有限公司，1991 年。

物上書契文字者，自殷商、西周、春秋、戰國、秦漢以來，即有甲骨、銅器、玉石、貨幣、簡牘、帛書、璽印、封泥、陶器、骨器等，其間所載的文字數量，不可勝數。

以戰國時期的出土文獻為例，計有曾侯乙墓、雨臺山二十一號墓、慈利石板村三十六號墓、信陽一號墓、天星觀一號墓、藤店一號墓、江陵九店六二一號墓與四一一號墓及五十六號墓、望山一號墓與二號墓、包山二號墓、馬山一號墓、郭店一號墓、秦家嘴一號墓與十三號墓及九十九號墓、臨澧九里一號墓、德山夕陽坡二號墓、五里牌四零六號墓、仰天湖二十五號墓、楊家灣六號墓、范家坡二十七號墓、磚瓦場三七零號墓、雞公山四十八號墓、新蔡平夜君成墓、九連墩二號墓、信陽長臺關七號墓、香港中文大學藏簡、上海博物館藏簡、清華大學藏戰國竹簡、青川五十號墓、睡虎地十一號墓、放馬灘一號墓、王家臺十五號墓、湘西里耶等，各地出土的材料。可知戰國時期出土的文獻資料不在少數，透過相關的觀察、分析與討論，應有豐碩的成果。

又以上海博物館藏戰國時期的楚竹書為例，其間的內容，據李零指出至少可分為一百零五種〔註2〕，涵蓋哲學、文學、歷史、政論、宗教、軍事、教育、音樂、文字學等方面，如：〈孔子詩論〉、〈緇衣〉、〈性情論〉、〈民之父母〉、〈子羔〉、〈魯邦大旱〉、〈從政（甲篇、乙篇）〉、〈昔者君老〉、〈容成氏〉、〈周易〉、〈中弓〉、〈亙先〉、〈彭祖〉、〈采風曲目〉、〈逸詩〉、〈昭王毀室·昭王與龔之脽〉、〈柬大王泊旱〉、〈內豊〉、〈相邦之道〉、〈曹沫之陳〉、〈競建內之〉、〈鮑叔牙與隰朋之諫〉、〈季庚子問於孔子〉、〈姑成家父〉、〈君子為禮〉、〈弟子問〉、〈三德〉、〈鬼神之明·融師有成氏〉、〈競公瘧〉、〈孔子見季趄子〉、〈莊王既成·申公臣靈王〉、〈平王問鄭壽〉、〈平王與王子木〉、〈愼子曰恭儉〉、〈用曰〉、〈天子建州（甲本、乙本）〉、〈武王踐阼〉、〈鄭子家喪（甲本、乙本）〉、〈君人者何必安哉（甲本、乙本）〉、〈凡物流形（甲本、乙本）〉、〈吳命〉、〈顏淵〉、〈子路〉、〈孔子閒居〉等。據此可知，其間有不少資料可與傳世的文獻相對照，以此與《說文》相證，正與許愼徵引之古代經傳諸子中的記載相符。

何謂「重文」？歷來學者多有定義，以蔡信發之言為例，其言某字重複出現另一個不同的字體或字形，亦即某字有兩個或兩個以上不同的字體或字

〔註2〕余謹：〈上博藏簡（一）討論會綜述〉，簡帛研究網站，2002 年 1 月 1 日。

形出現，這些不同的字體或字形，對某字而言，即其重出之文，簡稱爲「重文」。〔註3〕

從《說文》所錄的字形言，「重文」係指正篆外重複出現的字形，亦即異體字。關於「重文」的類型，許錟輝指出可細分爲三大類二十小類，如：一、古文類，包含古文、古文奇字、春秋傳、夏書、墨翟書、司馬法、禮經、魯郊禮等八類；二爲籀文類；三爲篆文類，包含篆文、或體、俗字、漢令、秦刻石、祕書、司馬相如說、楊雄說、譚長說、杜林說、今文等十一類。〔註4〕蔡信發以爲「重文」可分爲七種，如：古文、奇字（或稱「古文奇字」）、籀文、篆文、或體（即篆文（小篆）的異體字）、俗字、今文〔註5〕，二者的分類並無大異，其不同處，大抵在分類時所含內容的多寡，並未影響其判別的標準，故本文討論《說文》收錄的重文時，其分類兼采二位先生之說。

《說文》除了小篆外，收錄大量的重文，這些文字的來源不一，許慎以爲或源於前朝，或爲當時所見。以上海博物館所藏的戰國楚竹書爲例，《說文》「一」字小篆作「一」，〈孔子詩論8〉作「一」；「中」字小篆作「中」，〈容成氏14〉作「电」；「也」字小篆作「也」，篆文作「也」，〈緇衣9〉作「也」；「遷」字小篆作「遷」，〈昔者君老3〉作「遷」；「灘」字小篆作「灘」，俗字作「灘」，〈孔子詩論11〉作「灘」；「轟」字小篆作「轟」，〈性情論14〉作「轟」；「參」字小篆作「參」，或體作「參」，〈姑成家父6〉作「參」，〈三德5〉作「參」；「歌」字小篆作「歌」，或體作「謌」，〈孔子詩論2〉作「訶」等。其間的異體甚多，除了可藉由出土資料重新釐清每個字形的來源，亦可知曉《說文》失收多少字形，及其在釋形、釋義、釋音的訛誤。

隨著公佈的出土材料日增，可供研究、分析的資料愈來愈多。有鑑於此，本文將已發表的資料，加以蒐羅、整理、觀察、分析，透過文字形體的觀察，將之與《說文》重文字形相證，並探求其來源，藉以明瞭《說文》重文的字形變化，訂補其釋形的訛誤。

〔註3〕 蔡信發：《說文答問》，頁38，臺北，國文天地雜誌社，1993年。

〔註4〕 許錟輝：《文字學簡編‧基礎篇》，頁123～128，臺北，萬卷樓圖書有限公司，1999年。

〔註5〕 蔡信發：《說文答問》，頁39～48，臺北，國文天地雜誌社，1993年。

第二節　研究材料與方法

一、研究材料

　　現今出土的文物甚多，除了有數量可觀的甲骨、銅器與簡牘帛書上的文字可供研究外，尚包括玉石、貨幣、璽印、封泥、陶器、骨器等。近年來隨著社會的進步，以及都市建設等因素，墓葬的出土時有所聞。在資料的取材上，甲骨文字以《甲骨文合集》〔註6〕、《小屯南地甲骨》〔註7〕、《甲骨文合集補編》〔註8〕、《殷墟花園莊東地甲骨》〔註9〕、《英國所藏甲骨集》〔註10〕、《周原甲骨研究》〔註11〕，《周原甲骨文》〔註12〕、《甲骨文編》〔註13〕、《新甲骨文編》〔註14〕等為主；銅器文字以《殷周金文集成》〔註15〕、《金文總集》〔註16〕、《商周青銅器銘文選》〔註17〕、《殷周金文集成釋文》〔註18〕、《殷周金文集成（修訂增補本）》〔註19〕、《近出殷周金文集錄》〔註20〕、《近出殷周金文集錄續編》〔註21〕、《新收殷周青銅器銘文及器影彙編》〔註22〕、《遂公盨

〔註6〕中國社會科學院歷史研究所：《甲骨文合集》，上海，中華書局，1982年。

〔註7〕中國社會科學院考古研究所：《小屯南地甲骨》，北京，中華書局，1980年。

〔註8〕彭邦炯等：《甲骨文合集補編》，北京，語文出版社，1999年。

〔註9〕中國社會科學院考古研究所：《殷墟花園莊東地甲骨》，昆明，雲南人民出版社，2003年。

〔註10〕李學勤、齊文心、艾蘭：《英國所藏甲骨集》，北京，中華書局，1985年。

〔註11〕朱歧祥：《周原甲骨研究》，臺北，臺灣學生書局，1997年。

〔註12〕曹瑋：《周原甲骨文》，北京，世界圖書出版社，2002年。

〔註13〕中國社會科學院考古研究所：《甲骨文編》，北京，中華書局，1996年。

〔註14〕劉釗、洪颺、張新俊：《新甲骨文編》，福州，福建人民出版社，2009年。

〔註15〕中國社會科學院考古研究所：《殷周金文集成》，北京，中華書局，1984～1994年。

〔註16〕嚴一萍：《金文總集》，臺北，藝文印書館，1986年。

〔註17〕馬承源：《商周青銅器銘文選》，北京，文物出版社，1986～1990年。

〔註18〕中國社會科學院考古研究所：《殷周金文集成釋文》，香港，香港中文大學出版社，2001年。

〔註19〕中國社會科學院考古研究所：《殷周金文集成（修訂增補本）》，北京，中華書局，2007年。

〔註20〕劉雨：《近出殷周金文集錄》，北京，中華書局，2004年。

〔註21〕劉雨：《近出殷周金文集錄續編》，北京，中華書局，2010年。

——大禹治水與爲政以德》〔註23〕、《楚系金文彙編》〔註24〕、《漢代銅器銘
文綜合研究》〔註25〕等爲主；玉石文字以〈詛楚文〉〔註26〕、《▆墓——戰
國中山國國王之墓》〔註27〕、《侯馬盟書》〔註28〕等爲主；璽印文字以《古璽
文編》與《古璽彙編》〔註29〕爲主；陶文以《古陶文彙編》〔註30〕、《秦代陶
文》〔註31〕、《秦陶文新編》〔註32〕、《秦文字類編》〔註33〕爲主；簡牘帛書
文字以《睡虎地秦墓竹簡》〔註34〕、《楚帛書》〔註35〕、《信陽楚墓》〔註36〕、
《曾侯乙墓》〔註37〕、《包山楚墓》〔註38〕、《包山楚簡》〔註39〕、《望山楚簡》
〔註40〕、《江陵九店東周墓》〔註41〕、《戰國楚竹簡匯編》〔註42〕、《江陵望山

〔註22〕陳昭容、鍾柏生、黃銘崇、袁國華：《新收殷周青銅器銘文及器影彙編》，台北，藝文印書館，2010 年。

〔註23〕李學勤等：《遂公盨——大禹治水與爲政以德》，北京，線裝書局，2002 年。

〔註24〕劉彬徽、劉長武：《楚系金文彙編》，武漢，湖北教育出版社，2009 年。

〔註25〕徐正考：《漢代銅器銘文綜合研究》，北京，作家出版社，2007 年。

〔註26〕郭沫若：〈詛楚文〉，《郭沫若全集（考古編）》第九卷，北京，科學出版社，1982 年。

〔註27〕河北省文物研究所：《▆墓——戰國中山國國王之墓》，北京，文物出版社，1996 年。

〔註28〕張頷：《侯馬盟書》，太原，山西古籍出版社，2006 年。

〔註29〕羅福頤：《古璽彙編》，北京，文物出版社，1994 年；羅福頤：《古璽文編》，北京，文物出版社，1994 年。

〔註30〕高明：《古陶文彙編》，北京，中華書局，1990 年。

〔註31〕袁仲一：《秦代陶文》，西安，三秦出版社，1987 年。

〔註32〕袁仲一、劉鈺：《秦陶文新編》，北京，文物出版社，2009 年。

〔註33〕袁仲一、劉鈺：《秦文字類編》，西安，陝西人民教育出版社，1993 年。

〔註34〕睡虎地秦墓竹簡整理小組：《睡虎地秦墓竹簡》，北京，文物出版社，2001 年。

〔註35〕饒宗頤、曾憲通：《楚帛書》，香港，中華書局，1985 年。

〔註36〕河南省文物研究所編：《信陽楚墓》，北京，文物出版社，1986 年。

〔註37〕湖北省博物館編：《曾侯乙墓》，北京，文物出版社，1989 年。

〔註38〕湖北省荊沙鐵路考古隊編：《包山楚墓》，北京，文物出版社，1991 年。

〔註39〕湖北省荊沙鐵路考古隊編：《包山楚簡》，北京，文物出版社，1991 年。

〔註40〕湖北省文物考古研究所、北京大學中文系編：《望山楚簡》，北京，中華書局，1995 年。

〔註41〕湖北省文物考古研究所編：《江陵九店東周墓》，北京，科學出版社，1995 年。

〔註42〕商承祚：《戰國楚竹簡匯編》，濟南，齊魯書社，1995 年。

沙塚楚墓》〔註43〕、《郭店楚墓竹簡》〔註44〕、《上海博物館藏戰國楚竹書（一）
～（七）》〔註45〕、《清華大學藏戰國竹簡（壹）》〔註46〕、《武威漢簡》〔註47〕、
《睡虎地秦簡文字編》〔註48〕、《包山楚簡文字編》〔註49〕、《郭店楚簡文字
編》〔註50〕、《曾侯乙墓竹簡文字編》〔註51〕、《郭店楚簡研究（第一卷文字
編）》〔註52〕、《望山楚簡校錄》〔註53〕、《上海博物館藏戰國楚竹書文字編（1
～5）》〔註54〕、《楚系簡帛文字編》〔註55〕、《馬王堆簡帛文字編》〔註56〕、《銀
雀山漢簡文字編》〔註57〕、《武威儀禮漢簡文字編》〔註58〕等爲主；貨幣文字
以《先秦貨幣文編》〔註59〕、《古幣文編》〔註60〕、《中國歷代貨幣大系・先
秦貨幣》〔註61〕、《中國錢幣大辭典・先秦編》〔註62〕、《先秦貨幣文字編》

〔註43〕 湖北省文物考古研究所編：《江陵望山沙塚楚墓》，北京，文物出版社，1996年。

〔註44〕 荊門市博物館編：《郭店楚墓竹簡》，北京，文物出版社，1998年。

〔註45〕 馬承源編：《上海博物館藏戰國楚竹書（一）～（七)》，上海，上海古籍出版社，
2001～2008年。

〔註46〕 清華大學出土文獻研究與保護中心編、李學勤主編：《清華大學藏戰國竹簡（壹)》，
上海，中西書局，2010年。

〔註47〕 中國科學院考古研究所、甘肅省博物館：《武威漢簡》，北京，中華書局，2005年。

〔註48〕 張守中：《睡虎地秦簡文字編》，北京，文物出版社，1994年；劉信芳、陳振裕：
《睡虎地秦簡文字編》，武漢，湖北人民出版社，1993年。

〔註49〕 張守中：《包山楚簡文字編》，北京，文物出版社，1996年；張光裕、袁國華：《包
山楚簡文字編》，臺北，藝文印書館，1992年。

〔註50〕 張守中：《郭店楚簡文字編》，北京，文物出版社，2000年。

〔註51〕 張光裕、滕壬生、黃錫全：《曾侯乙墓竹簡文字編》，臺北，藝文印書館，1997年。

〔註52〕 張光裕、袁國華：《郭店楚簡研究（第一卷文字編)》，臺北，藝文印書館，1999年。

〔註53〕 張光裕、袁國華：《望山楚簡校錄》，臺北，藝文印書館，2004年。

〔註54〕 李守奎：《上海博物館藏戰國楚竹書文字編（1～5)》，北京，作家出版社，2006年。

〔註55〕 滕壬生：《楚系簡帛文字編（增訂本)》，武漢，湖北教育出版社，2008年。

〔註56〕 陳松長：《馬王堆簡帛文字編》，北京，文物出版社，2001年。

〔註57〕 駢宇騫：《銀雀山漢簡文字編》，北京，文物出版社，2001年。

〔註58〕 徐富昌：《武威儀禮漢簡文字編》，臺北，國家出版社，2006年。

〔註59〕 商承祚、王貴忱、譚隸華編：《先秦貨幣文編》，北京，書目文獻出版社，1983年。

〔註60〕 張頷：《古幣文編》，北京，中華書局，1986年。

〔註61〕 汪慶正編：《中國歷代貨幣大系・先秦貨幣》，上海，上海人民出版社，1988年。

〔註63〕等爲主，作爲研究的基本材料。尙未正式發表者，則從歷來學者所發表的相關單篇論著尋找，以補其不足。

地下遺物常因墓葬的發掘而出土，近年來墓葬與窖藏的發掘時有所聞，在資料的收集與整理上，很難完全掌握所有的資料。往往只能透過相關的發掘報告所附的圖片，或是學者的研究報告，從中尋找文字資料。因此書寫時須大批的引用相關的發掘報告，透過其中的資訊，得知相關的資料，滿足研究的需要。

二、研究方法

古文字的考釋，必須是多方面且綜合的考證，王國維《觀堂集林·毛公鼎考釋序》云：「文無古今，未有不文從字順者。今日通行文字，人人能讀之、能解之。《詩》、《書》、彝器亦古之通行文字，今日所以難讀者，由今人之知古代不如知現代之深故也。苟考之史事與制度文物，以知其時代之情狀；本之《詩》、《書》，以求其文之義例；考之古音，以通其義之假借；參之彝器，以驗其文字之變化。由此而之彼，即甲以推乙，則于字之不可識，義之不可通者，必間有獲焉。然後闕其不可知者，以俟後之君子，則庶乎其近之矣。」〔註64〕可知要釐析《說文》重文的字形，及校正釋形、釋義與釋音的訛誤現象，須透過與出土文獻資料的比對、考證，方能知曉。

對於文字的研究、探討，首重形體的比較與分析。在研究的方法上，主要採取比較法與偏旁分析法，將殷周以來的字形與《說文》收錄的重文形體一一的比對觀察，並且透過文字間偏旁與部件的比較分析〔註65〕，瞭解同一文字其

〔註62〕《中國錢幣大辭典》編纂委員會編：《中國錢幣大辭典·先秦編》，北京，中華書局，1995 年。

〔註63〕吳良寶：《先秦貨幣文字編》，福州，福建人民出版社，2006 年。

〔註64〕王國維：《觀堂集林（外二種）》，頁 179，石家莊，河北教育出版社，2002 年。

〔註65〕漢字除了獨體的象形、指事外，另一部分係由兩個或兩個以上的獨體所構成的合體字，一般而言，在合體字的組合中，其組成分子無論置於該字的上下左右側，皆可稱之爲「偏旁」，凡是藉以表示字義者，稱爲「義旁」，亦可稱爲「義符」；其次，相對於「聲旁」而言，「義旁」或「義符」，又可稱爲「形旁」或是「形符」；凡是作爲表示聲音功能者，稱爲「聲旁」，亦可稱爲「聲符」。比「偏旁」更小的組成分子爲「部件」，它與單一的筆畫不相同，或爲單一筆畫，或爲二個、二個以上的筆畫所組成，凡是屬於不成文者，皆可稱爲「部件」。

偏旁、部件不同者爲何，其間的差異有何意義；並透過字形的歷史比較，瞭解形體演變的規律。

　　古文字的研究與分析，往往需以上古音爲輔，在上古音的使用，原則上根據郭錫良的上古音系統，據其在聲紐與韻部的分類歸屬，找出具有表音作用的偏旁替換的原因。其次，透過辭例推勘法，由相關的辭例，找出同一文字在形體上的差異，進一步的辨析其增繁、省減、訛變等文字異體的現象，並針對分析與比對後的結果，歸納出異體字產生的規律，並找出文字的變易原因。

　　利用二重證據法，對於難識的文字，透過考古的發現，與地下出土的文物相互印證；或是參考《詩》、《書》、《周易》、《儀禮》、《周禮》、《禮記》、《左傳》、《國語》、《戰國策》、《史記》、《漢書》等文獻資料的記載，相互的對照觀察、證驗，找出相同或相關之處，進而求得較爲正確而且可靠的解答。再者，透過與其他學科的證驗，如音韻學等，相互的參照、比對，找出最適宜的答案，解決部分尚有疑義的文字，使討論的結果更爲明確。

第三節　前人研究概況

　　《說文》的研究歷史，由來已久，歷代不乏專書著錄，因相關著作甚眾，無法一一列舉，以下僅列出數部著作簡述，以現代爲例，即見以六書作爲專題論述者，如：弓英德《六書辨正》〔註66〕、帥鴻勳《六書商榷》〔註67〕、李圭甲《六書通釋》〔註68〕、金鐘讚《許慎說文會意字與形聲字歸類之原則研究》〔註69〕、莊舒卉《說文解字形聲考辨》〔註70〕、晏士信《說文解字指事象形考辨》〔註71〕、方怡哲《六書與相關問題研究》〔註72〕、韓棟《《說文》會意字

〔註66〕弓英德：《六書辨正》，臺北，臺灣商務印書館，1966 年。

〔註67〕帥鴻勳：《六書商榷》，臺北，正中書局，1969 年。

〔註68〕李圭甲：《六書通釋》，臺北，國立臺灣師範大學國文研究所碩士論文，1984 年。

〔註69〕金鐘讚：《許慎說文會意字與形聲字歸類之原則研究》，臺北，國立臺灣師範大學國文研究所博士論文，1992 年。

〔註70〕莊舒卉：《說文解字形聲考辨》，臺南，國立成功大學中國文學研究所碩士論文，2000 年。

〔註71〕晏士信：《說文解字指事象形考辨》，臺南，國立成功大學中國文學研究所碩士論文，2001 年。

管窺》〔註73〕等；或討論其部首問題，如：李徹《說文部首研究》〔註74〕、丁
亮《說文解字部首及其與從屬字關係之研究》〔註75〕等；或討論許書說解形音
義時的辭彙，如：鄭邦鎮《說文省聲探賾》〔註76〕、周聰俊《說文一曰研究》
〔註77〕、林美玲《說文讀若綜論》〔註78〕、王園《《說文》「一曰」探究》〔註79〕；
或就《說文》中某一部首的文字加以討論，如：王瑩《《說文解字》車部字研究》
〔註80〕、邢怒海《《說文解字》宀部研究》〔註81〕、黃交軍《《說文》鳥部字、
隹部字研究》〔註82〕等；或論述他書引用許書者，如：韓相雲《六書故引說文
考異》〔註83〕、沈壹農《原本玉篇引述唐以前舊本說文考異》〔註84〕等，臺灣
地區相關的研究著錄，蔡信發已於《一九四九年以來臺灣地區《說文》論著專
題研究》中詳細記載學界的研究〔註85〕，今不重複說明。

　　誠如上列所言，目前所見《說文》相關研究，除了討論六書的問題外，或
論述部首，或就某部首的文字加以說明，或詳論許書說解形音義時的辭彙，或
論述他書引用許書者，此外，重文之字形的討論，亦是《說文》研究的一大課

〔註72〕方怡哲：《六書與相關問題研究》，臺中，私立東海大學中國文學研究所博士論文，
　　　　2003 年。

〔註73〕韓棟：《《說文》會意字管窺》，上海，上海師範大學碩士論文，2008 年。

〔註74〕李徹：《說文部首研究》，臺北，國立臺灣師範大學國文研究所碩士論文，1987 年。

〔註75〕丁亮：《說文解字部首及其與從屬字關係之研究》，臺中，私立東海大學中國文學
　　　　研究所碩士論文，1997 年。

〔註76〕鄭邦鎮：《說文省聲探賾》，臺北，私立輔仁大學中國文學研究所碩士論文，1975 年。

〔註77〕周聰俊：《說文一曰研究》，臺北，國立臺灣師範大學國文研究所碩士論文，1978 年。

〔註78〕林美玲：《說文讀若綜論》，臺北，國立臺灣師範大學國文研究所碩士論文，1987 年。

〔註79〕王園：《《說文》「一曰」探究》，北京，首都師範大學碩士論文，2008 年。

〔註80〕王瑩：《《說文解字》車部字研究》，成都，四川大學碩士論文，2005 年。

〔註81〕邢怒海：《《說文解字》宀部研究》，濟南，山東大學碩士論文，2007 年。

〔註82〕黃交軍：《《說文》鳥部字、隹部字研究》，桂林，廣西師範大學碩士論文，2008 年。

〔註83〕韓相雲：《六書故引說文考異》，臺北，國立臺灣師範大學國文研究所碩士論文，
　　　　1986 年。

〔註84〕沈壹農：《原本玉篇引述唐以前舊本說文考異》，臺北，國立政治大學中國文學研
　　　　究所碩士論文，1987 年。

〔註85〕蔡信發：《一九四九年以來臺灣地區《說文》論著專題研究》，臺北，文津出版社，
　　　　2005 年。

題，相關的論述不可枚舉，以下僅列出數部圖書或單篇文章簡要說明。

歷來對於《說文》的研究，不可勝數，以字形研究的專書爲例，即有吳大澂《說文古籀補》、丁佛言《說文古籀補補》、強運開《說文古籀三補》等旁搜兩周以來的資料，或佐證、或訂補許書〔註86〕；林義光《文源》，文中以兩周以來的古文字論述《說文》所收的字形，藉以訂補其缺漏〔註87〕；徐文鏡《古籀彙編》，收錄殷商至秦漢間的文字，與《說文》字形相對照〔註88〕。此種性質的著作甚多，諸如高田忠周《古籀篇》〔註89〕、季旭昇《說文新證（上、下）》〔註90〕等。

在古文研究上，如：孫次舟〈說文所稱古文釋例〉，據許書所言「古文」者，依古字、古書、古學家寫經三部分，以例字說明其來源〔註91〕；商承祚《說文中之古文考》，將《說文》收錄的古文證之商周以來的資料，逐一說解，訂其訛誤〔註92〕；周明輝《新定說文古籀考》，書中針對吳清卿、丁佛言、強夢漁的說法加以討論，利用甲骨文、金文等材料考證其說，並直指其誤，偶有中的之言〔註93〕；張維信《說文解字古文研究》，將「古文」的形體分爲增添形符、增添義符、增添聲符、形體減省、形體訛誤等五種現象，利用甲文、金文與之比較，說明該字的形體變化，此外，又從義符、聲符的形體觀察，找出「古文」的偏旁與篆文等字形不同的因素，進而指出他書訛誤之處〔註94〕；陳鎮卿《《說文解字》「古文」形體試探》，透過古文與甲骨文、金文等古文字的比對，找出其間

〔註86〕（清）吳大澂、丁佛言、強運開：《說文古籀補・說文古籀補補・說文古籀三補》，臺北，藝文印書館，1968年。

〔註87〕林義光：《文源》，臺北，新文豐出版社，2006年。（收錄《石刻史料新編》第四輯，冊8）

〔註88〕徐文鏡：《古籀彙編》，臺北，臺灣商務印書館，1996年。

〔註89〕高田忠周：《古籀篇》，臺北，宏業書局，1975年。

〔註90〕季旭昇：《說文新證（上、下）》，臺北，臺灣學生書局，2004〜2008年。

〔註91〕孫次舟：〈說文所稱古文釋例〉，《華西齊魯金陵三大學中國文化研究彙刊》第2卷，頁185〜223，1942年。

〔註92〕商承祚：《說文中之古文考》，臺北，學海出版社，1979年。

〔註93〕周名輝：《新定說文古籀考》，臺北，文海出版社，1973年。

〔註94〕張維信：《說文解字古文研究》，臺北，國立臺灣大學中國文學研究所碩士論文，1974年。

的同異處，並進一步歸納「古文」形體、筆畫的特色〔註95〕；林美娟《《說文解字》古文研究》，文中除引用殷商以來的資料說明古文的來源與形體的同異外，大量使用《汗簡》、《古文四聲韻》收錄的字形說明其間的關係〔註96〕；嚴和來《試論《說文》古文的來源》，以一百四十四個字例，將殷周以來的文字材料，與《說文》古文字形相較，得出其來源不僅與戰國時期的齊、晉、楚國文字相合，某些字形亦可上推至甲、金文〔註97〕。此種性質的著作甚多，諸如邱德修《說文解字古文釋形考述》〔註98〕，若加上單篇論文，如：江舉謙〈說文古文研究〉〔註99〕、程邦雄〈孫詒讓的甲骨文考釋與《說文》中之古文〉〔註100〕等，實難以計數。然觀察學者們的研究，多著重於《說文》收錄之重文的字形，或將之與殷商以來的字形相較，訂正《說文》重文的訛誤，在失收的字形上少有著墨。

在籀文研究上，如：江舉謙〈說文籀篆淵源關係論析〉，從省減、更改、增繁偏旁與別製新字等四類說明籀文的類形〔註101〕；陳韻珊《小篆與籀文關係研究》，分析篆文與籀文的差異，從聲符、義符等層面說明二者的不同〔註102〕；廖素琴《《說文解字》重文中之籀文字形研究》，首先討論「籀文」的名稱與來源，其後再透過戰國文字、《汗簡》、《古文四聲韻》、〈三體石經〉等資料，說明其與《說文》籀文的關係，並析論其間的差異。〔註103〕

〔註95〕 陳鎮卿：《《說文解字》「古文」形體試探》，中壢，國立中央大學中國文學研究所碩士論文，1996年。

〔註96〕 林美娟：《《說文解字》古文研究》，埔里，國立暨南國際大學中文研究所碩士論文，1999年。

〔註97〕 嚴和來：《試論《說文》古文的來源》，成都，四川大學碩士論文，2004年。

〔註98〕 邱德修：《說文解字古文釋形考述》，臺北，臺灣學生書局，1974年。

〔註99〕 江舉謙：〈說文古文研究〉，《東海學報》第二十一卷，頁1～24，1980年。

〔註100〕 程邦雄：〈孫詒讓的甲骨文考釋與《說文》中之古文〉，《語言研究》第26卷第4期，頁71～76，2006年。

〔註101〕 江舉謙：〈說文籀篆淵源關係論析〉，《東海學報》第10卷第1期，頁71～87，1969年。

〔註102〕 陳韻珊：《小篆與籀文關係研究》，臺北，國立臺灣大學中國文學研究所碩士論文，1984年。

〔註103〕 廖素琴：《《說文解字》重文中之籀文字形研究》，高雄，國立高雄師範大學國文研究所碩士論文，2008年。

　　此外，綜論古文與籀文者，如：馬桂綿《說文古籀研究釋例》，主在分述《說文》「重文」的體例、種類，以及「古文」與「籀文」的稱謂、時代、淵源、特點，在文字形體的討論上，僅舉出「旁、中、速、商、兵、皮、則、箕、磬、馬」等十個字說明，討論時先羅列前賢之說，再輔以個人的意見〔註104〕；朴昌植《《說文》古籀和戰國文字關係之研究》，利用《說文》中的古文及籀文與戰國時期的文字材料作比對、分析，討論《史籀篇》的作者、時代、字數、《說文》中「籀文」的字體，並論述《說文》「古文」的名稱、來源，認為《說文》中的「古文」、「籀文」係戰國時期各國皆用的字體，在使用上並無地域的區隔。〔註105〕

　　在或體研究上，如：董璠〈說文或體字考叙例〉，文中泛論許書對於或體字之標示的術語差異，並論及或體字產生的因素〔註106〕；杜學知〈說文重文或體字大例〉，泛論重文的類型，指出除了許書所言的古文、籀文、篆文、或體、俗體外，若依據漢字的制作，可以分為以下九類，如：同體加偏旁重文、同體偏旁異重文、諧聲加偏旁重文、諧聲偏旁同重文、諧聲偏旁異重文、同體疊並為重文、部位迻易為重文、增體省體為重文、一字兩形為重文等〔註107〕，其說對於重文的研究，係提供另一種思考的模式，跳脫傳統就許慎書中所標示的類型從事研究；杜學知〈重文或體字研究〉，係在〈說文重文或體字大例〉的基礎上，再加上倒體反體為重文一項〔註108〕；鄭春蘭〈淺析《說文解字》或體之構成形式〉，該文從偏旁的增添、更換、省減等角度，觀察或體字產生的形式〔註109〕；鄭春蘭《《說文解字》或體研究》，主在說明或體字的構成形式，文中分作增加、更換、減少部件等三部分，以例舉方式說明，並未全面的研究或體字的構形，

〔註104〕馬桂綿：《說文古籀研究釋例》，香港，珠海書院中國文學研究所碩士論文，1977 年。

〔註105〕朴昌植：《《說文》古籀和戰國文字關係之研究》，香港，珠海大學文史研究所文學組碩士論文，1989 年。

〔註106〕董璠：〈說文或體字考叙例〉，《女師大學術季刊》第 1 卷第 2 期，頁 345～348，1930 年。

〔註107〕杜學知：〈說文重文或體字大例〉，《大陸雜誌》第 43 卷第 1 期，頁 46～51，臺北，大陸雜誌社，1971 年。

〔註108〕杜學知：〈重文或體字研究〉，《成功大學學報》第八卷人文篇，頁 1～16，1973 年。

〔註109〕鄭春蘭：〈淺析《說文解字》或體之構成形式〉，《語言研究》2002 年特刊，頁 95～98，2002 年。

又例舉數字與甲骨文、金文、《說文》重文之古文與籀文、《玉篇》等資料相較，藉以明瞭或體的發展脈絡。〔註110〕

在俗字研究上，如：黃宇鴻〈論《說文》俗字研究及其意義〉，依據簡化字形、繁化字形、更換偏旁、改變造字法等層面，簡述俗字的類型，並說明俗字與正字的關係，最後提出俗字的研究可以明瞭古今字的變化，且能掌握漢字的本義與引申義的發展等〔註111〕；黃靜宇〈也談《說文》中的俗字〉，據許書收錄的俗字，依據簡化字形、繁化字形、更換偏旁、改變造字法等層面簡述俗字的發展〔註112〕；劉興奇《《說文解字》徐鉉所注俗字研究》，從字形與字用的角度，將徐鉉所注的一百四十六個俗字，分為同義俗字、義變俗字、假借形俗字等三部分，找出俗字產生的原因，係因社會、用字者的心理、文字本身發展的規律等因素所造成，又將徐鉉所注的俗字字形與《宋元以來俗字譜》的俗字相較，得出前者有二十九個字存在於《宋元以來俗字譜》、部分徐鉉所注的俗字字形在宋元明清四朝中皆未改變形體，卻在現代漢語中產生簡化的現象等〔註113〕；林啓新《《說文解字》俗字新探》，利用現今已見的出土文獻與傳世文獻等資料，將之與《說文解字》收錄的俗字相印證，從中找出產生俗字的因素，以及與其相同或相近的形體。〔註114〕此外，尚見顧之川〈俗字與《說文》「俗體」〉〔註115〕、侯尤峰〈《說文解字》徐鉉所注「俗字」淺析〉〔註116〕、吉仕梅〈《說文解字》俗字箋議〉〔註117〕、馮瑞生《《說文》

〔註110〕鄭春蘭：《《說文解字》或體研究》，武漢，華中科技大學碩士論文，2004 年。

〔註111〕黃宇鴻：〈論《說文》俗字研究及其意義〉，《河南師範大學學報（哲學社會科學版）》第 29 卷第 6 期，頁 76～78，2002 年。

〔註112〕黃靜宇：〈也談《說文》中的俗字〉，《樂山師範學院學報》第 21 卷第 3 期，頁 63～65，2006 年。

〔註113〕劉興奇：《《說文解字》徐鉉所注俗字研究》，武漢，華中科技大學碩士論文，2006 年。

〔註114〕林啓新：〈《說文解字》俗字新探〉，《第十四屆所友暨第一屆研究生學術討論會論文集》，頁 369～387，高雄，國立高雄師範大學國文系，2007 年。

〔註115〕顧之川：〈俗字與《說文》「俗體」〉，《青海師範大學學報（社會科學版）》1990：4，頁 79～85。

〔註116〕侯尤峰：〈《說文解字》徐鉉所注「俗字」淺析〉，《古漢語研究》1995：2，頁 22～25。

〔註117〕吉仕梅：〈《說文解字》俗字箋議〉，《語言研究》1996：2，頁 115～121。

與俗字〉〔註118〕、羅會同〈《說文解字》中俗體字的產生與發展〉〔註119〕、劉
洋〈《說文段注》俗字類形考略〉〔註120〕、李仁安〈《說文解字》大徐本俗別
字初探〉〔註121〕、張崇禮〈《說文解字》大徐本俗別字研究〉〔註122〕等文章提
出對於俗字之發展、類型的看法。

　　綜論性的著作，如：許鍠輝《說文重文形體考》，於第二章「考實篇」收錄
重文六百八十七條，依據證成、補述、正譌、議合、議分、移屬、議刪、亦補、
存疑等九項，分門別類，舉例說明，藉此明瞭《說文》所收字形的演變，並釐
清重文的來源，進一步知曉許書中重文的問題與訛誤〔註123〕；方怡哲《說文重
文相關問題研究》，全書將重文分為古文、籀文、或體與篆文四大類，再據正文
與重文的構形差異，從「省構」、「繁構」、「異構」、「譌變致異」等層面，分別
說明其形體的不同〔註124〕；王平《《說文》重文研究》，透過相關的資料庫，如：
《說文解字全文檢索系統》、《說文玉篇萬象名義聯合檢索系統》、《魏晉南北朝
實物用字語料庫》等，對《說文》收錄重文以定量的分析，得知其結構的變化，
以及重文在魏晉南北朝碑刻中的使用情形，並進一步瞭解《宋本玉篇》中所收
錄的重文狀況〔註125〕，其研究的方法，與歷來的研究不同，雖甚少論及重文形
體的變化，以及重文與商周以來文字的差異，但是透過電子資料庫的運用，確
能提供學界另一種思維。綜論性的著作甚多，尚見丁山〈與顧起潛先生論說文
重文書〉〔註126〕、魏伯特〈略論說文解字「重文」的性質及其在音韻學上的價

〔註118〕馮瑞生：〈《說文》與俗字〉，《中國語文通訊》第 38 期，頁 37～40，1996 年。

〔註119〕羅會同：〈《說文解字》中俗體字的產生與發展〉，《蘇州大學學報（哲學社會科學
版）》1996：3，頁 83～84。

〔註120〕劉洋：〈《說文段注》俗字類形考略〉，《殷都學刊》2000：2，頁 94～96。

〔註121〕李仁安：〈《說文解字》大徐本俗別字初探〉，《寧夏大學學報（人文社會科學版）》
第 28 卷第 2 期，頁 42～44，2006 年。

〔註122〕張崇禮：〈《說文解字》大徐本俗別字研究〉，《漢字文化》2006：6，頁 40～44。

〔註123〕許鍠輝：《說文重文形體考》，臺北，文津出版社，1973 年。

〔註124〕方怡哲：《說文重文相關問題研究》，臺中，私立東海大學中國文學研究所碩士論
文，1994 年。

〔註125〕王平：《《說文》重文研究》，上海，華東師範大學出版社，2008 年。

〔註126〕丁山：〈與顧起潛先生論說文重文書〉，《國立第一中山大學語言歷史學研究所週
刊》第 1 集第 4 期，頁 24～27，1927 年。

值〉〔註127〕、林清書〈《說文》重文的簡化與繁化〉〔註128〕、黃宇鴻〈對《說文解字》重文的再認識及其價值〉〔註129〕、黃思賢〈《說文解字》非重文中古文說解的一些疑問〉〔註130〕等。

或見討論重文中的諧聲問題，如：許錟輝《說文解字重文諧聲考》，依同音、雙聲、疊韻等類別，分述重文間聲符的關係。〔註131〕

除了針對《說文》重文形體研究外，尚見討論《說文》所收字形的分期斷代，如：許舒絜《《說文解字》文字分期研究》，該書依次將收錄的文字置於殷商、西周、春秋、戰國、秦代、兩漢的表格中，資料豐富，蒐羅甚廣，可惜論述的部分略嫌不足。〔註132〕

目前所見之《說文》重文的研究，數量雖豐碩，但是多致力於古文、籀文、俗字、或體中的部分字形討論，儘管得見相關論著，亦多不夠全面，或拘限於個別材料，或有以偏概全之失。事實上，文字的釋讀必須有一定依據，透過已知有助於解釋未知。因此本文以段玉裁的注本爲底本，並透過大小徐本收錄的資料，採取全面的論述，希望透過與殷周以來的字形相較，找出「重文」的來源，並分析其字形的變化，以及訂補其間的訛誤。

〔註127〕 魏伯特：〈略論說文解字「重文」的性質及其在音韻學上的價值〉，《中國文學研究（創刊號）》，頁39～53，1987年。

〔註128〕 林清書：〈《說文》重文的簡化與繁化〉，《龍巖師專學報（社會科學版）》第13卷第2期，頁73～75，1995年。

〔註129〕 黃宇鴻：〈對《說文解字》重文的再認識及其價值〉，《廣西大學學報（哲學社會科學版）》2003：1，頁74～78。

〔註130〕 黃思賢：〈《說文解字》非重文中古文說解的一些疑問〉，《蘭州學刊》2008：3，頁202～204。

〔註131〕 許錟輝：《說文解字重文諧聲考》，臺北，省立臺灣師範大學國文研究所碩士論文，1964年。

〔註132〕 許舒絜：《《說文解字》文字分期研究》，臺北，國立臺灣師範大學國文研究所碩士論文，2000年。

第二章　《說文》卷一重文字形分析

1、《說文》「一」字云：「一，惟初大極，道立於一，造分天地，化成萬物。凡一之屬皆从一。弌，古文一。」 [註1]

「一」字自商周以來多作「一」，或見从「戈」者，如：「弌」〈庚壺〉。《說文》小篆作「一」，與殷商以來的「一」相同；古文作「弌」，尚未見於出土的文獻材料，將之與春秋戰國文字相較，前者从「弋」，後者从「戈」。兩周文字从「弋」之字或从「戈」，如：「貳」字从弋作「弍」〈邵大叔斧〉，或从戈作「弍」〈邵大叔斧〉，「代」字从弋作「弋」〈司馬成公權〉，或从戈作「伐」〈信陽1.06〉，「貸」字从弋作「戠」〈包山116〉，或从戈作「戠」〈包山106〉，「弋」的形體或作「弋」，與「戈」相近。以戰國楚系文字為例，「戈」字皆作「戈」，「弋」字多作「弋」，「弋」所見的「-」為飾筆，又「弋」字的橫畫與增添的飾筆採取約略平行的方式書寫，與「戈」字不同。此外，「一」的異體字或从「戈」或从「弋」，何琳儀指出係因「戌」字省減筆畫所致，即由「戌」省減為「戈」，再進一步省減為「弋」 [註2]，其言或可備為一說。又據《古文四聲韻》所載，「一」字或从「戈」作「弌」《古老子》，或从「弋」作「弌」《古老子》、「弌」

〔註1〕　（漢）許慎撰、（清）段玉裁注：《說文解字注》，頁1，臺北，黎明文化事業股份
　　　　有限公司，1991年。

〔註2〕　何琳儀：《戰國古文字典——戰國文字聲系》，頁1080，北京，中華書局，1998年。

《古尚書》〔註3〕，由〈庚壺〉「一」字從「戈」作「弌」可知，《說文》「一」字應補入從「戈」的古文「弌」。

字 例	重 文	時 期	字 形
一 一	弌	殷 商	▬《合》（4531）
		西 周	▬〈毛公鼎〉
		春 秋	▬〈秦公簋〉 弌〈庚壺〉
		楚 系	◗〈郭店・老子甲本22〉 弌〈郭店・緇衣17〉
		晉 系	一〈眉脒鼎〉
		齊 系	＼〈節墨大刀・齊刀〉
		燕 系	▬〈明・弧背燕刀〉
		秦 系	▬〈青川木牘〉
		秦 朝	▬《秦代陶文》（1）
		漢 朝	⚫《馬王堆・陰陽五行甲篇239》

2、《說文》「上」字云：「二，高也。此古文上。指事也。凡二之屬皆從二。上，篆文上。」 〔註4〕

大小徐本「上」字古文皆作「上」，小篆寫作「足」或「上」〔註5〕，從殷商與西周、春秋的字形言，「上」字作「二」，可知段玉裁將「二」視為古文應無疑義，但是將原本的小篆「上」改為「上」則是誤改小篆的形體。又「上」字於戰國楚系文字或作「上」，或作「上」，或作「专」，或作「专」，或作「辻」，將「上」字與其他的形體相較，「上」係在收筆橫畫下增添一道短橫畫「-」飾筆，「专」為從「止」，「专」是在「上」的收筆橫畫下增添飾筆作「上」後再從「止」，「辻」為從「辵」。又「辻」的辭例為「上江」，有「溯」之意，作為動詞使用；此外，「专」的辭例為「上天」，為名詞，於此並未因增添「止」旁而易為動詞。可知此種增體的現象，雖習見於楚文字，增體後的字義與詞性卻

〔註3〕（宋）夏竦著：《古文四聲韻》，頁294，臺北，學海出版社，1978年。

〔註4〕《說文解字注》，頁1～2。

〔註5〕（漢）許慎撰、（南唐）徐鍇撰：《說文解字繫傳》，頁2，北京，中華書局，1998年；（漢）許慎撰、（宋）徐鉉校定：《說文解字》，頁7，香港，中華書局，1996年。

非一致的改易。中山國「上」字或寫作「」，增添「尚」爲聲符，以爲標音之用，「上」、「尚」二字上古音皆屬「禪」紐「陽」部，雙聲疊韻。

字　例	重　文	時　期	字　形
上 丄	二	殷　商	《合》（27815）
		西　周	〈天亡簋〉
		春　秋	〈洹子孟姜壺〉〈蔡侯盤〉
		楚　系	〈噩君啓舟節〉〈郭店・老子甲本 4〉 〈郭店・老子乙本 9〉〈郭店・成之聞之 7〉 〈郭店・成之聞之 9〉〈范家坡〉
		晉　系	〈𧊒䖵壺〉〈中山王䷄方壺〉
		齊　系	《古陶文彙編》（3.329）
		燕　系	〈廿年距末〉《古陶文彙編》（4.93）
		秦　系	〈四年相邦樛斿戈〉
		秦　朝	《秦代陶文》（1490）
		漢　朝	《馬王堆・陰陽五行甲篇 16》《馬王堆・合陰陽 108》 〈上林鼎三〉

3、《說文》「帝」字云：「，諦也。王天下之號。从二朿聲。，古文帝。古文諸丄字皆从一，篆文皆从二，二古文上字。示、辰、龍、童、音、章皆从古文上。」〔註 6〕

「帝」字形體「象蒂及不鄂」〔註 7〕，甲骨文上半部的形體作「▽」，亦見「」、「」等形體。《說文》小篆作「」，與春秋的〈秦公簋〉字形相同；戰國文字所見「」，是在「」的形體上增添一道橫畫「一」，並在「」的豎畫上增添一道短橫畫「-」，又〈上博・子羔 1〉「帝」字豎畫上所見爲小圓點「・」，古文字在發展的過程，小圓點「・」往往可以拉長爲短橫畫「-」，故「帝」字豎畫所見的「・」或「-」無別，再者，〈墬侯因𬸚敦〉的「帝」字从「口」，其辭例爲「高祖黃帝」，戰國文字時見增添無義偏旁「口」的現象，如：「頸」

〔註 6〕《說文解字注》，頁 2。

〔註 7〕商承祚：《說文中之古文考》，頁 4，臺北，學海出版社，1979 年。

字作「🔲」〈包山 16〉，或從口作「🔲」〈曾侯乙 9〉，「文」字作「🔲」〈王孫遺者鐘〉，或從口作「🔲」〈雨臺山 2〉，「靜」字作「🔲」〈靜簋〉，或從口作「🔲」〈郭店・老子甲本 5〉，可知〈墜侯因𦎧敦〉的「帝」字所從之「口」屬無義偏旁的增添。又將殷商以來的「帝」字形體與《說文》古文「帝」相較，後者下半部形體作「🔲」，係將「ㅏ」與「↑」的筆畫變形所致。

字 例	重 文	時 期	字 形
帝 🔲 🔲		殷 商	🔲《合》(2107) 🔲《合》(15951) 🔲《合》(21174) 🔲《合》(30592) 🔲《合》(34157)
		西 周	🔲〈井侯簋〉 🔲〈㝬簋〉
		春 秋	🔲〈秦公簋〉
		楚 系	🔲〈九店 56.38 下〉 🔲〈上博・子羔 1〉
		晉 系	🔲〈中山王🔲方壺〉
		齊 系	🔲〈墜侯因𦎧敦〉
		燕 系	
		秦 系	
		秦 朝	🔲〈琅琊刻石〉
		漢 朝	🔲《馬王堆・經法 52》

4、《說文》「旁」字云：「🔲，溥也。從二，闕，方聲。🔲，古文旁；🔲，亦古文旁；🔲，籀文。」〔註8〕

篆文作「🔲」，古文作「🔲」、「🔲」，籀文作「🔲」，尚未見於出土的文獻材料。據《汗簡》所載，「旁」字出《林罕集字》作「🔲」。甲骨文上半部的形體或作「ㅏ」、「ㅏ」，兩周以來多沿襲其形體，商承祚認為《說文》古文上半部的形體應是由殷周以來「旁」字上半部的形體變化而成〔註9〕，從小篆、古文、籀文上半部的形體言，其說可從。籀文從「雨」的「旁」字，蓋如段玉裁〈注〉云：「從雨，眾多如雨意也。」又「旁」字所從聲符「方」作「🔲」或「🔲」，今與〈睡虎地・法律答問 101〉「旁」字所從之「方」相較，後者作「🔲」，係

〔註8〕《說文解字注》，頁2。

〔註9〕《說文中之古文考》，頁4～5。

由「⼑」變化而來，二者並無太大的差異。

字例	重文	時期	字　形
旁	顅，顅，顅	殷　商	圖〈合〉（6665）圖〈合〉（33198）
		西　周	圖〈旁鼎〉圖〈妘𨤲簋〉
		春　秋	
		楚　系	圖〈楚帛書・甲篇 5.19〉圖〈清華・楚居 6〉
		晉　系	圖〈梁十九年亡智鼎〉
		齊　系	
		燕　系	
		秦　系	圖〈睡虎地・秦律十八種 120〉圖〈睡虎地・法律答問 101〉
		秦　朝	圖〈咸陽瓦〉
		漢　朝	圖〈馬王堆・老子乙本 231〉圖〈始建國元年銅撮〉

5、《說文》「下」字云：「二，底也。从反二爲。丅，篆文下。」

〔註10〕

大小徐本「下」字古文皆作「丅」，小篆作「丆」〔註11〕，從殷商與西周、春秋的字形言，「下」字作「二」，可知段玉裁將「二」視爲古文應無疑義，將原本的小篆「丆」改爲「丅」則是誤改小篆的形體。

字例	重文	時期	字　形
下	二	殷　商	圖〈合〉（7552）圖〈合〉（32615）
丅		西　周	圖〈番生簋蓋〉
		春　秋	圖〈蔡侯盤〉圖〈秦公鎛〉
		楚　系	圖，圖〈曾侯乙鐘〉
		晉　系	圖〈哀成叔鼎〉
		齊　系	圖〈明・弧背齊刀〉
		燕　系	圖〈下宮車書〉

〔註10〕　《說文解字注》，頁 2。

〔註11〕　《說文解字繫傳》，頁 2；《說文解字》，頁 7。

秦　系	下〈睡虎地・效律22〉
秦　朝	下《秦代陶文》（1255）
漢　朝	下《馬王堆・春秋事語37》下《馬王堆・雜療方52》戶〈長安下領宮高鐙〉

6、《說文》「示」字云：「示，天姬象，見吉凶，所吕示人也。从二；三姬，日月星也。觀乎天文，吕察時變，示神事也。凡示之屬皆从示。示，古文示。」〔註12〕

甲骨文「示」字作「丅」或「〒」，「象以木表或石柱爲神主之形，丅之上或其左右之點劃爲增飾符號。」〔註13〕從文字的發展言，無論是「示」或「示」，皆由「丅」或「〒」的形體而來。《說文》古文作「示」，下半部的形體由三道豎畫改作「巛」，與《秦代陶文》（426）的字形「示」相較，實無差異。又據《古文四聲韻》所載，「示」字作「示」，係出於《古孝經》。〔註14〕

字　例	重　文	時　期	字　形
示 示	示	殷　商	丅《合》（296）　〒《合》（14840）
		西　周	丅〈盉婦方鼎〉
		春　秋	示〈示・平肩空首布〉
		楚　系	示〈天星觀・遺策〉
		晉　系	
		齊　系	
		燕　系	
		秦　系	
		秦　朝	示《秦代陶文》（426）
		漢　朝	示《銀雀山238》

〔註12〕《說文解字注》，頁2。

〔註13〕徐中舒：《甲骨文字典》，頁11，成都，四川辭書出版社，1995年。

〔註14〕《古文四聲韻》，頁212。

7、《說文》「禮」字云：「禮，履也。所吕事神致福也。从示从豊，豊亦聲。祁，古文禮。」〔註15〕

　　篆文作「禮」，从示豊聲，將之與〈中山王■方壺〉相較，後者的字形从口从豊，辭例爲「不用禮義」，釋爲「禮」字應無疑義。又將〈詛楚文〉的「禮」、《馬王堆・老子乙本247》的「禮」，與小篆相較，其間的差異爲「豊」上半部之豎畫的多寡。《說文》古文作「祁」，从示乙聲〔註16〕，形體與〈九里墩鼓座〉的「祁」相近，惟後者之「乙」作「乚」，近似的字形亦見於《古文四聲韻》，作「祁」《古孝經》、「祁」《古尚書》。〔註17〕「豊」字上古音屬「來」紐「脂」部，「乙」字上古音屬「影」紐「質」部，脂質陰入對轉，豊、乙作爲聲符使用時可替代。

字　例	重　文	時　期	字　形
禮　禮	祁	殷　商	
		西　周	
		春　秋	
		楚　系	祁〈九里墩鼓座〉
		晉　系	■〈中山王■方壺〉
		齊　系	
		燕　系	
		秦　系	禮〈詛楚文〉
		秦　朝	
		漢　朝	禮《馬王堆・老子乙本247》

8、《說文》「祺」字云：「祺，吉也。从示其聲。禥，籀文从基。」〔註18〕

　　「祺」字从示其聲，籀文「禥」从示基聲。「其」字上古音屬「群」紐「之」部，「基」字上古音屬「見」紐「之」部，二者發聲部位相同，見群旁紐，疊韻，

〔註15〕　《說文解字注》，頁2。

〔註16〕　（清）嚴可均：《說文聲類》，頁7，上海，上海古籍出版社，2002年。

〔註17〕　《古文四聲韻》，頁161。

〔註18〕　《說文解字注》，頁3。

其、基作爲聲符使用時可替代。

字 例	重 文	時 期	字 形
祺 禥	禥	殷 商	
		西 周	
		春 秋	
		楚 系	
		晉 系	
		齊 系	
		燕 系	
		秦 系	
		秦 朝	
		漢 朝	

9、《說文》「齋」字云：「齋，戒絜也。从示齊省聲。禷，籀文齋從裏省。」〔註19〕

「齋」字作「齋」，爲上下式結構，將之與〈蔡侯盤〉的字形相較，後者爲左右式結構。《說文》籀文作「禷」，王國維以爲所从之「裏」實象人形，从示从裏之字乃象人事神之形，該字疑爲古「禱」字，後世又加上「己」以爲聲符。〔註20〕其言可備一說。據《古文四聲韻》所載，「齋」字作「禷」《王存義切韻》〔註21〕，與「禷」形體不同，或爲傳抄訛誤，致使所從之「齋」作「禜」、「裏」作「裏」。

字 例	重 文	時 期	字 形
齋 齋	禷	殷 商	
		西 周	
		春 秋	齋 〈蔡侯盤〉
		楚 系	齋 〈望山 1.155〉

〔註19〕《說文解字注》，頁 3。

〔註20〕王國維：《王觀堂先生全集‧史籀篇疏證》冊七，頁 2378～2379，臺北，文華出版公司，1968 年。

〔註21〕《古文四聲韻》，頁 57。

	晉　系	〈十八年建君鈹〉
	齊　系	
	燕　系	
	秦　系	〈詛楚文〉
	秦　朝	
	漢　朝	

10、《說文》「禋」字云：「禋，絜祀也。一曰精意吕享爲禋。从示
　　　　𡐨聲。𡪄，籀文从宀。」〔註22〕

篆文作「禋」，从示𡐨聲，與〈蔡侯盤〉的「禋」相近，惟所从之「𡐨」
上半部的形體不同；籀文作「𡪄」，从宀从示𡐨聲。〈史牆盤〉作「禋」，徐中
舒以爲所从之「𡐨」上半部象卤形，下半部从火，象以火溫酒之形，籀文的形
體是將「卤」訛寫爲「西」，又將「火」改爲「土」〔註23〕，唐蘭指出「禋」用
煙氣，故从火〔註24〕，「𡐨」字从西从土，「西」字小篆作「𢍯」，於兩周文字
作「𢍯」〈訇簋〉、「𢍯」〈少曲市西・平肩空首布〉、「𢍯」〈楚王酓章鎛〉，將
之與〈史牆盤〉、〈蔡侯盤〉之字形相較，可知其所从爲「西」。

字例	重文	時　期	字　　　形
禋 禋	𡪄	殷　商	
		西　周	〈史牆盤〉
		春　秋	〈蔡侯盤〉
		楚　系	
		晉　系	
		齊　系	
		燕　系	
		秦　系	

〔註22〕　《說文解字注》，頁3。

〔註23〕　徐中舒：《徐中舒歷史論文選輯・西周牆盤銘文箋釋》，頁1306，北京，中華書局，
　　　　1998年。

〔註24〕　唐蘭：《唐蘭先生金文論集・略論西周微史家族窖藏銅器群的重要意義——陝西扶
　　　　風新出牆盤銘文解釋》，頁222，北京，紫禁城出版社，1995年。

	秦　朝	
	漢　朝	

11、《說文》「祀」字云：「祄，祭無巳也。從示巳聲。禩，祀或從異。」〔註25〕

「祀」字從示巳聲，或體「禩」從示異聲。「巳」字上古音屬「邪」紐「之」部，「異」字上古音屬「余」紐「職」部，之職陰入對轉，巳、異作為聲符使用時可替代。又〈作冊大方鼎〉的「祀」字作「界」，其辭例為「公來鑄武王成王祀鼎」，又據《汗簡》所載，「祀」字作「禩」《尚書》〔註26〕，「祄」為「示」字，「界」與「界」的形體近同，可知「界」字或為《說文》「禩」的來源，惟前者將「示」省略，僅保留聲符「異」。「祀」字的形體，徐中舒以為初形應作「关」，其後訛變為「界」、「界」〔註27〕，其言可從。因與「界」的形體相近，遂產生從示異聲的或體字。〈舒夐壺〉作「祀」，「巳」右側的渦漩紋「乀」屬裝飾的筆畫，為戰國時期中山國文字的特色。

字　例	重文	時　期	字　形
祀 祀	禩	殷　商	钌《合》（2231）卩《合》（9185）祄《合》（37851）
		西　周	祀〈史牆盤〉
		春　秋	祀〈秦公簋〉界〈王子午鼎〉
		楚　系	祀〈楚帛書・乙篇 11.24〉
		晉　系	祀〈哀成叔鼎〉祄〈匜羌鐘〉祀〈舒夐壺〉
		齊　系	
		燕　系	示巳〈匽侯載器〉
		秦　系	祀〈睡虎地・日書甲種 6〉
		秦　朝	
		漢　朝	祀《馬王堆・陰陽五行甲篇 195》

〔註25〕《說文解字注》，頁 3～4。

〔註26〕（宋）郭忠恕編、（宋）夏竦編、（民國）李零、劉新光整理：《汗簡・古文四聲韻》，頁 2，北京，中華書局，1983 年。

〔註27〕《甲骨文字典》，頁 19。

12、《說文》「柴」字云：「柴，燒柴尞祭天也。从示此聲。〈虞書〉
　　曰：『至于岱宗柴』。禱，古文柴从隋省。」〔註28〕

「柴」字从示此聲，古文「禱」从示隋省聲。「此」字上古音屬「清」紐
「支」部，「隋」字上古音屬「邪」紐「歌」部，二者發聲部位相同，清邪旁
紐，此、隋作爲聲符使用時可替代。據《汗簡》所載，「柴」字作「禱」《尚
書》〔註29〕，所从之「示」作「示」、「左」作「左」、「肉」作「肉」字形雖
與《說文》收錄的古文略有差異，仍同爲一字。

字　例	重　文	時　期	字　　　　　形
柴	禱	殷　商	
		西　周	
		春　秋	
		楚　系	
		晉　系	
		齊　系	
		燕　系	
		秦　系	
		秦　朝	
		漢　朝	

13、《說文》「禣」字云：「禣，門內祭先祖所彷皇也。从示彭聲。《詩》
　　曰：『祝祭于禣』。祊，禣或从方。」〔註30〕

「禣」字从示彭聲，或體「祊」从示方聲。「彭」字上古音屬「並」紐「陽」
部，「方」字上古音屬「幫」紐「陽」部，二者發聲部位相同，幫並旁紐，疊韻，
彭、方作爲聲符使用時可替代。

字　例	重　文	時　期	字　　　形
禣	祊	殷　商	

〔註28〕　《說文解字注》，頁 4。

〔註29〕　《汗簡・古文四聲韻》，頁 2。

〔註30〕　《說文解字注》，頁 4。

繁	西　周	
	春　秋	
	楚　系	
	晉　系	
	齊　系	
	燕　系	
	秦　系	
	秦　朝	
	漢　朝	

14、《說文》「禱」字云：「禱，告事求福也。从示壽聲。祠，禱或省。䪴，籀文禱。」〔註31〕

或體作「祠」，字形與〈新蔡・乙四 140〉的「祠」相近，不同之處為前者右側的形體作「灵」，後者作「灵」；籀文作「䪴」，將之與或體、〈新蔡・乙四 139〉的「䝝」相較，左半部的「禱」即為「禱」字，右半部所增添的「夏」，應如「齋」字下所引王國維之言「象人形」，書寫時若將三個偏旁以左右式的結構排列，勢必使得文字形成長條狀，故改以上下式結構書寫。又「禱」字所從之「壽」於西周文字作「壽」〈沈子它簋蓋〉，其後增添「口」作「壽」〈豆閉簋〉，或增添「甘」作「壽」〈頌鼎〉，故戰國時期楚系文字或作「䖓」〈望山1.119〉，或作「䄲」〈秦家嘴 99.1〉，或作「禱」〈包山 237〉。「禱」字所從之「壽」，據上列字形言，西周早期金文尚未見增添「口」，下半部的形體，或寫為「口」，或寫為「甘」，或寫為「田」，應是形體增繁所致。楚系文字習見於「口」中增添短橫畫，與「甘」的形體近同，若在橫畫上增添短豎畫，便形成「田」，即「口」添加「－」，形成「甘」，「甘」添加「｜」，形成「田」。再者，望山竹簡「禱」字作「䖓」，為上下式結構，包山竹簡作「禱」，為左右式結構，至於秦家嘴竹簡作「䄲」或「䖎」，因古文字的偏旁可左右或上下置換，故二者無別。此外，〈睡虎地・日書甲種 101〉作「䖎」，所從為「寸」，向鬼神告事求福，應有「手」的動作，然古文字或見「又」與「寸」作為偏旁時互代的現象，如：「寺」字從又作「𡗥」〈吳王光鑑〉，或從寸作「𡗦」〈睡虎地・日書甲種 59 背〉，「時」

字从又作「」〈郭店・太一生水2〉，或从寸作「」〈睡虎地・秦律雜抄42〉，以彼律此，睡虎地竹簡从「寸」之「禱」字可能本應从「又」。

字　例	重　文	時　期		字　形
禱	祕， 禱	殷　商		
		西　周		
		春　秋		
		楚　系		〈望山1.119〉　〈望山1.124〉　〈包山237〉　， 〈包山248〉　〈新蔡・乙四139〉　〈新蔡・乙四140〉 〈秦家嘴99.1〉　〈秦家嘴99.2〉
		晉　系		
		齊　系		
		燕　系		
		秦　系		〈睡虎地・日書甲種101〉
		秦　朝		
		漢　朝		

15、《說文》「禂」字云：「禂，禱牲馬祭也。从示周聲。騶，或从馬壽省聲。」〔註32〕

「禂」字从示周聲，或體「騶」从馬聲。「」字據上列「禱」字所示，應爲「壽」字之省。「周」字上古音屬「章」紐「幽」部，「」字上古音屬「禪」紐「幽」部，二者發聲部位相同，章禪旁紐，疊韻，周、作爲聲符使用時可替代。「禂」字或體非僅聲符改易，形符亦由「示」改爲「馬」，劉盼遂云：「禱字冠下牲馬二事言之，猶言禱牲祭禱馬祭也。古文自有省字之例，而自來解者皆未了此。」〔註33〕古文字或見明確表示其義而改易偏旁的現象，如：《說文》「誅」字云：「討也，從言朱聲。」段玉裁〈注〉云：「凡殺戮、糾責皆是。」〔註34〕〈中山王方壺〉作「」，辭例爲「以誅不順」，

〔註32〕《說文解字注》，頁8。

〔註33〕劉盼遂：《文字音韻學論叢・說文師說》，頁98～99，北平，人文書店，1935年。（收錄於許錟輝主編：《民國時期語言文字學叢書》第一編，冊100，臺中，文听閣圖書有限公司，2009年。）

〔註34〕《說文解字注》，頁101。

於此有「殺戮」之義，故將從「言」者改易爲「戈」。「禂」字的形符易爲「馬」，或與之相類。

字 例	重 文	時　期	字　　形
禂 禂	𩠌	殷　商	
		西　周	
		春　秋	
		楚　系	
		晉　系	
		齊　系	
		燕　系	
		秦　系	
		秦　朝	
		漢　朝	

16、《說文》「社」字云：「社，地主也。从示土。《春秋傳》曰：『共工之子句龍爲社神』。《周禮》二十五家爲社，各樹其土所宜木。社，古文社。」〔註35〕

篆文从示土作「社」，與〈詛楚文〉的「社」、〈包山 138 反〉的「社」相同；古文作「社」，與〈新蔡甲三.362〉之「社」、〈中山王舋方鼎〉之「社」相近，其差異主要在於「示」的形體，前者作「示」，省減「示」上半部的短橫畫「-」。又將小篆與古文的字體相較，二者之別在於後者增添「木」，段玉裁〈注〉云：「从木者，各樹其土所宜木也。」其言可從。又〈䎷盉壺〉有字作「木」，辭例爲「于彼新社」，容庚云：「从木，同銘社字作社」，故將之列於「土」字〔註36〕，又楚竹書中亦見「社」字，寫作「社」〈清華・程寤3〉，辭例爲「社稷」，「社稷」一詞十分習見，以〈上博・吳命2〉、〈上博・吳命5〉爲例，辭例亦爲「社稷」，據此推測，「社」應爲「社」省略「示」之形，以彼律此，「于彼新社」應釋爲「于彼新社」。

〔註35〕《說文解字注》，頁8。

〔註36〕容庚：《金文編》，頁882，北京，中華書局，1992年。

字 例	重 文	時 期	字　　形
社　社	社	殷 商	
		西 周	
		春 秋	
		楚 系	坴〈望山 1.25〉社〈包山 138 反〉禒〈新蔡·甲三 362〉 祇〈上博·吳命 2〉祘〈上博·吳命 5〉 盉〈清華·程寤 3〉
		晉 系	社〈中山王𗿟方鼎〉本〈夋盍壺〉
		齊 系	
		燕 系	
		秦 系	社〈詛楚文〉
		秦 朝	
		漢 朝	社《馬王堆·經法 23》

17、《說文》「祟」字云：「祟，神禍也。从示出。𥛾，籀文祟從襚
　　省。」〔註37〕

「祟」字小篆作「祟」，上半部从「出」，〈睡虎地·日書乙種 216〉作「祟」，
字形亦从示出，又〈睡虎地·日書乙種 206〉作「祟」，上半部形體為「土」，
與「屮」不同，究其形體，係將「屮」下半部的「凵」拉直作「一」，寫作「土」；
〈包山 236〉作「祟」，辭例為「毋有祟」，「出」作「火」，將之與「屮」相較，
亦是將「屮」下半部的「凵」改作「八」，寫作「火」。籀文作「𥛾」，右側從
「夒」，蓋如王國維所言象人形。

字 例	重 文	時 期	字　　形
祟　祟	𥛾	殷 商	
		西 周	
		春 秋	
		楚 系	祟〈包山 236〉
		晉 系	
		齊 系	
		燕 系	

〔註37〕 《說文解字注》，頁 8。

		秦　系	〈睡虎地・日書乙種 206〉　　〈睡虎地・日書乙種 216〉
		秦　朝	
		漢　朝	

18、《說文》「三」字云：「三，數名，天地人之道也。於文一耦二為三成數也。凡三之屬皆從三。弎，古文三。」〔註38〕

「三」字小篆寫作「三」，與殷商以來的「三」相同；古文從「弋」寫作「弎」，與「一」字古文「弌」同從「弋」得形。又據《古文四聲韻》所載，「三」字或從「弋」作「弎」《古尚書》〔註39〕，可知《說文》古文字形自有其來源，惟現今尚未見於出土文獻。

字　例	重　文	時　期	字　形
三 三	弎	殷　商	《合》（14 正）
		西　周	〈天亡簋〉
		春　秋	〈侯馬盟書・宗盟類 156.7〉
		楚　系	〈鄂君啓舟節〉
		晉　系	〈兆域圖銅版〉
		齊　系	《古陶文彙編》（3.1）
		燕　系	《古陶文彙編》（4.17）
		秦　系	〈青川・木牘〉
		秦　朝	《秦代陶文》（22）
		漢　朝	《馬王堆・陰陽五行甲篇 24》

19、《說文》「王」字云：「王，天下所歸往也。董仲舒曰：『古之造文者，三畫而連其中謂之王。三者，天地人也，而參通之者王也。』孔子曰：『一貫三爲王』。凡王之屬皆從王。𠙻，古文王。」〔註40〕

「王」字的字形，歷來學者說法不一，如：羅振玉云：「王字本象地中有

〔註38〕《說文解字注》，頁9。

〔註39〕《古文四聲韻》，頁103。

〔註40〕《說文解字注》，頁9。

火，故省其上畫義已明白。」〔註41〕葉玉森以爲「王」字下半部的形體「象古代王者之峩冠」，「王本象古冠形」〔註42〕，董作賓云：「本象王者正面端坐之形，但頭上無冠。」〔註43〕林澐指出「王」字「本象斧鉞形」，西周金文「王」的收筆橫畫或曲或直，係早期「王」字對斧鉞鋒刃部的不同表現〔註44〕；徐中舒認爲「象刃部下向之斧形，以主刑殺之斧鉞象徵王者之權威。」〔註45〕「王」字於甲骨文作「太」、「玊」或「王」，從字形言，林澐與徐中舒之說較能與該字的形體相符。其後「王」字於金文作「王」，與《說文》小篆的「王」相較，可知該字的形體於兩周秦漢間變異不大，又古文作「帀」，字形與〈王子午鼎〉的「帀」、〈者沪鐘〉的「帀」近同。至於〈墜璋方壺〉作「壬」，係於起筆橫畫上增添短橫畫飾筆，《古璽彙編》（0063）作「王」，係於豎畫上增添短橫畫飾筆，此二種增添飾筆的現象在戰國文字裡十分習見。

字 例	重 文	時 期	字 形
王 王	帀	殷 商	太《合》（357） 玊《合》（24457） 王 《合》（36361）
		西 周	王 〈虢季子白盤〉
		春 秋	王 〈王孫遺者鐘〉 帀 〈王子午鼎〉
		楚 系	王 〈曾侯乙鐘〉 帀 〈者沪鐘〉
		晉 系	王 〈中山王𗉉鼎〉
		齊 系	王 〈陳肪簋〉 壬 〈墜璋方壺〉 王 《古璽彙編》（0063）
		燕 系	王 《古璽彙編》（0361）
		秦 系	王 〈睡虎地・日書乙種183〉
		秦 朝	王 〈繹山碑〉
		漢 朝	王 《馬王堆・老子甲本142》

〔註41〕羅振玉：《增訂殷虛書契考釋》卷中，頁19，臺北，藝文印書館，1982年。

〔註42〕葉玉森：《殷墟書契前編集釋》卷一，頁7～8，臺北，藝文印書館，1966年。

〔註43〕董作賓：《甲骨學六十年》，頁115，臺北，藝文印書館，1965。

〔註44〕林澐：〈說王〉，《林澐學術文集》，頁1，北京，中國大百科全書出版社，1998年。
　　　　（原收錄於《考古》1965：6）

〔註45〕《甲骨文字典》，頁32。

20、《說文》「玉」字云：「王，石之美有五德者。潤澤吕溫，仁之方也；䚡理自外，可吕知中，義之方也；其聲舒揚，專吕遠聞，智之方也；不撓而折，勇之方也；銳廉而不忮，絜之方也。象三玉之連，｜其貫也。凡玉之屬皆从玉。𤣥，古文玉。」[註46]

羅振玉指出「玉」字於甲文作「丰」，「｜或露其兩端也，知丰即玉者。」[註47] 從字形觀察，小篆作「王」，其形體應由「丰」發展而來。古文作「𤣥」，在「王」的下半部增添「｜＼」，李孝定以爲隸書或楷書中所見增添小點的現象，係爲了與「王」字區別。[註48] 戰國時期「玉」字或從「玉」偏旁的字或見增添短斜畫，以「玉」字爲例，楚系曾侯乙墓竹簡將「ヽノ」增添於「王」的下半部，寫作「亞」，信陽竹簡將短斜畫「ヽ」添加在「王」的豎畫上，寫作「至」，〈詛楚文〉將「ノヽ」增添於「王」的上半部，寫作「至」，增添短斜畫的位置並不固定，其添加的數量亦未固定，甚或可見未增添短斜畫者，如：〈魚鼎匕〉作「王」。由此推測，點、畫的增添，原本並未具有區別字形的作用，它只是裝飾的筆畫，其後因「王」與「玉」字的形體日趨相近，遂在「玉」的形體添加點、畫，一方面可爲裝飾的飾筆，一方面亦具有區別字形的作用。

字 例	重 文	時 期	字 形
玉 王	𤣥	殷 商	羊《合》(7053 正) 丰《合》(34149)
		西 周	王〈番生簋蓋〉
		春 秋	王〈洹子孟姜壺〉
		楚 系	亞〈曾侯乙 123〉 至〈信陽 1.33〉
		晉 系	王〈魚鼎匕〉
		齊 系	
		燕 系	
		秦 系	至〈詛楚文〉 王〈睡虎地・法律答問 140〉
		秦 朝	王〈咸陽盆〉
		漢 朝	王《馬王堆・合陰陽 125》

[註46] 《說文解字注》，頁 10。

[註47] 《增訂殷虛書契考釋》卷中，頁 40。

[註48] 李孝定：《金文詁林讀後記》，頁 9，臺北，中央研究院歷史語言研究所，1992 年。

21、《說文》「瓊」字云：「瓊，亦玉也。从王夐聲。璚，瓊或从矞；
　　璇，瓊或从旋」〔註49〕

「瓊」字从玉夐聲，或體「璚」从玉矞聲，另一或體作「璇」从玉旋聲。「瓊」字上古音屬「群」紐「耕」部，又「夐」字上古音屬「曉」紐「耕」部，「璚」字所从之「矞」上古音屬「余」紐「質」部，「璇」字所从之「旋」上古音屬「匣」紐「支」部。支、耕二部為陰陽對轉的關係，又若以「夐」、「旋」的聲紐言，曉、匣二者發聲部位相同，為曉匣旁紐與支、耕陰陽對轉的關係，作為聲符使用時可替代。再者，從出土的戰國時期文獻觀察，「支」、「錫」、「耕」，「脂」、「質」、「真」分屬二組陰、陽、入聲韻部的文字，其間的關係十分密切，時有通假的現象，如：支部字與質部字通假之例，〈詛楚文〉的「昔我先君穆公及楚成王，是僇力同心。」據袁仲一與劉鈺的考證，「是」字應讀為「實」〔註50〕，「是」字上古音屬「禪」紐「支」部，「實」字上古音屬「船」紐「質」部；又〈睡虎地‧為吏之道14肆～17肆〉的「治則敬自賴之，施而息之，損而牧之。」整理小組指出「損」字應讀為「密」〔註51〕，从牛从買之字未見，應从買得聲，「買」字上古音屬「明」紐「支」部，「密」字上古音屬「明」紐「質」部。又如：耕部字與真部字通假之例，〈郭店‧老子乙本16〉的「修之身，其德乃貞。」簡文與今本《老子》對照，為第五十四章，「其德乃貞」一辭，今本與馬王堆帛書《老子》乙本皆作「其德乃真」，「貞」字上古音屬「端」紐「耕」部，「真」字上古音屬「章」紐「真」部；又〈睡虎地‧秦律十八種‧倉律61〉的「隸臣欲以人丁粼者二人贖，許之。」整理小組云：「粼，疑讀為齡。丁齡即丁年。」〔註52〕「粼」字上古音屬「來」紐「真」部，「齡」字上古音屬「來」紐「耕」部。據此可知，「矞」、「夐」二字作為聲符使用時亦可替代。又《說文》「瓊」字下半部从「攵」，〈睡虎地‧法律答問202〉「瓊」下半部从「又」，古文字或見从又、从攵相互替代的現象，如：「啟」字从攵作「𢻻」〈召卣〉，从又作「啟」

〔註49〕　《說文解字注》，頁10～11。

〔註50〕　袁仲一、劉鈺：《秦文字通假集釋》，頁204～205，西安，陝西人民教育出版社，1999年。

〔註51〕　睡虎地秦墓竹簡整理小組：《睡虎地秦墓竹簡》，頁172，北京，文物出版社，2001年。

〔註52〕　《睡虎地秦墓竹簡》，頁35。

〈啓卣〉，《說文》「又」字云：「手也」，「攵」字云：「小擊也」〔註53〕，「又」、「攵」二者不具有相近或相同的意義，也不具有形體近同的關係，卻得以發生替代的現象，係古文字異化現象中非形義近同的形符互代。〔註54〕

字　例	重　文	時　期	字　　形
瓊	璚，瓗	殷　商	
		西　周	
		春　秋	
		楚　系	
		晉　系	
		齊　系	
		燕　系	
		秦　系	
		秦　朝	瓊〈睡虎地・法律答問202〉
		漢　朝	

22、《說文》「璿」字云：「璿，美玉也。从王睿聲。《春秋傳》曰：『璿弁玉瓔』。琁，璿或从旋省。瓗，籀文璿。璿，古文璿。」

〔註55〕

「璿」字从玉睿聲，或體「琁」从玉旋省聲。「睿」字上古音屬「余」紐「月」部，从「旋省聲」的「琁」字雖未見，但是「璇」字所从聲符「旋」上古音屬「邪」紐「元」部，元月陽入對轉，睿、旋作為聲符使用時可替代。又〈上博・容成氏38〉「璿」字作「瓗」，篆文「睿」字作「睿」，與「睿」不同，楚文字「睿」上半部的形體作「片」，下半部仍保有「目」的形體；左側的「玉」作「玉」，為楚文字習見的寫法。《說文》小篆作「璿」，籀文作「瓗」，將二者相較，其差異處不僅是偏旁位置的組合不同，後者於「玉」上添加「又」；古文作「璿」，則是將「目」改作「口」。又據《汗簡》所載，「璿」字或作「瓗」

〔註53〕《說文解字注》，頁115，頁123。

〔註54〕陳立：《戰國文字構形研究》，頁368，臺北，國立臺灣大學中國文學研究所博士論文，2004年。

〔註55〕《說文解字注》，頁11～12。

《古尚書》〔註56〕，偏旁「玉」作「甬」，形體與「玉」字古文相近，商承祚以爲「玉之古文作甬，則玉字偏旁不當與篆文同。」〔註57〕據戰國文字所示，「王」是否增添點、畫，及其增添的位置爲何，並無固定的寫法。《說文》「璿」字古文可補入一從「甬」的字形「䫅」。

字　例	重　文	時　期		字　形
璿　璿	瓊，𤪌，璿	殷　商		
		西　周		
		春　秋		
		楚　系		瓊〈上博・容成氏 38〉
		晉　系		
		齊　系		
		燕　系		
		秦　系		
		秦　朝		
		漢　朝		

23、《說文》「球」字云：「球，玉也。从王求聲。璆，球或从翏。」〔註58〕

「球」字从玉求聲，或體「璆」从玉翏聲。「求」字上古音屬「群」紐「幽」部，「翏」字上古音屬「來」紐「幽」部，疊韻，求、翏作爲聲符使用時可替代。

字　例	重　文	時　期		字　形
球　球	璆	殷　商		
		西　周		
		春　秋		
		楚　系		
		晉　系		
		齊　系		

〔註56〕　《汗簡・古文四聲韻》，頁 2。

〔註57〕　《說文中之古文考》，頁 7。

〔註58〕　《說文解字注》，頁 12。

	燕　系	
	秦　系	
	秦　朝	
	漢　朝	

24、《說文》「瑁」字云：「瑁，諸矦執圭朝天子，天子執玉以冒之，似犁冠。《周禮》曰：『天子執瑁四寸』。从王冒，冒亦聲。玥，古文从目。」〔註59〕

「瑁」字从玉冒聲，「冒」字上半部从「月」，下半部从「目」，將之與古文形體相較，後者在字形上僅見「玉」與「月」。又從聲韻的角度言，古文「玥」从玉月聲，「冒」、「月」二字上古音皆屬「明」紐「幽」部，雙聲疊韻，冒、月作爲聲符使用時可替代。據《古文四聲韻》所載，「瑁」字作「𤣩」《說文》〔註60〕，右側形體爲「屮」，與「自（白）」作「屮」相同〔註61〕，商承祚指出「屮」係爲「㿟」的訛寫，且「玥」字於宋本已誤从「目」。〔註62〕其言可從。又據大小徐本「瑁」字古文皆作「珇」〔註63〕，《周季木藏匋》所載「瑁」字亦作「珇」（662），从玉目聲，「目」字上古音屬「明」紐「覺」部，與「冒」、「月」的音韻關係爲雙聲，幽覺陰入對轉，冒、月、目作爲聲符使用時可替代。《說文》「瑁」字應補入从「目」之「珇」。

字　例	重文	時　期	字　形
瑁 瑁	玥	殷　商	
		西　周	
		春　秋	
		楚　系	
		晉　系	
		齊　系	

〔註59〕《說文解字注》，頁 13。

〔註60〕《古文四聲韻》，頁 230。

〔註61〕《汗簡‧古文四聲韻》，頁 8。

〔註62〕《說文中之古文考》，頁 7。

〔註63〕《說文解字繫傳》，頁 7；《說文解字》，頁 11。

燕 系		
秦 系		
秦 朝		
漢 朝		

25、《說文》「瑱」字云：「瑱，吕玉充耳也。从王眞聲。《詩》曰：『玉之瑱兮』。䦤，瑱或从耳」〔註64〕

篆文作「瑱」，从玉眞聲；或體作「䦤」，从耳眞聲。從戰國文字的字形觀察，當時爲了明確的記錄語言，往往會依據某事物的製作材料不同或爲了強調其字義而添加偏旁，如：「缶」字增添偏旁「土」作「缸」〈包山255〉，或增添偏旁「石」作「䂵」〈包山255〉，「兄」字增添偏旁「人」作「㐴」〈鄦陵君王子申豆〉等。「瑱」字言「吕玉充耳」，字形从玉眞聲，所从之「玉」，係指製作的材料，或體「䦤」字將所从之「玉」改爲「耳」，應指使用之處。

字 例	重 文	時 期	字 形
瑱 瑱	䦤	殷 商	
		西 周	
		春 秋	
		楚 系	
		晉 系	
		齊 系	
		燕 系	
		秦 系	
		秦 朝	
		漢 朝	

26、《說文》「珌」字云：「珌，佩刀下飾，天子以玉。从王必聲。璅，古文珌。」〔註65〕

「珌」字从玉必聲，或體「璅」从玉畢聲。「必」、「畢」二字上古音皆屬

〔註64〕《說文解字注》，頁13。

〔註65〕《說文解字注》，頁14。

「幫」紐「質」部，雙聲疊韻，必、畢作爲聲符使用時可替代。

字　例	重　文	時　期	字　　形
珌	鞸	殷　商	
		西　周	
		春　秋	
		楚　系	
		晉　系	
		齊　系	
		燕　系	
		秦　系	
		秦　朝	
		漢　朝	

27、《說文》「璂」字云：「璂，弁飾也，往往冒玉也。从王綦聲。瑱，璂或从基。」〔註66〕

「璂」字从玉綦聲，或體「瑱」从玉基聲。「綦」字上古音屬「群」紐「之」部，「基」字上古音屬「見」紐「之」部，二者發聲部位相同，見群旁紐，疊韻，綦、基作爲聲符使用時可替代。

字　例	重　文	時　期	字　　形
璂 瑱	瑱	殷　商	
		西　周	
		春　秋	
		楚　系	
		晉　系	
		齊　系	
		燕　系	
		秦　系	
		秦　朝	
		漢　朝	

〔註66〕《說文解字注》，頁14。

28、《說文》「璊」字云：「璊，玉經色也。从王㒼聲。禾之赤苗謂
　　之虋，言璊玉色如之。瑞，璊或从允。」〔註67〕

「璊」字从玉㒼聲，或體「玧」从玉允聲。「㒼」字上古音屬「明」紐「元」
部，「允」字上古音屬「余」紐「文」部。文、元二部分屬不同的韻部，然在文
字通假現象裡，或見分屬文、元韻部，而聲紐關係或屬雙聲者，如：郭店竹簡
《老子》甲本的「而民彌畔」（30），今本《老子》第五十七章、馬王堆漢墓帛
書《老子》甲、乙本皆作「而民彌貧」。「畔」字上古音屬「並」紐「元」部，「貧」
字上古音屬「並」紐「文」部，雙聲。「畔」字通假爲「貧」。「㒼」、「允」分
屬元、文二部，依理作爲聲符使用時不可替代，然異體字係指字形不同而字義、
字音相同者，據此可知，在戰國時期甚或漢代，文、元二部的關係應該較爲密
切，方能在通假字或異體字的現象裡，因音韻的近同而改易其偏旁或替換某字。

字　例	重　文	時　期	字　　　形
璊 　 璊	瑞	殷　商	
		西　周	
		春　秋	
		楚　系	
		晉　系	
		齊　系	
		燕　系	
		秦　系	
		秦　朝	
		漢　朝	

29、《說文》「玩」字云：「玩，弄也。从王元聲。貦，玩或从貝。」
〔註68〕

戰國文字時見爲了明確的記錄語言，而依據某事物的製作材料不同添加偏
旁，如：「冒（帽）」字增添偏旁「韋」作「䩅」〈包山259〉，或增添偏旁「糸」
作「𢃺」〈仰天湖11〉。「玩」字从玉元聲，或體「貦」从貝元聲，所从之「玉」、

「貝」係指製作的材料，其作用亦應爲反映其製作材料的差異。

字 例	重 文	時 期	字 形
玩 玩	賏	殷 商	
		西 周	
		春 秋	
		楚 系	玩 〈天星觀・卜筮〉
		晉 系	
		齊 系	
		燕 系	
		秦 系	
		秦 朝	
		漢 朝	玩 《馬王堆・經法 31》

30、《說文》「琨」字云：「琨，石之美者。从王昆聲。〈夏書〉曰：
『楊州貢瑤琨』。瓘，琨或从貫。」〔註69〕

「琨」字从玉昆聲，或體「瓘」从玉貫聲。「昆」字上古音屬「見」紐「文」
部，「貫」字上古音屬「見」紐「元」部，雙聲，昆、貫作爲聲符使用時可替代。

字 例	重 文	時 期	字 形
琨 琨	瓘	殷 商	
		西 周	
		春 秋	
		楚 系	
		晉 系	
		齊 系	
		燕 系	
		秦 系	
		秦 朝	
		漢 朝	

〔註69〕《說文解字注》，頁 17。

31、《說文》「玭」字云：「㻴，珠也。从王比聲。宋宏曰：『淮水中出玭珠，玭珠珠之有聲者。』蠙，〈夏書〉玭从虫賓。」 〔註70〕

篆文作「㻴」，从玉比聲；古文作「蠙」，从虫賓聲。「比」字有二讀音，一為「卑履切」，上古音屬「並」紐「脂」部，一為「毗至切」，上古音屬「幫」紐「脂」部，「賓」字上古音屬「幫」紐「眞」部，若「比」字為「並」紐「脂」部，則與「賓」字為幫並旁紐、脂眞陰陽對轉，若「比」字為「幫」紐「脂」部，則與「賓」字為雙聲、脂眞陰陽對轉，比、賓作為聲符使用時可替代。「玭」字之義為「珠」，段玉裁〈注〉云：「謂珠名也」，據「玉」部屬字的字義觀察，首列字義為「玉」者，如：瓘、璥、瑛等，再列與「玉」之義相關者，如：璧、琥、璋等，最後則列形貌似「玉」者，如玖、瑰、珣等，「玭」字从玉，應指其外貌溫潤如玉；又段玉裁〈注〉云：「玭本是蚌名，以為珠名。」「蚌」為「蜃屬」 〔註71〕，亦屬貝類，「貝」之義為「海介蟲」 〔註72〕，从虫者應指產珠之「玭」。

字　例	重　文	時　期	字　形
玭 㻴	蠙	殷　商	
		西　周	
		春　秋	
		楚　系	
		晉　系	
		齊　系	
		燕　系	
		秦　系	
		秦　朝	
		漢　朝	

32、《說文》「玕」字云：「玕，琅玕也。从王干聲。〈禹貢〉：『雝州璆琳琅玕』。玕，古文玕从王旱。」 〔註73〕

〔註70〕 《說文解字注》，頁 18。

〔註71〕 《說文解字注》，頁 677。

〔註72〕 《說文解字注》，頁 281。

〔註73〕 《說文解字注》，頁 18。

「玕」字從玉干聲，或體「琂」從玉旱聲。「干」字上古音屬「見」紐「元」部，「旱」字上古音屬「匣」紐「元」部，疊韻，干、旱作爲聲符使用時可替代。

字　例	重　文	時　期	字　　　形
玕玕	琂	殷　商	
		西　周	
		春　秋	
		楚　系	
		晉　系	
		齊　系	
		燕　系	
		秦　系	
		秦　朝	
		漢　朝	

33、《說文》「靈」字云：「靈，巫也。以玉事神。從王霝聲。靈，靈或從巫。」〔註74〕

「靈」字或從心作「𤫊」〈秦公鎛〉，辭例爲「靈音」，《詩經‧鄘風‧定之方中》云：「靈雨既零」，鄭玄〈箋〉：「靈，善也。」〔註75〕「靈音」應指「美好的音樂」，「樂音」的好壞或優劣係由聽者的心志判斷，故從心；或從示作「靈」〈庚壺〉，辭例爲「靈公」，楊樹達指出「靈」字從示，「蓋神靈之靈本字」〔註76〕，朱芳圃亦云：「巫爲女子能事無形以舞降神，是其職能爲人神之媒介，其本身具有神義，示，神事也，故從示作。」〔註77〕或從龜、火作「靈」〈叔尸鎛〉，辭例爲「至于世日武靈成」，郭沫若以爲該字「從龜又爪，象人執龜，一手執之，一手捪之。從火者，謂以火灼龜，使之呈兆，吉兇均有靈

〔註74〕《說文解字注》，頁19。

〔註75〕（漢）毛公傳、（漢）鄭玄箋、（唐）孔穎達等正義：《毛詩正義》，頁117，臺北，藝文印書館，1993年。

〔註76〕楊樹達：《積微居金文說‧庚壺跋》，頁160，北京，中華書局，1997年。

〔註77〕朱芳圃：《殷周文字釋叢》，頁145，臺北，臺灣學生書局，1972年。

驗也。……此均靈字从龜之意。」〔註78〕或从玉作「靈」〈詛楚文〉，从「玉」
者，係以玉祭祀神明；《說文》或體从巫作「靈」，其因蓋如上列朱芳圃所言。
此外，《馬王堆‧天下至道談 43》字形爲「靈」，上半部形體作「靈」，與習
見的「靈」不同，其差異處係前者將「口」以上二下一的方式排列，後者則
將三個「口」並列。

字　例	重　文	時　期	字　形
靈靈	靈	殷　商	
		西　周	
		春　秋	靈〈秦公鎛〉　靈〈庚壺〉　靈〈叔尸鎛〉
		楚　系	
		晉　系	
		齊　系	
		燕　系	
		秦　系	靈〈詛楚文〉
		秦　朝	
		漢　朝	靈《馬王堆‧十問 29》　靈《馬王堆‧天下至道談 43》靈〈開母廟石闕〉

34、《說文》「玨」字云：「玨，二玉相合爲一玨。凡玨之屬皆从玨。瑴，玨或從㱿」〔註79〕

「玨」字从二玉，屬會意字，或體「瑴」从玉㱿聲，爲形聲字。「玨」、「瑴」
二字上古音皆屬「見」紐「屋」部，又「瑴」字所从之「㱿」，上古音屬「溪」
紐「屋」部，二者發聲部位相同，見群旁紐，疊韻。甲骨文與戰國楚系文字皆
爲从二玉的會意字，尚未見从玉㱿聲的字形，由會意字改爲形聲字，爲了便於
時人閱讀使用之需，故以讀音相近的字作爲聲符。又〈卯簋蓋〉有一字作「㱿」，
從字形觀察，與《說文》「㲉（㲉）」字相近，不似「瑴」，就辭例言，〈卯簋蓋〉
爲「璋㲉（瑴）」，郭沫若以爲該字即「瑴」〔註80〕，張世超等人指出應是「㱿」

〔註78〕郭沫若：《兩周金文辭大系圖錄考釋》下冊，頁 208，上海，上海書店出版社，1999 年。

〔註79〕《說文解字注》，頁 19。

〔註80〕《兩周金文辭大系圖錄考釋》下冊，頁 86。

字假借爲「穀」，從字形與辭例言，張世超等人之言應可從。〔註81〕

字 例	重 文	時 期		字 形
珏 珏	瑴	殷 商		丰丰《合》（14588） 王王《合》（33201）
		西 周		
		春 秋		
		楚 系		珏〈包山85〉
		晉 系		
		齊 系		
		燕 系		
		秦 系		
		秦 朝		
		漢 朝		

35、《說文》「氛」字云：「氛，祥气也。从气分聲。雰，氛或从雨。」〔註82〕

篆文作「氛」，從气分聲；或體作「雰」，從雨分聲。段玉裁於「氛」字下云：「此爲〈小雅〉『雨雪雰雰』之字。……潤氣箸艸木，因凍則凝，色白若粉也，皆當作此雰，與祥氣之氛各物，似不當混而一之。」其言爲是。然「气」字據《說文》所載，其義爲「雲气」〔註83〕，「雨」字爲「水從雲下」〔註84〕，二者的字義皆與氣象相關，作爲形符使用時可因其義相近或是同屬於某類而兩相替代。

字 例	重 文	時 期	字 形
氛 氛	雰	殷 商	
		西 周	
		春 秋	

〔註81〕 張世超、孫凌安、金國泰、馬如森：《金文形義通解》，頁63，京都：中文出版社，1995年。

〔註82〕 《說文解字注》，頁20。

〔註83〕 《說文解字注》，頁20。

〔註84〕 《說文解字注》，頁577。

		楚 系	
		晉 系	
		齊 系	
		燕 系	
		秦 系	
		秦 朝	
		漢 朝	

36、《說文》「壻」字云：「壻，夫也。从士胥。《詩》曰：『女也
不爽，士貳其行。』士者，夫也。讀與細同。婿，壻或从女。」
〔註85〕

「壻」字篆文从士，或體从「女」，段玉裁於或體下云：「以女配有才知者爲會意」，大徐本作「从士胥聲」。〔註86〕《說文》「士」字云：「事也」〔註87〕，屈萬里指出「士，當是士字，……士人之士，初義殆謂男性之人。」〔註88〕「士」字於文獻中或爲男子之通稱，如：《詩經・衛風・氓》云：「士之耽兮，猶可說也。」〔註89〕可知《說文》之字義有誤。《說文》「女」字云：「婦人也」。〔註90〕「士」指男子，與「女」字之義相對，二者所指皆爲「人類」，作爲形符使用時可因其字義同屬於某類而兩相替代。〈睡虎地・爲吏之道23〉的辭例爲「贅壻後父」，字形作「壻」，右側爲「胥」，上半部爲「口」，下半部的「胥」與「肉（月）」〈睡虎地・法律答問18〉、「耳（耳）」〈睡虎地・爲吏之道39〉不同，「胥」字从肉疋聲，「壻」右側上半部的「口」，可能是「足（足）」〈睡虎地・語書 2〉的省寫，「胥」則爲「肉（月）」的訛誤。

〔註85〕《說文解字注》，頁 20。

〔註86〕《說文解字》，頁 14。

〔註87〕《說文解字注》，頁 618。

〔註88〕屈萬里：《殷虛文字甲編考釋》，頁 444～445，臺北，中央研究院歷史語言研究所，1992 年。

〔註89〕《毛詩正義》，頁 134。

〔註90〕《說文解字注》，頁 20。

字 例	重 文	時 期	字 形
塈	(古文字形) (篆文字形)	殷 商	
		西 周	
		春 秋	
		楚 系	
		晉 系	
		齊 系	
		燕 系	
		秦 系	塈〈睡虎地‧爲吏之道23〉
		秦 朝	
		漢 朝	

37、《說文》「中」字云：「中，內也。从口丨下上通也。屮，古文中。」 〔註91〕

「中」字或作「屮」〈休盤〉，或作「中」〈散氏盤〉，自甲骨文至金文形體雖有變化，卻不出「屮」或「中」的形體，秦漢間多寫作「中」。戰國時期東方六國「中」字的寫法不一。齊系作「屮」〈子禾子釜〉，承襲甲金文的形體；楚系或作「屮」〈曾侯乙18〉，於「屮」上半部增添「宀」，或作「屯」〈上博‧孔子詩論8〉，除了在「屮」的上半部增添一道橫畫「一」，又將豎畫向右側彎曲，或作「屯」〈包山140〉，於「屯」的橫畫「一」下方再增添一道短橫畫「-」，或作「重」〈包山269〉，除了在「屯」的橫畫「一」上方再增添一道短橫畫「-」外，又在「口」中增添一道橫畫「一」；將「中」與晉系貨幣文字相較，或分割筆畫作「屮」〈中陽‧尖足平首布〉，或收縮筆畫作「亞」〈中都‧平襠方足平首布〉，驟視之往往未識，須透過其他相同幣文比對方能識其字形；燕系「中」或作「屮」〈明‧折背刀〉，亦以收縮筆畫的方式書寫，或一方面增添「宀」，並於「口」中增添一道短橫畫「一」寫作「宮」《古陶文彙編》（4.20）。

〔註91〕《說文解字注》，頁20～21。

字　例	重　文	時　期	字　　形
中　中	中	殷　商	〔字形〕《合》（811 正）中《合》（29813 反）
		西　周	中〈散氏盤〉〔字形〕〈休盤〉
		春　秋	中〈鼄鎛〉〔字形〕〈王孫遺者鐘〉〔字形〕〈番仲戈〉
		楚　系	〔字形〕〈曾侯乙 18〉〔字形〕〈包山 138〉〔字形〕〈包山 140〉〔字形〕〈包山 269〉中〈上博・孔子詩論 17〉〔字形〕〈上博・孔子詩論 8〉
		晉　系	〔字形〕〈中厶官鼎〉〔字形〕〈春成侯壺〉〔字形〕，中〈中陽・尖足平首布〉〔字形〕，中〈中都・平襠方足平首布〉
		齊　系	〔字形〕〈子禾子釜〉
		燕　系	〔字形〕《古璽彙編》（0368）〔字形〕《古陶文彙編》（4.20）〔字形〕〈明・折背刀〉
		秦　系	中〈睡虎地・秦律十八種 197〉
		秦　朝	中〈咸陽銅構件二〉
		漢　朝	中《馬王堆・陰陽五行甲篇 139》

38、《說文》「毒」字云：「〔字形〕，厚也。害人之艸，往往而生。从屮
　　毒聲。〔字形〕，古文毒从刀葍。」[註92]

　　「毒」字从屮毒聲，或體「葍」从刀葍聲，「毒」字上古音屬「影」紐「之」
部，「葍」字上古音屬「曉」紐「陽」部，二者發聲部位相同，影曉旁紐，毒、
葍作爲聲符使用時可替代。〈睡虎地・秦律十八種 5〉的辭例爲「毒魚鱉」，「毒」
字上半部作「〔字形〕」，與《說文》篆文「〔字形〕」的上半部相較，除了省略一道橫畫
外，又將「—」寫作近於「U」的形體；《馬王堆・三號墓遣策》作「〔字形〕」，與
「〔字形〕」〈睡虎地・秦律十八種 5〉的差異在於將「〔字形〕」寫作「士」。

字　例	重　文	時　期	字　　形
毒　毒	〔字形〕	殷　商	
		西　周	
		春　秋	
		楚　系	

〔註92〕《說文解字注》，頁 22。

	晉 系	
	齊 系	
	燕 系	
	秦 系	妻〈睡虎地・秦律十八種 5〉
	秦 朝	
	漢 朝	妻《馬王堆・三號墓遣策》

39、《說文》「芬」字云：「芬，艸初生其香分布也。从屮分聲。芬，芬或从艸。」〔註93〕

「芬」字作「芬」，从屮分聲，或體从艸分聲，作「芬」，从艸者改爲屮，係以同形省減方式書寫，即書寫時省減一個或一個以上的同形偏旁或是部件〔註94〕，此種省減的方式，在戰國文字中十分常見，如：「艸」字作「屮屮」〈信陽 2.13〉，或省減同形作「屮」〈郭店・六德 12〉，「茅」字从艸作「茅」〈郭店・唐虞之道 16〉，或从屮作「茅」〈曾侯乙墓衣箱〉等。

字 例	重 文	時 期	字 形
芬 芬	芬	殷 商	
		西 周	
		春 秋	
		楚 系	
		晉 系	
		齊 系	
		燕 系	
		秦 系	
		秦 朝	
		漢 朝	

40、《說文》「芙」字云：「芙，菌芙，地蕈，叢生田中。从屮六聲。芙，籀文芙从三芙。」〔註95〕

〔註93〕《說文解字注》，頁 22。

〔註94〕《戰國文字構形研究》，頁 255。

〔註95〕《說文解字注》，頁 22。

　　《說文》「陸（陸）」字所从之右側上半部的形體，作「夅」，即「夅」字，其籀文作「夅」，右側的形體即「夅」。殷周金文「陸」字或从一「夅」作「陸」〈陸冊父乙卣〉，或从二「夅」作「陸」〈陸冊父甲卣〉，形體雖不固定，惟尚未見从三「夅」者，王國維以爲从三「夅」者皆爲〈史籀篇〉中的字形〔註96〕，其言可備一說。

字　例	重　文	時　期	字　形
夅　夅	夅	殷　商	
		西　周	
		春　秋	
		楚　系	
		晉　系	
		齊　系	
		燕　系	
		秦　系	
		秦　朝	
		漢　朝	

41、《說文》「莊」字云：「莊，上諱。㽪，古文莊。」 〔註97〕

　　西周金文作「莊」〈趞亥鼎〉，於戰國楚系簡帛作「莊」〈郭店・語叢三9〉，將之與《說文》古文「㽪」相較，左側的形體於兩周時期或作「爿」，或作「爿」，《說文》「牆」字篆文作「牆」，籀文作「牆」〔註98〕，左側的形體或爲「爿」，或爲「爿」，可知二者無別；「莊」與「㽪」右側上半部的形體亦不同，後者从「歺（占）」，前者从「占」，「占」應源於「莊」的「㞷」，張世超等人指出「占」應是「㞷」的訛寫〔註99〕，從字形言，張世超等人之言應可從。又邱德修指出「㽪」爲「葬」的古文，云：「古文莊作『㽪』與甲骨文作『㽪』形似，僅增一丌耳。則由字形字音言，『㽪』爲葬之古文似無疑問，又因其與莊同音，而

〔註96〕《王觀堂先生全集・史籀篇疏證》冊七，頁2382。

〔註97〕《說文解字注》，頁23。

〔註98〕《說文解字注》，頁354。

〔註99〕《金文形義通解》，頁76。

有假借爲莊之現象，許君因入爲莊之重文。」〔註100〕可備一說。

字 例	重 文	時 期	字 形
莊 莊	牂	殷 商	
		西 周	牂〈趞亥鼎〉
		春 秋	
		楚 系	莊〈郭店・語叢三 9〉
		晉 系	
		齊 系	
		燕 系	
		秦 系	
		秦 朝	莊〈睡虎地・編年記 5〉
		漢 朝	莊《馬王堆・十問 96》莊〈林光宮行鐙〉

42、《說文》「䕡」字云：「䕡，禾粟之莠生而不成者謂之童䕡。從艸郎聲。稂，䕡或從禾。」〔註101〕

「䕡」字從艸郎聲，或體「稂」從禾良聲，或體字非僅改易形符，亦將聲符改換。「郎」、「良」二字上古音皆屬「來」紐「陽」部，雙聲疊韻，郎、良作爲聲符使用時可替代。又「艸」字據《說文》所載，其義爲「百卉也」，「禾」字爲「嘉穀也」〔註102〕，二者的字義皆與植物相關。此種因字義與植物有關而偏旁替換的現象亦見於戰國文字，如：「節」字或從竹作「箾」〈子禾子釜〉，或從艸作「莭」〈采者節〉，「葦」字或從竹作「箽」〈新蔡・甲一 7〉，或從艸作「葦」〈望山2.48〉等，以彼律此，艸、禾作爲形符使用時可替代。

字 例	重 文	時 期	字 形
䕡 䕡	稂	殷 商	
		西 周	
		春 秋	

〔註100〕邱德修：《說文解字古文釋形考述》，頁 124，臺北：國立臺灣師範大學國文研究所碩士論文，1974 年。

〔註101〕《說文解字注》，頁 23。

〔註102〕《說文解字注》，頁 22，頁 323。

	楚　系	
	晉　系	
	齊　系	
	燕　系	
	秦　系	
	秦　朝	
	漢　朝	

43、《說文》「䔰」字云：「䔰，枲實也。从艸肥聲。黁，䔰或从麻
　　賁。」〔註103〕

　　「䔰」字从艸肥聲，或體「黁」从麻賁聲，或體字非僅改易形符，亦將
聲符改換。「肥」字上古音屬「並」紐「微」部，「賁」字上古音屬「幫」紐
「文」部，二者發聲部位相同，幫並旁紐，微文陰陽對轉，肥、賁作爲聲符
使用時可替代。又「艸」字據《說文》所載，其義爲「百卉也」，「麻」字爲
「枲也」〔註104〕，二者的字義皆與植物相關。此種因字義與植物有關而偏旁
替換的現象亦見於戰國文字，如：「和」字或从木作「𣏌」〈史孔和〉，或从禾
作「𥝝」〈包山169〉，「蓆」字或从艸作「䔾」〈信陽2.19〉，或从竹作「𥳚」
〈曾侯乙76〉等，以彼律此，艸、麻作爲形符使用時可替代。

字　例	重　文	時　期	字　形
䔰	黁	殷　商	
䔰		西　周	
		春　秋	
		楚　系	
		晉　系	
		齊　系	
		燕　系	
		秦　系	
		秦　朝	
		漢　朝	

〔註103〕《說文解字注》，頁23。

〔註104〕《說文解字注》，頁22，頁339。

44、《說文》「薇」字云：「薾，菜也，似藿。从艸微聲。薇，籀文薇省。」〔註105〕

「薇」字从艸微聲，或體「薇」从艸散聲。「微」、「散」二字上古音皆屬「明」紐「微」部，雙聲疊韻，微、散作為聲符使用時可替代。又許慎云「籀文薇省」，係據字形的差異言，將「薇」與「薾」相較，前者省略「彳」。

字例	重文	時期	字形
薇 薾	薇	殷商	
		西周	
		春秋	
		楚系	
		晉系	
		齊系	
		燕系	
		秦系	
		秦朝	
		漢朝	

45、《說文》「蕿」字云：「蕿，令人忘憂之艸也。从艸憲聲。《詩》曰：『安得蕿艸』。蕿，或从煖；萱，或从宣。」〔註106〕

「蕿」字从艸憲聲，或體「蕿」从艸煖聲，另一或體作「萱」从艸宣聲。「憲」字上古音屬「曉」紐「元」部，「煖」字上古音屬「泥」紐「元」部，「宣」字上古音屬「心」紐「元」部，三者為疊韻關係，憲、煖、宣作為聲符使用時可替代。

字例	重文	時期	字形
蕿 蕿	蕿，萱	殷商	
		西周	
		春秋	
		楚系	

〔註105〕《說文解字注》，頁24。

〔註106〕《說文解字注》，頁25。

		晉　系	
		齊　系	
		燕　系	
		秦　系	
		秦　朝	
		漢　朝	

46、《說文》「营」字云：「营，营蒻，香艸也。从艸宮聲。芎，司
　　馬相如說营从弓。」〔註107〕

「营」字从艸宮聲，或體「芎」从艸弓聲。「宮」字上古音屬「見」紐
「冬」部，「弓」字上古音屬「見」紐「蒸」部，雙聲，宮、弓作爲聲符使
用時可替代。

字　例	重　文	時　期	字　形
营营	芎	殷　商	
		西　周	
		春　秋	
		楚　系	
		晉　系	
		齊　系	
		燕　系	
		秦　系	
		秦　朝	
		漢　朝	

47、《說文》「蕁」字云：「蕁，菀蕃也。从艸尋聲。薆，蕁或从爻。」
　　　　　〔註108〕

「蕁」字从艸尋聲，其或體亦从艸尋聲，惟將所从之「彡」改換爲「爻」。
《說文》「尋」字云：「繹理也。从工口从又寸……彡聲」，「爻」字云：「交也。

〔註107〕《說文解字注》，頁25。

〔註108〕《說文解字注》，頁29。

象《易》六爻頭交也。」「彡」字云：「毛飾畫文也。象形。」〔註109〕其字義並無關聯。又小徐本「尋」字篆文作「彎」、或體作「彎」，大徐本「尋」字篆文作「彎」、或體作「彎」〔註110〕，篆文皆未從「彡」，段玉裁改作「彎」應是受到「彎」字形體的影響。桂馥《說文解字義證》云：「彡聲者，當爲從爻，既誤爲彡，又加聲字，……故云與彎同意。」〔註111〕桂馥認爲「尋」字應從爻，從彡者爲誤，此外，王筠《說文釋例》云：「尋之重文彎，說云：『尋或從爻』。案二字皆形聲，從爻何義哉，彎從彡聲，彡與爻同部，則爻亦聲。」〔註112〕「尋」字上古音屬「邪」紐「侵」部，「彡」字上古音屬「山」紐「侵」部，「爻」上古音屬「匣」紐「宵」部，將「彡」易爲「爻」亦非聲符替換現象。從「彡」者改換爲「爻」，目前尙未能知曉其因，有待日後出土材料中從「爻」之「尋」字出現，以解決此問題。

字　例	重文	時　期	字　　　形
尋　彎	彎	殷　商	
		西　周	
		春　秋	
		楚　系	
		晉　系	
		齊　系	
		燕　系	
		秦　系	
		秦　朝	
		漢　朝	

48、《說文》「薔」字云：「薔，艸也，可吕束。從艸魯聲。薔，薔或從鹵。」〔註113〕

〔註109〕《說文解字注》，頁122，頁129，頁428～429。

〔註110〕《說文解字繫傳》，頁14；《說文解字》，頁18。

〔註111〕（清）桂馥：《說文解字義證》卷八，頁258，北京，中華書局，1998年。

〔註112〕（清）王筠：《說文釋例》卷十三，頁28，臺北，世界書局，1984年。

〔註113〕《說文解字注》，頁30。

「薈」字從艸魯聲，或體「菡」從艸鹵聲。「虜」、「鹵」二字上古音皆屬「來」紐「魚」部，雙聲疊韻，魯、鹵作爲聲符使用時可替代。

字　例	重　文	時　期	字　形
薈　薈	菡	殷　商	
		西　周	
		春　秋	
		楚　系	
		晉　系	
		齊　系	
		燕　系	
		秦　系	
		秦　朝	
		漢　朝	

49、《說文》「蔦」字云：「蔦，寄生艸也。从艸鳥聲。《詩》曰：『蔦與女蘿』。樢，蔦或从木。」〔註114〕

篆文从艸鳥聲，或體从木鳥聲，「艸」字據《說文》所載，其義爲「百卉也」，「木」字爲「冒也」，段玉裁於「木」下云：「以疊韻爲訓」〔註115〕，可知作「冒」解釋並非其本義，「木」字形體像樹木之形，其字義亦與植物相關。此種因字義與植物有關而偏旁替換的現象亦見於戰國文字，如：「利」字或从禾作「利」〈包山135〉，或从木作「杉」〈楚帛書·丙篇11.2〉，「梁」字或从禾作「梁」〈包山165〉，或从木作「梁」〈廿七年大梁司寇鼎〉等，以彼律此，艸、木作爲形符使用時可替代。

字　例	重　文	時　期	字　形
蔦　蔦	樢	殷　商	
		西　周	
		春　秋	
		楚　系	

〔註114〕《說文解字注》，頁32。

〔註115〕《說文解字注》，頁22，頁241。

晉 系	
齊 系	
燕 系	
秦 系	
秦 朝	
漢 朝	

50、《說文》「薟」字云：「薟，白薟也。从艸僉聲。蘞，薟或从斂。」

　　　　　〔註116〕

　　「薟」字从艸僉聲，或體「蘞」从艸斂聲。「僉」字上古音屬「清」紐「談」部，「斂」字上古音屬「來」紐「談」部，疊韻，僉、斂作為聲符使用時可替代。

字　例	重　文	時　　期	字　　　　形
薟 蘞	蘞	殷　商	
		西　周	
		春　秋	
		楚　系	
		晉　系	
		齊　系	
		燕　系	
		秦　系	
		秦　朝	
		漢　朝	

51、《說文》「薐」字云：「薐，芰也。从艸淩聲。楚謂之芰，秦謂之薢茩。薢，司馬相如說薐从遴」　〔註117〕

　　「薐」字从艸淩聲，或體「薢」从艸遴聲。「淩」字上古音屬「來」紐「蒸」部，「遴」字上古音屬「來」紐「眞」部，雙聲，淩、遴作為聲符使用時可替代。又戰國楚系「薐」字从艸陵聲作「薱」〈包山153〉、「薱」〈包山154〉，前者

〔註116〕《說文解字注》，頁33。

〔註117〕《說文解字注》，頁33。

辭例爲「東與淩君佢疆」，後者爲「東與淩君執疆」；金文「夌」字作「茅」〈子夌作母辛尊〉，「陵」字作「陵」〈陵父日乙罍〉、「陵」〈三年瘭壺〉、「陵」〈散氏盤〉、「陵」〈墜純釜〉，〈三年瘭壺〉所從之「夌」的形體與〈子夌作母辛尊〉之字近似，又「陵」所見的「＝」與〈包山154〉「陵」的「二」相同，「阜」即「阜」，寫作「陵」應是省略「茅」的形體，〈包山153〉「陵」所從之「陵」的形體應與〈墜純釜〉近同，下半部皆从土。再者，「陵」字上古音屬「來」紐「蒸」部，淩、陵作爲聲符使用時可替代。

字　例	古　文	時　期	字　　　　　形
淩 淩	蘸	殷　商	
		西　周	
		春　秋	
		楚　系	陵 〈包山153〉　陵 〈包山154〉
		晉　系	
		齊　系	
		燕　系	
		秦　系	
		秦　朝	
		漢　朝	

52、《説文》「芰」字云：「芰，淩也。从艸支聲。茤，杜林說芰从多。」〔註118〕

「芰」字从艸支聲，或體「茤」从艸多聲。「支」字上古音屬「章」紐「支」部，「多」字上古音屬「端」紐「歌」部，端、章皆爲舌音，錢大昕言「舌音類隔不可信」，黃季剛言「照系三等諸紐古讀舌頭音」，可知「章」於上古聲母可歸於「端」，支、多作爲聲符使用時可替代。

字　例	重　文	時　期	字　　　　　形
芰 茤	茤	殷　商	
		西　周	
		春　秋	

〔註118〕《説文解字注》，頁33。

楚 系	
晉 系	
齊 系	
燕 系	
秦 系	
秦 朝	
漢 朝	

53、《說文》「蘜」字云：「蘜，日精也，吕秋華。从艸鞠省聲。蘜，蘜或省。」〔註119〕

篆文作「蘜」，或體作「蘜」，將二字相較，或體係省減「蘜」右側形體的「米」；又許慎云：「从艸鞠省聲」，係省減聲符「鞠」上半部的「竹」，寫作「蘜」。

字 例	重 文	時 期	字　　　形
蘜　蘜	蘜	殷 商	
		西 周	
		春 秋	
		楚 系	
		晉 系	
		齊 系	
		燕 系	
		秦 系	
		秦 朝	
		漢 朝	

54、《說文》「菿」字云：「菿，蘆之初生，一曰薍，一曰鵻。从艸剡聲。菿，菿或从炎。」〔註120〕

〔註119〕《說文解字注》，頁33。

〔註120〕《說文解字注》，頁34。

「菼」字從艸剡聲，或體「荿」從艸炎聲。「剡」字有二讀音，一爲「時染切」，上古音屬「禪」紐「談」部，一爲「以冉切」，上古音屬「余」紐「談」部，「炎」字上古音屬「匣」紐「談」部，疊韻，剡、炎作爲聲符使用時可替代。

字　例	重　文	時　期	字　形
菼 荿	荿	殷　商	
		西　周	
		春　秋	
		楚　系	
		晉　系	
		齊　系	
		燕　系	
		秦　系	
		秦　朝	
		漢　朝	

55、《說文》「菣」字云：「菣，香蒿也。從艸臤聲。莖，菣或從堅。」
〔註121〕

「菣」字從艸臤聲，或體「莖」從艸堅聲。「臤」字上古音屬「匣」紐「眞」部，「堅」字上古音屬「見」紐「眞」部，疊韻，臤、堅作爲聲符使用時可替代。

字　例	重　文	時　期	字　形
菣 菣	莖	殷　商	
		西　周	
		春　秋	
		楚　系	
		晉　系	
		齊　系	
		燕　系	
		秦　系	

〔註121〕《說文解字注》，頁35。

	秦　朝	
	漢　朝	

56、《說文》「苕」字云：「苕，葦餘也。从艸杏聲。𦵩，苕或从洐同。」〔註122〕

「苕」字从艸杏聲，或體「𦵩」从艸洐聲。「杏」、「洐」二字上古音皆屬「匣」紐「陽」部，雙聲疊韻，杏、洐作爲聲符使用時可替代。「苕」字於包山竹簡作「𦵩」，从艸行聲，段玉裁於「𦵩」字下注云：「各本作荇，注云或從行。」可知「苕」字或體各本作「荇」應非虛構。又「荇」字从艸行聲，上古音亦屬「匣」紐「陽」部，與「杏」爲雙聲疊韻的關係，作爲聲符使用時可替代。

字　例	重　文	時　期	字　　　形
苕 苕	𦵩	殷　商	
		西　周	
		春　秋	
		楚　系	𦵩〈包山164〉
		晉　系	
		齊　系	
		燕　系	
		秦　系	
		秦　朝	
		漢　朝	

57、《說文》「荊」字云：「荊，楚木也。从艸刑聲。𦸶，古文荊。」〔註123〕

金文「荊」字作「刱」〈過伯簋〉，从井从刃，辭例爲「過伯從王伐反荊」；或作「荊」〈史牆盤〉，从井从刀，辭例爲「楚荊」；馬王堆漢墓出土文獻作「𦸶」《馬王堆・五十二病方184》，从艸刑聲，「刑」作「刑」，从井从刃，「井」作

〔註122〕《說文解字注》，頁36。

〔註123〕《說文解字注》，頁37。

「井」，與小篆「井」形體相同，或作「荊」《馬王堆‧春秋事語 78》，「刑」
從井從刀。《說文》「刀」字云：「兵也，象形」，「刅」字云：「刀鋻也，象刀有
刃之形」，「刃」字云：「傷也，從刀從一」〔註124〕，字義、字形皆與「刀」有
關。古文字中從刀與從刃者，因其字義相關，作爲形旁時，可因義近而替代，
如：「則」字或從刀作「𠜱」〈五年召伯虎簋〉，或從刃作「𠝢」〈�君啓舟節〉，
「解」字或從刀作「𧢨」〈包山 246〉，或從刃作「𧣾」〈包山 120〉等。又篆文
作「荊」，所從之「刑」作「刑」，左側形體不似「井」，而與「开（开）」相
同。從字形的發展言，「荊」字本不從「艸」，發展至後期則添加「艸」於「刑」
上；此外，《說文》所見之「开」，本應爲「井」，寫作「开」可能是受到收縮
筆畫與分割筆畫的影響，如：「中」字因分割筆畫作「𠁩」〈中陽‧尖足平首
布〉，或因收縮筆畫作「亞」〈中都‧平襠方足平首布〉；再者，古文作「荊」，
下半部形體「荊」左側爲「爻」，若將「爻」的筆畫向左右上下四端延伸，則
與「井」相同，仍爲「井」字，可知作「爻」係因收縮筆畫所致。

字　例	重　文	時　期	字　形
荊　　荊	荊	殷　商	
		西　周	井〈過伯簋〉　刑〈史牆盤〉
		春　秋	
		楚　系	
		晉　系	
		齊　系	
		燕　系	
		秦　系	
		秦　朝	荊《馬王堆‧五十二病方 184》
		漢　朝	荊《馬王堆‧春秋事語 78》

58、《說文》「菑」字云：「菑，不耕田也。從艸田𢦏聲。《易》曰：
　　『不菑畬』。甾，菑或省艸。」〔註125〕

〔註124〕《說文解字注》，頁 180，頁 185，頁 185。

〔註125〕《說文解字注》，頁 42。

　　或體作「𡴏」，省減形符「艸」，古文字中亦見此種書寫的現象，如：「春」字作「𦰶」〈蔡侯墓殘鐘四十七片〉，或作「𣎍」〈蔡侯墓殘鐘四十七片〉。又〈兩𡴏‧圓錢〉作「𡴏」，《古陶文彙編》（3.687）作「𡴏」，《馬王堆‧戰國縱橫家書96》作「𧀒」，所從「巛」的形體與《說文》不同，以「𧀒」的「虫」為例，本應作「出」，因將豎畫的筆畫引曳拉長遂作「虫」。又《說文》「甾」字云：「甾，東楚名缶曰甾。象形也。𠙹，古文甾。」〔註126〕從字形言，「𡴏」、「𡴏」、「𧀒」所見的「出」或「虫」應為「甾」，與「巛」不同，而「𧀒」、「甾」字上古音皆屬「之」部字，或因具有聲韻的關係而替換聲符。

字　例	重文	時　期	字　形
𧀒	𡴏	殷　商	
	𡴏	西　周	
		春　秋	
		楚　系	
		晉　系	
		齊　系	𡴏《古陶文彙編》（3.687）
		燕　系	
		秦　系	𡴏〈兩𡴏‧圓錢〉
		秦　朝	
		漢　朝	𧀒《馬王堆‧戰國縱橫家書96》

59、《說文》「薪」字云：「薪，艸相薪苞也。从艸斬聲。㯉，薪或从槧。」〔註127〕

　　或體从艸从槧，段玉裁〈注〉云：「此蓋兼从艸木也」，依其所言，增添「木」旁係為了在字義上涵蓋「艸木」；若從聲韻的角度言，「薪」字从艸斬聲，或體「㯉」从艸槧聲。「斬」字上古音屬「莊」紐「談」部，「槧」字上古音屬「清」紐「談」部，疊韻，清、莊皆為齒音，黃季剛言「照系二等諸紐古讀精系」，可知「莊」於上古聲母可歸於「精」，斬、槧作為聲符使用時可替代。

〔註126〕《說文解字注》，頁643。

〔註127〕《說文解字注》，頁42。

字　例	重　文	時　　期	字　　形
薪	藪	殷　商	
		西　周	
		春　秋	
		楚　系	
		晉　系	
		齊　系	
		燕　系	
		秦　系	
		秦　朝	
		漢　朝	

60、《說文》「菹」字云：「菹，酢菜也。从艸沮聲。䩉，或从血；䑑，或从缶。」〔註128〕

「菹」字从艸沮聲，形體與《武威・特牲17》的「菹」相近，其間的差異，係書體的不同；或體「䩉」从血从艸沮聲，另一或體作「䑑」从血从缶且聲。「沮」字上古音屬「從」紐「魚」部，「且」字上古音屬「精」紐「魚」部，二者發聲部位相同，精從旁紐，疊韻，沮、且作為聲符使用時可替代。或體作「䩉」或「䑑」，馬叙倫指出「菹置器中，故或从皿作䑐，蓋後起字，䑑則俗字也。由血部䩉之重文作䑑而譌增也。」〔註129〕《說文》「䑐」字篆文作「䑑」，或體作「䑑」〔註130〕，形體與「菹」字的或體相同，其說或可從。

字　例	重　文	時　　期	字　　形
菹	䩉，䑑	殷　商	
菹		西　周	
		春　秋	
		楚　系	
		晉　系	

〔註128〕《說文解字注》，頁43。

〔註129〕馬叙倫：《說文解字六書疏證》一，卷二，頁245，臺北，鼎文書局，1975年。

〔註130〕《說文解字注》，頁216。

齊　系	
燕　系	
秦　系	
秦　朝	
漢　朝	菹《武威・特牲 17》

61、《說文》「蒩」字云：「蒩，菹也。从艸泪聲。盬，蒩或从皿。皿，器。」〔註 131〕

「蒩」字或體省去「艸」而增添「皿」，所增之「皿」的作用，應如上列「菹」字中馬叙倫所言「菹置器中，故或从皿作蘁」，亦即或體字从「皿」，主要是強調將菹置放在器皿中，故作「盬」。

字　例	重　文	時　期	字　形
蒩 蒩	盬	殷　商	
		西　周	
		春　秋	
		楚　系	
		晉　系	
		齊　系	
		燕　系	
		秦　系	
		秦　朝	
		漢　朝	

62、《說文》「蘼」字云：「蘼，乾梅之屬。从艸尞聲。《周禮》曰：『饋食之籩，其實乾蘼。』後漢長沙王始薉艸爲蘼。蘷，蘼或从潦。」〔註 132〕

「蘼」字从艸尞聲，或體「蘷」从艸潦聲。「尞」、「潦」二字上古音皆屬「來」紐「宵」部，雙聲疊韻，尞、潦作爲聲符使用時可替代。

〔註 131〕《說文解字注》，頁 43。

〔註 132〕《說文解字注》，頁 43。

字　例	重　文	時　　期	字　　　形
藑 藑	藑	殷　商	
		西　周	
		春　秋	
		楚　系	
		晉　系	
		齊　系	
		燕　系	
		秦　系	
		秦　朝	
		漢　朝	

63、《說文》「蕢」字云：「蕢，艸器也。从艸貴聲。臾，古文蕢象
**　　　形。《論語》曰：『有荷臾而過孔氏之門。』」**〔註133〕

嚴一萍指出甲骨文「𠂤」即《說文》「蕢」字古文的形體，云：「契文所象者乃一長囊，貯物兩端，可以置諸肩頭，前後下垂，負荷行遠者。……甲骨文作 𠂤 或 𠂤 形，誠寫實也。旁加兩手以奉之，有持贈之義。因所貯之物爲財貨，故加貝字以增意，如古鉨之𧶒。」〔註134〕其言可備一說。從字形觀察，「臾」爲「蕢」所從之「貴」上半部的形體，許慎以《論語》「有荷臾而過孔氏之門」言之，可知「臾」應爲可肩負的一種容具。

字　例	重　文	時　　期	字　　　形
蕢 蕢	臾	殷　商	
		西　周	
		春　秋	
		楚　系	
		晉　系	
		齊　系	
		燕　系	

〔註133〕《說文解字注》，頁44。

〔註134〕嚴一萍：〈釋𠂤〉，《甲骨古文字研究》第一輯，頁40，臺北，藝文印書館，1990年。

秦 系	
秦 朝	
漢 朝	

64、《說文》「茵」字云：「茵，車重席也。从艸因聲。鞇，司馬相如說茵从革。」〔註135〕

篆文「茵」字从艸因聲作「茵」，字義爲「車重席也」，重文从革因聲作「鞇」，段玉裁〈注〉云：「〈秦風〉『文茵』、『文虎』，皮也。以虎皮爲茵也。」或从艸得形，或从革得形，與《說文》「玩」字篆文作「玩」、或體作「貦」的原因相同，所从之「艸」、「革」係指製作的材料，其作用應爲反映其製作材料的差異。

字 例	重 文	時 期	字 形
茵 茵	鞇	殷 商	
		西 周	
		春 秋	
		楚 系	
		晉 系	
		齊 系	
		燕 系	
		秦 系	
		秦 朝	
		漢 朝	

65、《說文》「蒸」字云：「蒸，析麻中榦也。从艸烝聲。菥，蒸或省火。」〔註136〕

「蒸」字从艸烝聲，或體「菥」从艸丞聲。「烝」字上古音屬「章」紐「蒸」部，「丞」字上古音屬「禪」紐「蒸」部，二者發聲部位相同，章禪旁紐，疊韻，烝、丞作爲聲符使用時可替代。從字形言，許慎認爲「蒸」字或體「菥」爲「或

〔註135〕《說文解字注》，頁44。

〔註136〕《說文解字注》，頁45。

省火」，係以「🔥」省去下半部的「火」，即寫作「蒸」。

字　例	重　文	時　期	字　　形
蒸 蒸	蒸	殷　商	
		西　周	
		春　秋	
		楚　系	
		晉　系	
		齊　系	
		燕　系	
		秦　系	
		秦　朝	
		漢　朝	

66、《說文》「折」字云：「折，斷也。斷从斤斷艸，譚長說。𣂚，籀文斷从艸在仌中，仌寒故折。𢪏，篆文从手。」 [註137]

甲骨文作「折」《合》（7924），像以斤斷木之形，或作「折」《合》（21002）、「折」《合》（9594），像以手持斤斷木之形；〈洹子孟姜壺〉「折」字形與籀文「𣂚」近同，差異處在於前者作「=」，後者作「仌」；〈郭店・緇衣26〉「折」左側中間雖不从「=」，其作用仍與「=」相同；〈中山王𰯲鼎〉「折」係將「=」改作「〃」，置於「木」之上；〈公子土折壺〉「折」左側的「屮」應爲艸木之形，若於豎畫上重複「〳」，則與「手（手）」近同；馬王堆漢墓資料的「折」字或作「折」《馬王堆・陰陽五行甲篇58》，與篆文「𢪏」相同，或作「折」《馬王堆・陰陽五行乙篇48》，與「𢪏」近同，左側形體因筆畫的接連而與「手（手）」相近，亦即本應作「屮」，卻將原本不相干、應分離的上下二個「屮」的豎畫接連，寫成似「手（手）」的形體。又許愼云：「篆文」者，段玉裁〈注〉云：「從手從斤，隸字也。《九經字樣》云：『《說文》作斷，隸省作折。』《類篇》、《集韻》皆云：『隸從手』，則折非篆文明矣。」知其應改作「隸書」；籀文字形所見的「仌」，王筠云：「斷之重文𣂚，說解以爲从仌，似非。若从斤仌二字之義，則艸之折也，斤斷之邪？仌摧之邪？義無統屬，是謂雜亂。且論其部

〔註137〕《說文解字注》，頁45。

位，是ㄥ在屮中，而云屮在ㄥ中，亦非以字形見字義之法。案：當爲以會意兼指事字也。＝非ㄥ字，但以之界屮之間，以見其爲已斷。……又一重文折，豈以手持斤而折之邪？意頗迂遠，似是𣂩字誤連爲𣂩，左旁近似扌字，不知者增爲重文，以致今人皆作折，不復用斷矣。」〔註138〕從兩周文字的形體言，籀文中的「ㄥ」，多寫作「＝」，其作用應如王筠所言。又姚孝遂指出籀文的字形與甲文「𣂩」在形體結構上相同，＝非ㄥ字，爲指事符號。〔註139〕其說可從。

字 例	重 文	時 期	字 形
折	𣂩，𣂩	殷 商	《合》（7923） 《合》（7924） 《合》（9594） 《合》（21002）
		西 周	〈作冊折尊〉 〈兮甲盤〉
		春 秋	〈洹子孟姜壺〉 〈公子土折壺〉
		楚 系	〈郭店・緇衣 26〉 〈楚帛書・丙篇 10.3〉
		晉 系	〈中山王𗊱鼎〉
		齊 系	
		燕 系	
		秦 系	〈睡虎地・法律答問 75〉
		秦 朝	
		漢 朝	《馬王堆・陰陽五行甲篇 58》 《馬王堆・陰陽五行乙篇 48》

67、《說文》「藻」字云：「藻，水艸也。从艸水巢聲。《詩》曰：『于以采藻』。藻，藻或从澡。」〔註140〕

「藻」字从艸水巢聲，或體「藻」从水澡聲。「巢」字上古音屬「崇」紐「宵」部，「澡」字上古音屬「精」紐「宵」部，疊韻，精、崇皆爲齒音，黃季剛言「照系二等諸紐古讀精系」，可知「崇」於上古聲母可歸於「從」，巢、澡作爲聲符使用時可替代。

〔註138〕《說文釋例》卷十五，頁 16。

〔註139〕姚孝遂：《精校本許慎與說文解字》，頁 92，北京，作家出版社，2008 年。

〔註140〕《說文解字注》，頁 46。

字　例	重　文	時　期	字　　　形
藻 藻	藻	殷　商	
		西　周	
		春　秋	
		楚　系	
		晉　系	
		齊　系	
		燕　系	
		秦　系	
		秦　朝	
		漢　朝	

68、《說文》「蓬」字云：「蓬，蒿也。从艸逢聲。蓬，籒文蓬省。」

〔註141〕

　　從字形言，許慎認為「蓬」字籒文作「蓬」，為「蓬省」，係以「蓬」省去左側的「辵」，即寫作「蓬」。從字音言，「蓬」字从艸逢聲，或體「蓬」从艸夆聲。「逢」、「夆」二字上古音皆屬「並」紐「東」部，雙聲疊韻，逢、夆作為聲符使用時可替代。

字　例	重　文	時　期	字　　　形
蓬 蓬	蓬	殷　商	
		西　周	
		春　秋	
		楚　系	
		晉　系	
		齊　系	
		燕　系	
		秦　系	
		秦　朝	
		漢　朝	

〔註141〕《說文解字注》，頁47。

69、《說文》「蓐」字云：「蓐，陳艸復生也。从艸辱聲。一曰蔟也。
凡蓐之屬皆从蓐。𦰩，籀文蓐从茻。」 [註142]

甲骨文作「𦱩」《合》（583 反），徐中舒云：「從屮（艸）從肉（辰）從
又（又），屮或作林（林），同。象手持辰除艸之形。辰爲農具，即蚌鐮。」
[註143] 據「禱」字考證，又、寸替代的現象，爲一般形符的代換；又篆文作
「蓐」，籀文作「𦰩」，前者从「艸」，後者从「茻」，兩周文字中亦見「艸」
與「茻」作爲偏旁時互代的現象，如：「蒿」字从艸作「蒿」〈曾姬無卹壺〉，
或从茻作「蒿」〈德方鼎〉，《說文》「茻」字云：「眾艸也。从四屮。」 [註144]
「艸」、「茻」的字義相關，作爲偏旁時互代的現象，屬義近的互代。

字　例	重　文	時　　期	字　　　形
蓐　　蓐	𦰩	殷　商	𦱩《合》（583 反）
		西　周	
		春　秋	
		楚　系	
		晉　系	
		齊　系	
		燕　系	
		秦　系	
		秦　朝	
		漢　朝	蓐《馬王堆・戰國縱橫家書 45》

70、《說文》「薅」字云：「薅，披田艸也。从蓐好省聲。薅，籀文
薅省。茠，薅或从休。《詩》曰：『既茠荼蓼』。」 [註145]

「薅」字作「薅」，所从之「女」，屈萬里疑爲應是由「好」的「𠂤」形體
訛變而來 [註146]，李孝定進一步指出「蓐」與「薅」小篆之別僅於从女與否，

〔註142〕《說文解字注》，頁48。

〔註143〕《甲骨文字典》，頁60。

〔註144〕《說文解字注》，頁48。

〔註145〕《說文解字注》，頁48。

〔註146〕《殷虛文字甲編考釋》，頁249。

甲骨文所从之「ᖉ」乃像「壠形」，「薅」的字形像「以手執辰，披去壠上艸。……薅艸之事，主於辱。艸，壠形之ᖉ，可以省略，故篆變作蓐，或增之女形，則作薅。」〔註147〕其說可從。從字形言，許慎認爲「薅」字籀文「蘇」爲「薅省」，係以「薅」省去下半部的「寸」，即寫作「蘇」。又「薅」字从蓐好省聲，或體「茠」从艸休聲。「好」、「休」二字上古音皆屬「曉」紐「幽」部，雙聲疊韻，好、休作爲聲符使用時可替代。

字　例	重　文	時　期	字　　　　形
薅　薅	蘇　茠	殷　商	
		西　周	
		春　秋	
		楚　系	
		晉　系	
		齊　系	
		燕　系	
		秦　系	
		秦　朝	
		漢　朝	

〔註147〕李孝定：〈讀契識小錄〉，《中央研究院歷史語言研究所集刊》第 35 本，頁 41～43，臺北，中央研究院歷史語言研究所，1964 年。

第三章 《說文》卷二重文字形分析

71、《說文》「釆」字云：「釆，辨別也。象獸指爪分別也。凡釆之屬皆从釆。讀若辨。牎，古文釆。」〔註1〕

篆文作「釆」，與甲骨文「釆」《合》（4212）、金文「釆」〈釆作父丁卣〉、簡帛文字「釆」〈信陽 2.29〉相近同；古文作「牎」，將之與「釆」相較，除了省減下半部的兩道筆畫外，篆文中間的豎畫於古文中改作引曳拉長之筆。又劉釗指出甲骨文「釆」字中間的「〵」本爲兩筆構成，並向上方斜出，〈釆作父丁卣〉「釆」字則將兩筆改爲一筆，其後或增添「田」寫作「番」，中間的筆畫已由「〵」拉直爲「一」，至若「番」字从田，係由「釆」孳乳而來，「釆」、「番」本爲一字。〔註2〕其說當是。

字 例	古 文	時 期	字 形
釆 釆	牎	殷 商	釆《合》（4212） 釆〈釆作父丁卣〉
		西 周	
		春 秋	

〔註1〕 （漢）許慎撰、（清）段玉裁注：《說文解字注》，頁 50，臺北，黎明文化事業股份有限公司，1991 年。

〔註2〕 劉釗：〈甲骨文字考釋〉，《古文字研究》第十九輯，頁 462～463，北京，中華書局，1992 年。

楚　系	〈信陽 2.29〉
晉　系	
齊　系	
燕　系	
秦　系	
秦　朝	
漢　朝	

72、《說文》「番」字云：「番，獸足謂之番。从釆，田象其掌。蹞，番或从足从煩。毘，古文番。」〔註3〕

「番」字从釆，田象其掌，或體「蹞」从足煩聲。「番」字上古音屬「滂」紐「元」部，「煩」字上古音屬「並」紐「元」部，二者發聲部位相同，滂並旁紐，疊韻，从足「煩」聲，改易爲形聲字。篆文作「番」，與〈番菊生壺〉「番」近同，其差異處僅於上半部「釆」之豎畫的方向左右不同；〈上博・緇衣 15〉的辭例爲「番（播）刑之由」，字形爲「羽」，與古文「毘」相近，中間「分」豎畫上的小圓點若拉長爲橫畫，則可以寫作「非」，若再將橫畫拉長並引曳，形體便與「毘」相同。

字　例	重　文	時　期	字　形
番　番	蹞，毘	殷　商	
		西　周	番〈番菊生壺〉
		春　秋	番〈番口伯者君盤〉
		楚　系	番〈包山 85〉 羽〈上博・緇衣 15〉
		晉　系	
		齊　系	
		燕　系	
		秦　系	
		秦　朝	
		漢　朝	番《馬王堆・十六經 126》

〔註 3〕《說文解字注》，頁 50。

73、《説文》「宷」字云：「，悉也，知宷諦也。从宀釆。，篆文宷从番。」〔註4〕

篆文作「」，形體與〈上博・孔子見季趄子 12〉的「」相近，惟書體不同，重文作「」，據上列「釆」的考證，知「番」為「釆」所孳乳。又〈五祀衛鼎〉「」所从之「番」的上半部形體似「米」，下半部从「口」，黃錫全指出「」應是與「米」形類同的形體〔註5〕；〈楚王酓審盞〉「」下半部从「甘」，古文字習見於从「口」的形體中增添一道短橫畫「－」，如：「旨」字作「」〈郭店・緇衣 10〉，或作「」〈郭店・尊德義 26〉，「周」字作「」〈虢季子白盤〉，或作「」〈包山 207〉等，「口」中增添「－」，形體與「甘」相同，从「甘」的「」應與之相同。篆文「」所从之「番」下半部从「田」，其形體或源於「」，亦可能受到上方的「｜」或「丶」影響，使得形體作「田」，如：「昔」字作「」〈天星觀・遣策〉，或作「」〈天星觀・遣策〉。

字 例	重文	時 期	字 形
宷		殷 商	
		西 周	〈五祀衛鼎〉
		春 秋	〈楚王酓審盞〉
		楚 系	〈上博・孔子詩論 21〉 〈上博・孔子見季趄子 12〉
		晉 系	
		齊 系	
		燕 系	
		秦 系	
		秦 朝	
		漢 朝	《馬王堆・相馬經 16》

74、《説文》「悉」字云：「，詳盡也。从心釆。，古文悉。」〔註6〕

〔註4〕《説文解字注》，頁 50。

〔註5〕黃錫全：《汗簡注釋》，頁 284，武漢，武漢大學出版社，1993 年。

〔註6〕《説文解字注》，頁 50。

古文作「🔲」，上爿部从「🔲」，商承祚指出爲「囧」字，「離婁闓明也，明于心也，是悉之義也。」〔註7〕其說可從。將「釆」改爲「囧」，應是爲了明確示義。

字　例	古　文	時　期	字　　　形
悉 🔲	🔲	殷　商	
		西　周	
		春　秋	
		楚　系	
		晉　系	
		齊　系	
		燕　系	
		秦　系	🔲〈詛楚文〉
		秦　朝	
		漢　朝	🔲《馬王堆・戰國縱橫家書89》

75、《說文》「牭」字云：「🔲，四歲牛。从牛四，四亦聲。🔲，籀文牭从貳。」〔註8〕

「牭」字云：「四歲牛」，篆文字形从牛四，籀文从牛貳，寫作「🔲」，又《說文》於「牭」字右側置「犙」字，云：「🔲，三歲牛。从牛參聲。」〔註9〕段玉裁於「牭」字下云：「按鍇本此下有仁至反三字，與十三篇二字反語同，是朱翱不謂🔲即牭字，而謂🔲乃二歲牛之正字也，疑鍇本本不誤，後人用鉉本改之，未刪朱氏切音耳。」今以戰國文字爲例，曾侯乙墓竹簡有「駟馬」一詞，字形作「🔲」，爲戰國時期習見的合文書寫方式，辭例爲「新官人之駟=」（144）或「長腸人之駟=」（166），《說文》「駟」字云：「一乘也。从馬四聲」〔註10〕，一乘之數爲四匹馬，又「驂」字云：「駕三馬也。从馬參聲」〔註11〕，以此律彼，

〔註7〕　商承祚：《說文中之古文考》，頁10，臺北，學海出版社，1979年。

〔註8〕　《說文解字注》，頁51。

〔註9〕　《說文解字注》，頁51。

〔註10〕　《說文解字注》，頁470。

〔註11〕　《說文解字注》，頁469～470。

从牛貳之「犝」，應為「二歲牛也。从牛貳聲」，置於「牭」字作為籀文應為誤植。

字　例	重　文	時　期	字　形
牭　牭	犝	殷　商	
		西　周	
		春　秋	
		楚　系	
		晉　系	
		齊　系	
		燕　系	
		秦　系	
		秦　朝	
		漢　朝	

76、《說文》「氉」字云：「氉，彊曲毛也，可吕箸起衣。从氂省來聲。床，古文氉省。」〔註12〕

　　將篆文「氉」與古文「床」相較，後者省略形符「氂」的部分形體「粗」，此種省減的方式亦見於《馬王堆・雜療方6》「氉」，省去形符的部分形體「厂」。古文字在書寫時，省減的文字若由形符與聲符所組成，為了辨識之需，一般僅省減形符或聲符的部分形體，如：「棺」字作「栖」〈詛楚文〉，或作「𦥑米」〈兆域圖銅版〉，「春」字作「萅」〈蔡侯墓殘鐘四十七片〉，或作「旾」〈春成侯壺〉等，不會將整個聲符省略。又據《汗簡》所載，「床」字下云：「掣，並見《說文》」〔註13〕，可知置於「掣」應為誤植，故黃錫全言：「此注『掣』誤」。〔註14〕

字　例	重　文	時　期	字　形
氉	床	殷　商	
		西　周	

〔註12〕 《說文解字注》，頁 54。

〔註13〕 （宋）郭忠恕編、（宋）夏竦編、（民國）李零、劉新光整理：《汗簡・古文四聲韻》，頁 26，北京，中華書局，1983 年。

〔註14〕 《汗簡注釋》，頁 340。

	春　秋	
藙	楚　系	
	晉　系	
	齊　系	
	燕　系	
	秦　系	
	秦　朝	
	漢　朝	藙《馬王堆・雜療方6》藙〈成山宮渠斗〉

77、《說文》「吻」字云：「吻，口邊也。从口勿聲。脗，吻或从肉
　　从昏。」〔註15〕

　　篆文「吻」从口勿聲，或體「脗」从肉昏聲，《說文》「口」字云：「人所
吕言食也。」「肉」字云：「胾肉也。」〔註16〕「口」爲身體的器官，「肉」亦爲
構成身體的重要器官，二者在意義上有相當的關係，口、肉作爲形符使用時可
替代；又將《說文》小篆「吻」與〈睡虎地・封診式69〉「吻」形體相較，後
者係將「勿」的筆畫拉直。「勿」字上古音屬「明」紐「物」部，「昏」字上古
音屬「曉」紐「文」部，文物爲陽入對轉，勿、昏作爲聲符使用時可替代。

字　例	重　文	時　期	字　　　形
吻 吻	脗	殷　商	
		西　周	
		春　秋	
		楚　系	
		晉　系	
		齊　系	
		燕　系	
		秦　系	吻〈睡虎地・封診式69〉
		秦　朝	
		漢　朝	

〔註15〕《說文解字注》，頁54。

〔註16〕《說文解字注》，頁54，頁169。

78、《說文》「嗌」字云：「嗌，咽也。从口益聲。𤔤，籀文嗌上象
　　口下象頸脈理也。」〔註17〕

　　籀文作「𤔤」，林義光指出「𤔤象頸脈理，〇記其嗌處」〔註18〕，楊樹達
云：「Ɐ象口與嗌，𤔤象頸脈理，口與頸皆示所在之他形也。」〔註19〕將〈益
作寶鼎〉「𤔤」與〈侯馬盟書・宗盟類 85.7〉「𤔤」相較，後者係省略「〇」
的部分形體，若與「𤔤」相較，「𤔤」應是由「𤔤」演變而來，即將「𤔤」
上半部的「∪」置於「𤔤」之上，寫作「Ɐ」，「Ɐ」應爲「口」的形體，因
寫作「▽」，再加上筆畫貫穿，遂作「Ɐ」。

字　例	籀　文	時　　期	字　　　　形
嗌 嗌	𤔤	殷　　商	
		西　　周	𤔤〈益作寶鼎〉
		春　　秋	𤔤〈侯馬盟書・宗盟類 85.7〉
		楚　　系	𤔤〈天星觀・卜筮〉
		晉　　系	
		齊　　系	
		燕　　系	
		秦　　系	
		秦　　朝	
		漢　　朝	嗌《馬王堆・合陰陽 108》

79、《說文》「咳」字云：「咳，小兒笑也。从口亥聲。孩，古文咳
　　从子。」〔註20〕

　　篆文从口作「咳」，字形與《馬王堆・老子乙本 235》「咳」相同，古文从
子作「孩」，《說文》「口」字云：「人所吕言食也」，「子」字云：「十一月，易
气動，萬物滋，人吕爲偁。」〔註21〕「子」字於金文作「𤙓」〈兆域圖銅版〉，

〔註17〕　《說文解字注》，頁 55。

〔註18〕　林義光：《文源》卷七，頁 1，臺北，新文豐出版社，2006 年。（收入《石刻史料
　　　　　新編》第四輯，冊 8）

〔註19〕　楊樹達：《文字形義學》，頁 71，上海，古籍出版社，2006 年。

〔註20〕　《說文解字注》，頁 55。

〔註21〕　《說文解字注》，頁 54，頁 749。

像小兒之頭、手臂與足的形體，可知許慎所言為誤。「咳」字从口，字義為「小兒笑也」，古文从子作「孩」，明示其指為小兒，口、子的字義無涉，作為形符使用時替代的現象，應是造字時對於偏旁意義的選擇不同所致。

字 例	重 文	時 期	字 形
咳		殷 商	
		西 周	
		春 秋	
		楚 系	
		晉 系	
		齊 系	
		燕 系	
		秦 系	
		秦 朝	
		漢 朝	《馬王堆・老子乙本 235》

80、《說文》「噍」字云：「噍，齧也。从口焦聲。嚼，噍或从爵。」〔註22〕

「噍」字从口焦聲，或體「嚼」从口爵聲。「焦」字上古音屬「精」紐「宵」部，「爵」字上古音屬「精」紐「藥」部，雙聲，宵藥陰入對轉，焦、爵作為聲符使用時可替代。又據《古文四聲韻》所載，「噍」字作「嚼」《石經》，所從之「爵」从「子」而不从「鬯」，《古文四聲韻》之「爵」字作「𠂔」或「𠂤」《林罕集》、「𠁥」《義雲章》、「𠁥」《說文》〔註23〕，亦不見从「子」或从「鬯」者，疑从「子」者應為傳抄之誤。

字 例	重 文	時 期	字 形
噍		殷 商	
		西 周	
		春 秋	
		楚 系	

〔註22〕 《說文解字注》，頁 55。

〔註23〕 （宋）夏竦著：《古文四聲韻》，頁 251，頁 326，臺北，學海出版社，1978 年。

晉　系	
齊　系	
燕　系	
秦　系	
秦　朝	
漢　朝	

81、《說文》「唾」字云：「唾，口液也。从口垂聲。涶，唾或从水。」
〔註24〕

　　篆文从口作「唾」，字形與《馬王堆‧戰國縱橫家書188》「唾」相同，或
體从水作「涶」，《說文》「口」字云：「人所吕言食也」，「水」字云：「準也」
〔註25〕，「水」字於金文作「水」〈沈子它簋蓋〉，像水流之形，可知許慎所言
非其本義。「唾」字从口，字義爲「口液也」，或體从水作「涶」，明示其爲液體，
口、水的字義無涉，作爲形符使用時替代的現象，應是造字時對於偏旁意義的
選擇不同所致。

字　例	重　文	時　期	字　形
唾　唾	涶	殷　商	
		西　周	
		春　秋	
		楚　系	
		晉　系	
		齊　系	
		燕　系	
		秦　系	
		秦　朝	
		漢　朝	唾《馬王堆‧戰國縱橫家書188》

〔註24〕　《說文解字注》，頁56。

〔註25〕　《說文解字注》，頁54，頁521。

82、《說文》「喟」字云：「喟，大息也。从口胃聲。嘳，喟或从貴。」
〔註26〕

「喟」字从口胃聲，或體「嘳」从口貴聲。「胃」字上古音屬「匣」紐「物」部，「貴」字上古音屬「見」紐「物」部，疊韻，胃、貴作爲聲符使用時可替代。

字 例	重 文	時 期	字 形
喟	嘳	殷 商	
		西 周	
		春 秋	
		楚 系	
		晉 系	
		齊 系	
		燕 系	
		秦 系	
		秦 朝	
		漢 朝	

83、《說文》「哲」字云：「哲，知也。从口折聲。悊，哲或从心。嚞，古文哲从三吉。」〔註27〕

「悊」字或从𠂤从斤从心作「悊」〈師望鼎〉，所从之心或改易爲言作「悊」〈番生簋蓋〉，或从手从斤从心作「悊」〈大克鼎〉，从手从斤的形體或變易爲「悊」〈王孫遺者鐘〉，高田忠周指出「屮」應爲「手」的省變〔註28〕，即「折」字所見「屮」的形體。「悊」字所从之「折」於甲骨文作「折」《合》（7924），像以斤斷木之形，或作「折」《合》（9594），像以手持斤斷木之形，金文之「哲」字，無論作「哲」或「哲」皆保有以斤斷木之形，从𠂤之「哲」可能是从「斷木之形」的訛體；又「折」字於金文作「折」〈中山王𰿮鼎〉，戰國晉系「哲」字作「哲」，从斤从𢆶从心，楚系「哲」字作「哲」，从二从心，此外《古璽彙編》收錄幾方吉語璽，其間亦見「悊」字，如：「悊」《古璽彙編》（4300）、

〔註26〕《說文解字注》，頁56。

〔註27〕《說文解字注》，頁57。

〔註28〕高田宗周：《古籀篇》卷四十三，頁1191，臺北，宏業書局，1975年。

「𣥂」《古璽彙編》（4306）、「𣥂」《古璽彙編》（4314），將之相較，可知「𣥂」
或「𣥂」皆是以剪裁省減的方式書寫；「折」字於漢代簡帛或作「𣂆」《馬王
堆・陰陽五行甲篇 58》，《說文》篆文作「𣂆」，或體作「𣂆」，上半部的形體，
皆沿襲此一字形。《說文》「口」字云：「人所吕言食也」，「言」字云：「直言
曰言，論難曰語。」「心」字云：「人心土臧也。」〔註29〕「言」由「口」出，
口、言作爲形符使用時替代的現象，亦見於戰國文字，如：「譽」字或從口作
「𧥷」〈郭店・窮達以時 14〉，或從言作「𧥷」〈睡虎地・法律答問 51〉，因
在字義上有相當的關係，作爲形符時可因義近而替代。至若《說文》或體從
心的「悊」字，應是承襲西周金文而來。從三吉的「喆」字，屬會意字，尚
未見於出土的文獻中，造字取義爲何，尚待日後地下材料的出土，以便進一
步的考證。

字　例	重　文	時　期	字　形
哲	喆，悊	殷　商	
		西　周	〈大克鼎〉　〈番生簋蓋〉　〈師望鼎〉
		春　秋	〈叔家父簠〉　〈王孫遺者鐘〉
		楚　系	〈悊行〉
		晉　系	《古陶文彙編》（6.170）
		齊　系	
		燕　系	
		秦　系	
		秦　朝	
		漢　朝	

84、《說文》「君」字云：「𠺞，尊也。從尹口，口吕發號。𠺞，古
　　文象君坐形。」〔註30〕

甲骨文作「𠺞」《合》（24133），從尹從口，「尹」字作「𠬢」《合》（3473）、
「𠬢」《合》（5452），從又持丨筆〔註31〕，金文作「𡇒」〈頌鼎〉、「𡇒」〈盠君

〔註29〕　《說文解字注》，頁 54，頁 90，頁 506。

〔註30〕　《說文解字注》，頁 57。

〔註31〕　王國維：〈釋史〉，《定本觀堂集林》，頁 267，臺北，世界書局，1991 年。

啟舟節〉，「從又持｜筆」的「⚟」可將豎畫縮減，寫作「⚟」，或進一步將「⚟」的豎畫往左側書寫，寫作「⚟」，由於筆畫的省減、接連，以及類化作用的影響，形成「⚟」的形體，从「尹」之字，亦多承襲此一形體，如：「君」字寫作「⚟」〈噩君啟舟節〉。篆文作「⚟」，形體與〈史頌鼎〉的「⚟」相同；古文作「⚟」，與〈侯馬盟書・宗盟類 16.3〉的「⚟」相同，皆是把「⚟」的形體割裂，寫作「⚟」。

字　例	重　文	時　期	字　　　形
君 ⚟	⚟	殷　商	⚟《合》（3272）　⚟《合》（24133）
		西　周	⚟〈矢令方彝〉　⚟〈史頌鼎〉　⚟〈散氏盤〉
		春　秋	⚟〈侯馬盟書・宗盟類 16.3〉⚟〈侯馬盟書・宗盟類 156.1〉
		楚　系	⚟〈噩君啟舟節〉
		晉　系	⚟〈哀成叔鼎〉
		齊　系	⚟《古璽彙編》（0327）
		燕　系	⚟〈繳窸君扁壺〉
		秦　系	⚟〈杜虎符〉
		秦　朝	
		漢　朝	⚟《馬王堆・陰陽五行乙篇 13》

85、《說文》「嗶」字云：「嗶，小聲也。从口㱿聲。《詩》曰：『嗶彼小星』。噦，或从慧。」〔註32〕

「嗶」字从口㱿聲，或體「噦」从口慧聲。「㱿」字上古音屬「邪」紐「月」部，「慧」字上古音屬「匣」紐「月」部，疊韻，㱿、慧作為聲符使用時可替代。

字　例	重　文	時　期	字　　　形
嗶 嗶	噦	殷　商	
		西　周	
		春　秋	
		楚　系	

〔註32〕《說文解字注》，頁 58。

晉　系	
齊　系	
燕　系	
秦　系	
秦　朝	
漢　朝	

86、《說文》「嘯」字云：「嘯，吹聲也。从口肅聲。歗，籀文嘯从欠。」〔註33〕

篆文从口作「嘯」，籀文从欠作「歗」，《說文》「口」字云：「人所吕言食也」，「欠」字云：「張口气悟也」〔註34〕，「嘯」字从口，字義爲「吹聲也」，籀文从欠作「歗」，明示其由「口」所出，口、欠在意義上有所關係，作爲形符使用時替代的現象，係造字時對於偏旁意義的選擇不同所致。

字　例	重　文	時　期	字　形
嘯　嘯	歗	殷　商	
		西　周	
		春　秋	
		楚　系	
		晉　系	
		齊　系	
		燕　系	
		秦　系	
		秦　朝	
		漢　朝	

87、《說文》「周」字云：「周，密也。从用口。周，古文周字从古文及。」〔註35〕

甲骨文「周」字作「周」《合》（1086正）或「周」《合》（8457），朱芳

〔註33〕 《說文解字注》，頁58。

〔註34〕 《說文解字注》，頁54，頁414。

〔註35〕 《說文解字注》，頁59。

圉云：「象方格縱橫，刻畫文采之形，當爲彫之初文。」〔註36〕西周金文或承其字形，或增添「口」於「圉」下方作「閶」〈保卣〉，或進一步省略「圉」中的小點作「思」〈虢季子白盤〉，西周以降多作「思」，戰國楚系或作「㫺」〈包山 145〉，或於「口」中增添一道短橫畫「-」作「㫺」〈包山 207〉，於「口」中增添一道短橫畫「-」的現象，習見於楚系文字，如：「占」字作「卣」〈包山 198〉，或作「卣」〈包山 200〉，「事」字作「㝱」〈包山 135 反〉，或作「㝱」〈包山 16〉，「舍」字作「㞢」〈包山 133〉，或作「㞢」〈包山 121〉等，「口」中的短橫畫「-」爲飾筆。又許慎解釋字形爲「从用口」，應是受到戰國以來「㫺」形體的影響；《說文》古文作「周」，下半部从「ʓ」非从「ㅂ」，其字形尚未見於出土的文獻材料，商承祚指出「ʓ」應是「口」的關寫〔註37〕，其說可從。

字　例	重　文	時　期	字　　形
周 周	周	殷　商	田《合》（1086 正）圉《合》（8457）
		西　周	田〈德方鼎〉閶〈保卣〉思〈虢季子白盤〉
		春　秋	
		楚　系	㫺〈包山 145〉㫺〈包山 207〉
		晉　系	㫺〈東周・平襠方足平首布〉
		齊　系	㫺〈齊大刀・齊刀〉
		燕　系	㫺〈左周弩牙〉
		秦　系	周〈七年上郡守閒戈〉
		秦　朝	周〈泰山刻石〉
		漢　朝	周《馬王堆・陰陽五行乙篇 6》

88、《說文》「唐」字云：「唐，大言也。从口庚聲。啺，古文唐从口易。」〔註38〕

甲骨文作「㞢」《合》（1272），或作「㞢」《合》（19922），或作「㞢」《合》（28114），从口庚聲；金文作「唐」〈叔尸鐘〉，字形與篆文「唐」相近；戰

〔註36〕朱芳圃：《殷周文字釋叢》，頁 137，臺北，臺灣學生書局，1972 年。

〔註37〕《說文中之古文考》，頁 11。

〔註38〕《說文解字注》，頁 59。

國晉系貨幣文字作「￼」、「￼」,「￼」係將「￼」中間的豎畫以收縮筆畫的方式寫作「￼」;將《秦代陶文》(1275)「￼」與「￼」〈叔尸鐘〉相較,前者所從之「庚」係以分割筆畫與收縮筆畫的方式書寫;《說文》古文作「￼」,從口易聲,與《古璽彙編》(0147)「￼」相近,其間的差異有二,一為前者將「口」作「￼」,後者作「￼」,二為後者所從之「易」下半部的筆畫較之「￼」少一道筆畫。「庚」字上古音屬「見」紐「陽」部,「易」字上古音屬「余」紐「陽」部,疊韻,庚、易作為聲符使用時可替代。

字 例	重 文	時 期	字 形
唐 ￼	￼	殷 商	￼《合》(1272) ￼《合》(19922) ￼《合》(28114) ￼〈唐子且乙觶〉
		西 周	
		春 秋	￼〈叔尸鐘〉
		楚 系	
		晉 系	￼,￼〈唐是・平襠方足平首布〉
		齊 系	￼《古璽彙編》(0147)
		燕 系	
		秦 系	
		秦 朝	￼《秦代陶文》(1275)
		漢 朝	￼《馬王堆・三號墓木牌》

89、《說文》「嘖」字云:「￼,大聲也。從口責聲。￼,嘖或從言。」〔註39〕

篆文「￼」從口責聲,或體「￼」從言責聲,據「哲」字考證,「口」、「言」替換,屬義近偏旁的替代。

字 例	重 文	時 期	字 形
嘖 ￼	￼	殷 商	
		西 周	
		春 秋	

楚　系	
晉　系	
齊　系	
燕　系	
秦　系	
秦　朝	
漢　朝	

90、《說文》「吟」字云：「吟，呻也。从口今聲。訡，吟或从音。」

〔註40〕

篆文「吟」从口今聲，或體「訡」从音今聲，《說文》「口」字云：「人所吕言食也」，「音」字云：「聲生於心，有節於外，謂之音。宮商角徵羽，聲也。絲竹金石匏土革木，音也。」〔註41〕「口」、「音」的字義無涉，「吟」字从口，字義爲「呻也」，或體从音作「訡」，作爲形符使用時替代的現象，應是造字時對於偏旁意義的選擇不同所致。

字　例	重　文	時　期	字　　形
吟 吟	訡	殷　商	
		西　周	
		春　秋	
		楚　系	
		晉　系	
		齊　系	
		燕　系	
		秦　系	
		秦　朝	
		漢　朝	

〔註40〕《說文解字注》，頁61。

〔註41〕《說文解字注》，頁54，頁102。

91、《說文》「吝」字云：「𠝢，恨惜也。从口文聲。《易》曰：『吝往吝』。𠳼，古文吝从彣。」〔註42〕

篆文作「𠝢」，與殷周以來的字形相同，古文作「𠳼」，許慎云：「从彣」，從字音言，「吝」字从口文聲，古文「𠳼」从口彣聲。「文」、「彣」二字上古音皆屬「明」紐「文」部，雙聲疊韻，文、彣作爲聲符使用時可替代。

字 例	重 文	時 期	字 形
吝	𠳼	殷 商	文 《合》（25216）
𠝢		西 周	
		春 秋	
		楚 系	吝 〈新蔡・乙一6〉
		晉 系	
		齊 系	
		燕 系	
		秦 系	吝 〈睡虎地・日書甲種130〉
		秦 朝	
		漢 朝	

92、《說文》「𠰍」字云：「𠰍，塞口也。从口氒省聲。𠰐，古文从甘。」〔註43〕

篆文从口作「𠰍」，與殷周以來的字形相近同，古文从甘作「𠰐」，《說文》「口」字云：「人所呂言食也」，「甘」字云：「美也」〔註44〕，口、甘作爲形符使用時替代的現象，亦見於兩周金文，如：「壽」字从口作「壽」〈子璋鐘〉，或从甘作「壽」〈王孫遺者鐘〉，應是造字時對於偏旁意義的選擇不同所致。

字 例	重 文	時 期	字 形
𠰍	𠰐	殷 商	古 《合》（20115）
𠰍		西 周	
		春 秋	𠰍 〈姑馮𠰍同之子句鑃〉

〔註42〕 《說文解字注》，頁61。

〔註43〕 《說文解字注》，頁61～62。

〔註44〕 《說文解字注》，頁54，頁204。

楚　系			
晉　系			
齊　系			
燕　系			
秦　系			
秦　朝			
漢　朝		《馬王堆・養生方202》	

93、《說文》「嗥」字云：「嗥，咆也。从口皋聲。㺒，譚長說嗥从犬。」〔註45〕

篆文从口作「嗥」，重文从犬作「㺒」，《說文》「口」字云：「人所吕言食也」，「犬」字云：「狗之有縣蹏者也。」〔註46〕「嗥」字从口，字義爲「咆也」，段玉裁〈注〉云：「《廣韻》：『嗥，熊虎聲。』《左傳》曰：『狐貍所居，豺狼所嗥。』」從《左傳》所載可知「嗥」爲豺狼之聲，豺、狼屬犬科，口、犬作爲形符使用時替代的現象，應是造字時爲明確表示此爲豺、狼所發出的聲音，故將「口」改易爲「犬」。

字　例	重　文	時　期	字　　形
嗥　嗥	㺒	殷　商	
		西　周	
		春　秋	
		楚　系	
		晉　系	
		齊　系	
		燕　系	
		秦　系	
		秦　朝	
		漢　朝	

〔註45〕《說文解字注》，頁62。

〔註46〕《說文解字注》，頁54，頁477。

94、《說文》「呦」字云：「□，鹿鳴聲也。从口幼聲。□，呦或从欠。」〔註47〕

篆文「□」从口幼聲，或體「□」从欠幼聲，據「嘯」字考證，「口」、「欠」替換，屬義近偏旁的替代。

字　例	重　文	時　期	字　形
呦 □	□	殷　商	
		西　周	
		春　秋	
		楚　系	
		晉　系	
		齊　系	
		燕　系	
		秦　系	
		秦　朝	
		漢　朝	

95、《說文》「㕣」字云：「□，山閒陷泥地。从口，从水敗皃。讀若沇洲之沇。九州之渥地也，故吕沇名焉。□，古文㕣。」〔註48〕

篆文作「□」，與「□」〈上博・緇衣5〉、「□」〈㕣新・平肩空首布〉相近同；古文作「□」，據《古文四聲韻》所載，或作「□」《義雲章》〔註49〕，二者形體相近，段玉裁〈注〉云：「下蓋从谷，上从列骨之殘□字，□象水敗也。漢人作□字者，蓋合和容沇二字爲之。」林義光亦指出「从歺省从谷」〔註50〕，其言或可從。

字　例	重　文	時　期	字　形
㕣	□	殷　商	
		西　周	

〔註47〕《說文解字注》，頁62。

〔註48〕《說文解字注》，頁62～63。

〔註49〕《古文四聲韻》，頁173。

〔註50〕《文源》卷十，頁19。

台	春　秋	〈台釿・平肩空首布〉
	楚　系	〈上博・緇衣 5〉
	晉　系	
	齊　系	
	燕　系	
	秦　系	
	秦　朝	
	漢　朝	

96、《說文》「𡙇」字云：「𡙇，亂也。从爻工交吅。一曰：『窒𡙇』。讀若穰。𥠎，籀文𡙇。」〔註51〕

「𡙇」字金文作「𤕟」〈薛侯盤〉，左側从「土」，右側从「攵」，「𦍋」似人形〔註52〕；或作「𤖮」〈散氏盤〉，左側从「丿」，右側从「攵」，「𦍋」與「𦍋」皆似人形，此外並於「𠃜」增添「土（一）」，寫作「𦍋」；或作「𧯶」〈噩君啓車節〉，左側从「土」，右側从「又」，「𦍋」應是由「𦍋」演變而來，「𦍋」上半部中間的「土」係在「一」的豎畫上增添一道小實心圓點，遂寫作「土」，又从「又」與从「攵」替代的現象，亦見於戰國文字，如：「時」字或从攵作「𦍋」〈郭店・五行 27〉，或从又作「𦍋」〈上博・容成氏 48〉。將「𧯶」與〈包山 170〉的「𧯶」相較，後者省去上半部的「土」；〈包山 155〉的辭例爲「襄陵」，將「𧯶」與「𧯶」相較，係將左側所从之「土」，訛寫爲「米」，並將右側的「又」寫作「攵」。此外，將「𧯶」與〈襄陰・圜錢〉的「𧯶」相較，後者進一步省減上半部的部件，而以「▽」取代「土」，又左側不从「土」，改以「又」代替，係受到右側偏旁影響，使得左側改从「又」。又將「𧯶」與「𧯶」〈戲垣・平襠方足平首布〉或「𧯶」〈壞陰・平襠方足平首布〉相較，貨幣所見「𧯶」形體，係「𧯶」進一步省減的結果。璽印文

〔註51〕《說文解字注》，頁 63。

〔註52〕于省吾指出甲骨文中有字作「𦍋」或「𦍋」，應是「𡙇」的初文，又商代青銅器〈祖辛爵〉作「𦍋」，其形像人赤足之形，上半部所从之「𠃜」則不知所象。「𡙇」字金文所見「𦍋」，與其提及的「𦍋」相似，故从于省吾之言將之視爲「人形」。于省吾：《甲骨文字釋林・釋𦍋》，中卷，頁 132～134，臺北，大通書局，1981 年。

字作「𤳢」，從「田」者係改易「土」的寫法，「ᑒ」與「中」本應為「ᑒ」、「ᑒ」或「ᑒ」的形體，因形體的割裂使得「ᑒ」、「ᑒ」或「ᑒ」寫作「𤳢」。《說文》篆文作「ᑒ」，籀文作「ᑒ」，皆「从爻工交𠙵」，形體與兩周以來的字形不同，丁佛言指出從「爻」者為「ᑒ」或「攵」之誤，從「工」者為「土」之誤，篆文之「ᑒ」，或籀文之「∧」，皆由「ᑒ」、「ᑒ」或「ᑒ」而來〔註53〕，張世超等人則指出「ᑒ」所從之「𠙵」，應為「ᑒ」之訛。〔註54〕據上列的考證，其言可從。

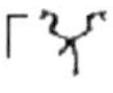

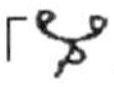

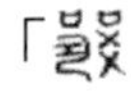

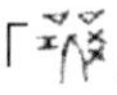

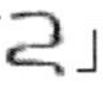

字　例	重　文	時　期	字　　形
  𤳢 ᑒ	 ᑒ	殷　商	
		西　周	 ᑒ〈散氏盤〉 　ᑒ〈薛侯盤〉
		春　秋	
		楚　系	 ᑒ〈�君啓車節〉 　ᑒ〈包山155〉　ᑒ〈包山170〉
		晉　系	 ᑒ〈戲垣・平襠方足平首布〉  ᑒ〈壞陰・平襠方足平首布〉　ᑒ〈襄陰・圜錢〉
		齊　系	ᑒ《古璽彙編》（0195）
		燕　系	
		秦　系	
		秦　朝	
		漢　朝	

97、《說文》「嚴」字云：「嚴，教命急也。从𠱠厰聲。ᑒ，古文嚴。」

〔註55〕

「嚴」字於兩周時期或从𠱠作「ᑒ」〈虢叔旅鐘〉、「ᑒ」〈番生簋蓋〉、「ᑒ」〈秦公簋〉、「ᑒ」〈郭店・五行22〉、「嚴」〈睡虎地・為吏之道4〉，將五者相較，其間的差異為〈虢叔旅鐘〉之「厰」從广；〈秦公簋〉所從之「敢」從「甘」，

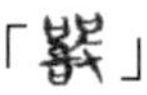

〔註53〕吳大澂、丁佛言、強運開：《說文古籀補・說文古籀補補・說文古籀三補》第二，頁5，臺北，藝文印書館，1968年。

〔註54〕張世超、孫凌安、金國泰、馬如森：《金文形義通解》，頁209～212，日本京都，中文出版社，1995年。

〔註55〕《說文解字注》，頁63。

應是於「口」中增添一道短橫畫「-」所致;〈郭店・五行22〉之「厰」省略「厂」,並將「又」改易為「攵」,〈睡虎地・為吏之道4〉則省略「厰」所從之「敢」的「口」;《說文》篆文作「嚴」,字形即源於此,惟「敢」的形體與之不同,除了將右側「又」或「攵」改易為「殳」外,左側作「貝」,下半部本應從「口」,卻訛寫為「目」,作「目」者可能是於「口」中增添一道短橫畫「-」,再加上形體的倒寫所致。或從三口作「嚴」〈多友鼎〉、「嚴」〈丼人女鐘〉、「嚴」〈王孫誥鐘〉、「嚴」〈中山王𧊒方壺〉,將四者相較,其間的差異為前三者之「厰」從广,〈中山王𧊒方壺〉從厂,又〈丼人女鐘〉所從之「敢」從「甘」,與〈秦公簋〉相同;《說文》籀文作「嚴」,字形與〈中山王𧊒方壺〉之字相近。再者,將「嚴」與〈士父鐘〉的「厰」相較,後者係省略「吅」。「嚴」字所從之「厰」,或從厂,或從广,作為形符使用時替代的現象亦見於兩周文字,如:「庫」字或從厂作「庫」〈陰平劍〉,或從广作「庫」〈朝歌右庫戈〉;「厰」字所從之「敢」,或從又,或從攵,或從殳,作為形符使用時替代的現象亦見於古文字,如:「敗」字或從又作「敗」〈包山76〉,或從攵作「敗」〈包山128〉,或從殳作「敗」〈�君啟舟節〉。可知「嚴」字異體從厂、從广,或從又,或從攵,或從殳,並非特例。

字 例	重 文	時 期	字 形
嚴 嚴	嚴	殷 商	
		西 周	嚴〈多友鼎〉 嚴〈丼人女鐘〉 嚴〈虢叔旅鐘〉 〈番生簋蓋〉 厰〈士父鐘〉
		春 秋	嚴〈秦公簋〉 嚴〈王孫誥鐘〉
		楚 系	嚴〈楚王酓章戈〉 嚴〈郭店・五行22〉
		晉 系	嚴〈中山王𧊒方壺〉
		齊 系	
		燕 系	
		秦 系	嚴〈睡虎地・為吏之道4〉
		秦 朝	
		漢 朝	嚴《馬王堆・老子乙本230》

98、《說文》「起」字云：「🔾，能立也。从走巳聲。🔾，古文起从
　　　辵。」〔註56〕

　　篆文从走作「🔾」，與〈繹山碑〉的「🔾」近同，古文从辵作「🔾」，《說
文》「走」字云：「趨也」，「辵」字云：「乍行乍止也」〔註57〕，走、辵在意義
上皆與行走有關，作為形符使用時替代的現象亦見於兩周文字，如：「趄」字
或从走作「🔾」〈虢季子白盤〉，或从辵作「🔾」〈史牆盤〉，「遣」字或从走作
「🔾」〈遣叔鼎〉，或从辵作「🔾」〈遹簋〉，作為形符時替代的現象，屬義近
而替代。又戰國楚系文字或从辵己聲作「🔾」〈郭店・老子甲本 31〉、「🔾」〈上
博七・鄭子家喪甲本 7〉，「🔾」應為「己」的訛寫，或从走己聲作「🔾」〈新
蔡・甲三 109〉，或从辵巳聲作「🔾」〈上博七・鄭子家喪甲本 6〉、「🔾」〈上
博七・鄭子家喪乙本 7〉，「🔾」應為「巳」的訛省。「己」字上古音屬「見」紐
「之」部，「巳」字上古音屬「邪」紐「之」部，疊韻，己、巳作為聲符使用時
可替代。〈睡虎地・日書甲種 138 背〉的「🔾」、〈繹山碑〉的「🔾」、《馬王堆・
經法 68》的「🔾」皆从走巳聲，與戰國楚系文字或見从己聲之字不同，其差
異可能是南方楚地與西方秦地語音的不同所致，為了符合當地人使用的習慣，
遂選擇某個偏旁作為聲符。

字　例	重　文	時　期	字　形
起	🔾 🔾	殷　商	
		西　周	
		春　秋	
		楚　系	🔾〈郭店・老子甲本 31〉 🔾〈新蔡・甲三 109〉 🔾〈上博七・鄭子家喪甲本 6〉 🔾〈上博七・鄭子家喪甲本 7〉 🔾〈上博七・鄭子家喪乙本 7〉
		晉　系	
		齊　系	
		燕　系	
		秦　系	🔾〈睡虎地・日書甲種 138 背〉

〔註56〕 《說文解字注》，頁 65。

〔註57〕 《說文解字注》，頁 64，頁 70。

	秦　朝	〈繹山碑〉
	漢　朝	《馬王堆·經法 68》

99、《說文》「歸」字云：「歸，女嫁也。从止婦省𠂤聲。嬦，籀文
省。」〔註58〕

甲骨文从帚从𠂤作「」《合》（722 正）或「」《合》（5193 正），〈侯
馬盟書·宗盟類 185.7〉的「歸」承襲其形體，金文增添「辵」旁作「」〈不
𡣿簋〉，或作「」〈齊大宰歸父盤〉，後者左側上半部的「」，應是「𠂤」
的訛寫，又與〈包山 206〉的「」相較，「」从辵从帚，省略𠂤聲。「歸」
字於馬王堆出土的文獻或作「」《馬王堆·刑德甲本 23》，或作「」《馬王
堆·五星占 23》，後者的辭例為「得地復歸之」，與「」相較，係省略「止」。
《說文》篆文作「歸」，形體與「」〈睡虎地·秦律雜抄 35〉相近，籀文作
「嬦」，省略𠂤聲。兩周文字或从辵，《說文》篆文、籀文从止，《說文》「止」
字云：「下基也，象艸木出有阯，故以止為足。」「辵」字云：「乍行乍止也，從
彳止。」〔註59〕「止」字於甲骨文即為足形，寫作「」《合》（13017）或「」
《合》（35242），《說文》釋形為非，二者作為形符使用時替代的現象亦見於兩
周文字，如：「過」字或从辵作「」〈過伯簋〉，或从止作「」〈過伯作彝
爵〉，「從」字或从辵作「」〈魚從鼎〉，或从止作「」〈作從彝卣〉，作為
形符時替代的現象，屬義近的替代。

字　例	重　文	時　期	字　形
歸 	嬦	殷　商	《合》（722 正）《合》（5193 正）
		西　周	〈不𡣿簋〉
		春　秋	〈齊大宰歸父盤〉〈侯馬盟書·宗盟類 185.7〉
		楚　系	〈包山 206〉
		晉　系	
		齊　系	
		燕　系	

〔註58〕 《說文解字注》，頁 68。

〔註59〕 《說文解字注》，頁 68，頁 70。

秦　系	［字形］〈睡虎地・秦律雜抄 35〉	［字形］〈睡虎地・日書乙種 119〉
秦　朝	［字形］〈睡虎地・編年記 5〉	
漢　朝	［字形］《馬王堆・刑德甲本 23》	［字形］《馬王堆・五星占 23》

100、《說文》「登」字云：「［字形］，上車也。从癶豆象登車形。［字形］，籀
　　　文登从廾。」〔註60〕

　　篆文从癶豆作「［字形］」，形體與甲骨文「［字形］」《合》（8564）相近，籀文作
「［字形］」近於甲骨文「［字形］」《合》（205），徐中舒云：「從止止從豆，或又從廾，
會捧豆升階以敬神祇之義。」〔註61〕金文或从癶豆廾作「［字形］」〈散氏盤〉，或
省略癶作「［字形］」〈鄧公牧簋〉；戰國時期的楚系文字或作「［字形］」〈上博・弟子
問 5〉，辭例為「登年不恆至」，將之與〈鄧公匜〉的「［字形］」相較，上半部的
形體應為「廾」，因將之置於「豆」上，使得形體近於「艸」，或作「［字形］」〈上
博・競公瘧 8〉，辭例為「今薪登（蒸）思虞守之」，上半部為「［字形］」，係重複
「止止」的形體，因置於「豆」的上方，故借用「豆」的起筆橫畫，又齊系文
字或作「［字形］」〈十年墜侯午敦〉，下半部从癶而非从廾，此一現象係受到「自
體類化」的影響，即構成文字的偏旁或是部件，在發展的過程中，某一個形
體受到另一個形體的影響，使得二者趨於相同或是相近的現象，如望山竹簡
（2.13）的「翡」字，或从朋肥聲作「［字形］」，或从羽肥聲作「［字形］」，「［字形］」字
下半部的「癶」應是受到上半部「癶」的影響，使得本應作「廾」的形體誤
為「癶」。又馬王堆出土文獻或作「［字形］」《馬王堆・老子甲本 129》，或作「［字形］」
《馬王堆・周易 10》，上半部所从的「癶」作「止止」或「止止」，將之與「［字形］」
相較，為省略筆畫後的形體。

字　例	籀　文	時　期	字　形
登 ［字形］	［字形］	殷　商	［字形］《合》（205）　［字形］《合》（8564）
		西　周	［字形］〈散氏盤〉
		春　秋	［字形］〈鄧公牧簋〉　［字形］〈鄧公匜〉
		楚　系	［字形］〈包山 175〉　［字形］〈上博・弟子問 5〉　［字形］〈上博・競公瘧 8〉

〔註60〕《說文解字注》，頁 68〜69。

〔註61〕徐中舒：《甲骨文字典》，頁 139，成都，四川辭書出版社，1995 年。

晉　系	
齊　系	〈十年墜侯午敦〉　〈十四年墜侯午敦〉
燕　系	
秦　系	〈睡虎地・日書甲種 12〉
秦　朝	，〈咸陽瓦〉
漢　朝	《馬王堆・老子甲本 129》　《馬王堆・周易 10》

101、《說文》「正」字云：「正，是也。从一，一吕止。凡正之屬皆從正。古文正从二，二古文上字；古文正从一足，足亦止也。」〔註62〕

甲骨文作「」《合》（6993），楊樹達云：「字从口而足趾向之，謂人向國邑而行，故其義爲行也。」〔註63〕徐中舒亦云：「口象人所居之邑，下從止，表舉趾往邑，會征行之義，爲征之本字。」〔註64〕金文中的「口」或塡實作「■」，寫作「」〈彔伯𪟝簋蓋〉，或將「■」改爲一道橫畫「—」，寫作「」〈虢季子白盤〉，《說文》篆文作「正」，應源於此；或於「」的起筆橫畫上增添一道短橫畫「-」飾筆，寫作「」〈黿公華鐘〉，古文作「」，應源於此；又另一古文作「」，从一足，據「歸」字考證，「止」字於甲骨文即爲足形，止、足作爲形符時替代的現象，屬義近的替代。此外，戰國楚系文字尚見增添「邑」者，如包山竹簡（150）的「」，辭例爲「正昜」，又（193）的辭例與之相同，而不从「邑」，增添偏旁「邑」與否，並未改變其意義，原本係爲明示該字所指爲地望而添加「邑」，卻形成從邑正聲的形聲字。

字　例	重　文	時　期	字　形
正	，	殷　商	《合》（6993）
		西　周	〈彔伯𪟝簋蓋〉　　〈虢季子白盤〉
		春　秋	〈黿公華鐘〉　　〈王孫遺者鐘〉
		楚　系	〈包山 150〉　〈包山 193〉　〈上博・緇衣 2〉

〔註62〕《說文解字注》，頁 70。

〔註63〕楊樹達：《積微居小學述林全編》，頁 77，上海，上海古籍出版社，2007 年。

〔註64〕《甲骨文字典》，頁 146。

晉　系	（字形）	〈私庫嗇夫鑲金銀泡飾〉
齊　系	（字形）	〈禾簋〉
燕　系	（字形）	《古陶文彙編》（4.1）
秦　系	（字形）	〈青川・木牘〉（字形）〈睡虎地・日書乙種 89〉
秦　朝	（字形）	〈咸陽瓦〉
漢　朝	（字形）	《馬王堆・經法 4》

102、《說文》「是」字云：「（字形），直也。從日正。凡是之屬皆從是。

　　（字形），籀文是從古文正。」〔註65〕

〈毛公旅方鼎〉作「（字形）」，從早從止，與〈哀成叔鼎〉之「（字形）」相較，後者係省略「日」下的部件，《說文》篆文作「（字形）」，蓋源於此；〈上博・子羔10〉有一辭例為「是禹也」，「是」字作「（字形）」，以「（字形）」與之相較，「（字形）」係進一步省略「（字形）」中的短橫畫「-」；籀文作「（字形）」，形體近於「（字形）」〈上博・凡物流形甲本16〉，其辭例為「是故聖人凥於其所」，該字的構形亦應與「（字形）」相同，省略「日」下的部件，其後又增添一道短橫畫「-」，遂被誤為從「正」字之古文，可知許書言「籀文是從古文正」為非，「（字形）」上半部從「⊙」，與「（字形）」相同，惟將「○」中的短橫畫「-」改易為小圓點「・」。

字　例	重　文	時　期	字　形
是（字形）（字形）	（字形）	殷　商	
		西　周	（字形）〈毛公旅方鼎〉
		春　秋	（字形）〈石鼓文〉（字形）〈侯馬盟書・宗盟類 16.9〉（字形），（字形）〈是・平肩空首布〉
		楚　系	（字形）〈天星觀・卜筮〉（字形）〈包山4〉（字形）〈上博・子羔10〉（字形）〈上博・凡物流形甲本16〉
		晉　系	（字形）〈哀成叔鼎〉
		齊　系	（字形）〈陸逆簋〉
		燕　系	
		秦　系	（字形）〈睡虎地・效律30〉

〔註65〕《說文解字注》，頁 70。

		秦　朝	
		漢　朝	昰《馬王堆・五星占8》

103、《說文》「韙」字云：「韙，是也。从是韋聲。《春秋傳》曰：
『犯五不韙』。㥩，籀文韙从心。」 〔註66〕

篆文从是韋聲作「韙」，籀文从心韋聲作「㥩」，戰國楚系文字作「惷」
〈上博・民之父母10〉，辭例爲「氣志不愇」，形體與籀文相近，其間的差異，
係偏旁位置的經營不同，籀文爲左心右韋，楚系文字爲上韋下心。王筠云：「《玉
篇》在心部，注曰：『愇，恨也。』《廣雅》：『怨、愇、很，恨也。』皆不以爲
韙之籀文，第音不異耳。《集韻》七尾韙下，繼收愇字，兩字各義，然則宋時《說
文》尚無此重文也。」〔註67〕可知將「愇」置於「韙」字下，列爲重文，非漢
代許愼所爲。

字　例	重　文	時　期	字　形
韙	㥩	殷　商	
	韙	西　周	
		春　秋	
		楚　系	惷〈上博・民之父母10〉
		晉　系	
		齊　系	
		燕　系	
		秦　系	
		秦　朝	
		漢　朝	

104、《說文》「迹」字云：「迹，步處也。从辵亦聲。蹟，或从足責。
速，籀文迹从朿。」 〔註68〕

篆文从辵亦聲作「迹」，或體从足責聲作「蹟」，籀文从辵朿聲作「速」，

〔註66〕《說文解字注》，頁70。

〔註67〕（清）王筠：《說文釋例》卷六，頁6～7，臺北，世界書局，1984年。

〔註68〕《說文解字注》，頁70。

籀文字形與〈師寰簋〉的「![字]」、〈泰山刻石〉的「![字]」近同。《說文》「辵」字云：「乍行乍止也。从彳止。」「足」字云：「人之足也。在體下，从口止。」[註69]二者皆與「止」相關，且行走與足有關，作爲形符使用時可替代。辵、足作爲形符使用時替代的現象亦見於兩周文字，如：「路」字或从辵作「![字]」〈包山 94〉，或从足作「![字]」〈史懋壺〉。「亦」字上古音屬「余」紐「鐸」部，「責」字上古音屬「莊」紐「錫」部，「朿」字上古音屬「清」紐「錫」部，莊、清皆爲齒音，黃季剛言「照系二等諸紐古讀精系」，可知「莊」於上古聲母可歸於「精」，責與朿爲旁紐疊韻關係，又鐸、錫二部爲旁轉關係，亦、責、朿作爲聲符使用時可替代。此外，睡虎地秦簡之「夾」字作「![字]」〈睡虎地・日書甲種 151〉，「亦」字作「![字]」〈睡虎地・秦律十八種 64〉，可知「![字]」〈睡虎地・封診式 67〉或「![字]」《馬王堆・老子乙本 241》應从辵夾聲；又馬王堆出土文獻或見將「![字]」字釋爲「策」，如：《馬王堆・十問 12》云：「玉![字]（策）復生」，《馬王堆・經法 69》云：「論天下而无遺![字]（策）」，「策」字上古音屬「初」紐「錫」部，「![字]」字从竹夾聲，「夾」字上古音屬「見」紐「葉」部，「初」紐屬齒音，「見」紐屬喉音，錫、葉二部的關係亦遠，若視爲通假現象實難符合雙聲疊韻、雙聲、疊韻、陰陽入對轉、旁紐或旁轉的廣義通假，疑从辵夾聲之「![字]」可能是「![字]」的訛誤，以籀文所从之「![字]」爲例，若將中間的豎畫以收縮筆畫的方式書寫，遂作「![字]」，形體近於「![字]」。然目前尚未能知曉其因，有待日後更多出土材料出現，以解決此問題。

字 例	重 文	時 期	字　　形
迹 ![字]	![字]，![字]	殷　商	
		西　周	![字] 〈師寰簋〉
		春　秋	
		楚　系	
		晉　系	
		齊　系	
		燕　系	
		秦　系	![字] 〈睡虎地・封診式 67〉

[註69] 《說文解字注》，頁 70，頁 81。

		秦　朝	〈泰山刻石〉
		漢　朝	《馬王堆・老子乙本 241》

105、《說文》「邁」字云：「，遠行也。从辵萬聲。，邁或从蠆。」

〔註70〕

「邁」字或从止作「」〈伯大師盨〉，或从辵作「」〈叔向父禹簋〉，《說文》篆文作「」，應源於从辵之形體。據「歸」字考證，「止」、「辵」替換，屬義近偏旁的替代。將「」與〈齊侯盤〉的「」、〈陳逆簋〉的「」相較，後二者係將「」〈免盤〉中間較長的筆畫與「」〈五年召伯虎簋〉中間的豎畫，以借筆省減的方式書寫，亦即構成文字時，甲偏旁具有的某一筆畫，乙偏旁裡亦見相近者，甲、乙二偏旁借用相近的筆畫，如：「吳」字作「」〈班簋〉，或借筆省減作「」〈吳王夫差矛〉，「名」字作「」〈六年召伯虎簋〉，或借筆省減作「」〈黿公華鐘〉。「邁」字从辵萬聲，或體「邁」从辵蠆聲。「萬」字上古音屬「明」紐「元」部，「蠆」字上古音屬「透」紐「月」部，元月陽入對轉，萬、蠆作爲聲符使用時可替代。

字　例	重　文	時　期	字　　形
邁 		殷　商	
		西　周	〈叔向父禹簋〉　〈伯大師盨〉
		春　秋	〈王孫誥鐘〉　〈齊侯盤〉
		楚　系	
		晉　系	
		齊　系	〈陳逆簋〉
		燕　系	
		秦　系	
		秦　朝	
		漢　朝	

〔註70〕《說文解字注》，頁70。

106、《說文》「延」字云：「延，正行也。从辵正聲。征，延或从彳。」
〔註71〕

篆文从辵正聲作「延」，或體从彳正聲作「征」，金文「延」字亦見从辵作「延」〈鬳孟延盨〉，从彳作「征」〈班簋〉。《說文》「辵」字云：「乍行乍止也。从彳止。」「彳」字云：「小步也。象人脛三屬相連也。」〔註72〕辵、彳皆與足有關，作爲形旁時可因義近而替代。辵、彳作爲形符使用時替代的現象亦見於兩周文字，如：「逆」字或从辵作「逆」〈九年衛鼎〉，或从彳作「逆」〈仲再簋〉，「遘」字或从辵作「遘」〈保卣〉，或从彳作「遘」〈保卣〉。又戰國文字或作「延」〈楚帛書·丙篇1.4〉，「正」字起筆橫畫上的短橫畫「-」，是戰國時期常見的飾筆之一。〔註73〕

字例	重文	時期	字形
延延	征	殷商	
		西周	延〈鬳孟延盨〉 征〈班簋〉
		春秋	延〈曩伯子𨻷父盨〉 征〈曾伯𥂪簋〉
		楚系	延〈楚帛書·丙篇1.4〉
		晉系	延〈中山王𰯼鼎〉
		齊系	
		燕系	
		秦系	
		秦朝	延〈咸陽瓦〉
		漢朝	

107、《說文》「徂」字云：「徂，往也。从辵且聲。退，齊語。徂，徂或从彳。遣，籀文从虘。」〔註74〕

〔註71〕 《說文解字注》，頁71。

〔註72〕 《說文解字注》，頁70，頁76。

〔註73〕 陳立：《戰國文字構形研究》，頁109〜110，臺北，國立臺灣大學中國文學研究所博士論文，2004年。

〔註74〕 《說文解字注》，頁71。

　　篆文从辵且聲作「追」，或體从彳且聲作「祖」，據「延」字考證，「辵」、
「彳」替換，屬義近偏旁的替代。籀文从辵盧聲作「遽」，戰國文字或从辵歔
聲作「逺」〈包山 188〉，或从彳歔聲作「逺」〈梁十九年亡智鼎〉，「盧」字从
虍且聲，「且」字作「且」，〈梁十九年亡智鼎〉右側之「毫」，下半部形體近於
「自」，春秋戰國時期「且」字或作「自」〈王孫遺者鐘〉，於收筆橫畫下增添
一道短橫畫「-」，从且得形者，亦見此一現象，如：「組」字作「緺」〈包山 259〉，
「且」字下的「-」，屬飾筆的性質。「歔」字从又盧聲，「且」字上古音屬「清」
紐「魚」部，「盧」字上古音屬「從」紐「魚」部，二者發聲部位相同，清從旁
紐，疊韻，且、盧作為聲符使用時可替代。

字　例	重　文	時　期	字　　　形
追 組	祖, 遽	殷　商	
		西　周	
		春　秋	
		楚　系	逺〈包山 188〉
		晉　系	逺〈梁十九年亡智鼎〉
		齊　系	
		燕　系	
		秦　系	
		秦　朝	
		漢　朝	

　　108、《說文》「述」字云：「繍，循也。从辵术聲。遜，籀文从秫。」
[註75]

　　兩周文字或作「逑」〈大盂鼎〉，或作「逑」〈睡虎地・日書甲種 130〉，或
作「逑」〈郭店・老子丙本 2〉，「术」字形體間的小點數目不一，或為二，或
為一，甚或不見小點，篆文从辵术聲作「繍」，應是源於戰國秦系文字。「述」
字从辵术聲，籀文「遜」从辵秫聲。「术」、「秫」二字上古音皆屬「船」紐「物」
部，雙聲疊韻，术、秫作為聲符使用時可替代。

〔註75〕《說文解字注》，頁 71。

字 例	重 文	時 期	字 形
述	(篆)	殷 商	
		西 周	(字)〈大盂鼎〉
		春 秋	
(篆)		楚 系	(字)〈郭店・老子丙本 2〉
		晉 系	(字)〈魚鼎匕〉 (字)〈中山王鼎〉
		齊 系	
		燕 系	
		秦 系	(字)〈睡虎地・日書甲種 130〉
		秦 朝	
		漢 朝	(字)《馬王堆・繫辭 15》

109、《說文》「造」字云：「（篆），就也。从辵告聲。譚長說：『造上
士也。』（古），古文造从舟。」〔註76〕

《說文》篆文从辵告聲作「（篆）」，形體與〈聿造鬲〉的「（字）」相近，又戰
國楚系文字作「（字）」〈包山 137 反〉，將之與「（字）」相較，後者於「告」上半
部又增添一道短斜畫「ㄟ」；或从宀辵告聲作「（字）」〈頌簋〉，辭例爲「新造」，
或作「（字）」〈秦子戈〉，辭例爲「作造」，「（字）」的形體係省減「告」上半部的
橫畫；或从舟告聲作「（字）」〈羊子戈〉，辭例爲「羊子之造戈」，古文作「（古）」，
形體與之相近，惟後者「告」字下半部的「口」作「▽」；或从宀舟告聲作「（字）」
〈頌鼎〉，辭例爲「新造」；或从彳告聲作「（字）」〈師同鼎〉，辭例爲「用造」，
據「延」字考證，「辵」、「彳」替換，屬義近偏旁的替代；或从宀彳告聲作「（字）」
〈頌簋〉，辭例爲「新造」；或从戈告聲作「（字）」〈高密戈〉，辭例爲「高密造戈」，
從「戈」者明示所造之物爲兵器；或从金告聲作「（字）」〈曹公子沱戈〉，辭例爲
「曹公子沱之造戈」，或作「（字）」〈墜兆造戈〉，辭例爲「陳卯造戈」，「戈」爲
兵器的一種，爲金屬所製，從「金」者表示其材質爲金屬；或从貝告聲作「（字）」
〈宋公得戈〉，辭例爲「宋公得之造戈」，「貝」於古代可作爲貨幣使用，從「貝」
者或表示珍貴之意；或从攴告聲作「（字）」〈郹陵君鑑〉，辭例爲「造金鑑」，從

〔註76〕 《說文解字注》，頁 71。

「攴」者表示動詞之用；或从攴貝告聲作「𣪊」〈卅三年鄭令劍〉，辭例爲「冶尹啓造」，將「𣪊」所从之「𠱿」與「告」相較，前者係於「口」中增添一道短橫畫「-」；或从穴火告聲作「𡫸」〈公子土折壺〉，辭例爲「公孫造立事歲」，或作「𡨥」〈墜尣子戈〉，辭例爲「造戈」；或从金橐聲作「鏷」〈韓鍾劍〉，辭例爲「韓鍾之造劍」，「橐」字於〈中山王𧥑鼎〉作「橐」，从早从橐，「棗」字於金文作「棗」〈宜無戟〉，將之與〈韓鍾劍〉之字相較，後者上半部的「早」字收筆橫畫，與下半部的「棗」字起筆橫畫相同，再加上二者皆具有豎畫，當二者採取上下式結構時，共用相同的一道橫畫與中間的豎畫，又「橐」字从棗得聲，「告」字上古音屬「見」紐「覺」部，「棗」字上古音屬「精」紐「幽」部，幽覺陰入對轉，告、棗作爲聲符使用時可替代；或从攴曹聲作「敳」〈四年雍令矛〉，辭例爲「造戟刺」，金文「曹」字上半部多从二東，作「𣊆」〈曹公子沱戈〉，亦見从一東者，作「𣊆」〈中山王𧥑方壺〉，將之與〈四年雍令矛〉所从之「曹」相較，後者除省減同形「東」，並將「東」下半部的筆畫省略，又「曹」字上古音屬「從」紐「幽」部，與「告」字的關係，亦爲幽覺陰入對轉，告、曹作爲聲符使用時可替代。

字例	古文	時期	字　形
造 造	艁 造	殷商	
		西周	𡫸〈頌鼎〉 𡫸，𡫸〈頌簋〉 𨑣〈師同鼎〉 𨑣〈聿造鬲〉
		春秋	𡨥〈秦子戈〉 𦠉〈羊子戈〉 𧥑〈高密戈〉 鏷〈曹公子沱戈〉 𡨥〈公子土折壺〉 鏷〈韓鍾劍〉
		楚系	𧥑〈宋公得戈〉 𣪊〈郳陵君鑑〉 𨑣〈包山 137 反〉 𡨥〈上博・吳命 1〉
		晉系	𣪊〈卅三年鄭令劍〉 敳〈四年雍令矛〉
		齊系	𦠉〈陸平劍〉 𡨥〈墜尣子戈〉 𨑣〈平阿左戟〉 鏷〈墜𣏌造戈〉
		燕系	
		秦系	𨑣〈五年相邦呂不韋戈〉
		秦朝	𨑣《秦代陶文》（492）
		漢朝	𨑣《馬王堆・戰國縱橫家書 43》

110、《說文》「速」字云：「![速篆文]，疾也。从辵束聲。![速籀文]，籀文从欶。
![速古文]，古文从欶从言。」〔註77〕

篆文从辵束聲作「![速]」，形體與〈石鼓文〉的「![速]」近同，籀文从辵欶
聲作「![速]」，與《秦代陶文》（397）的「![速]」近同。金文「速」字作「![速]」
〈叔家父簠〉，林義光指出「東與束同字」〔註78〕，陳劍考證甲骨文「![速]」，
云：「下从意符『止』，與『速』从『辵』同義；上半作為聲符，可能其本身
又是一個以『木』或『屮』為意符、以橫寫的『東』形為聲符的形聲字。所
謂橫寫的『東』形顯然也可以理解為『束』字。」〔註79〕據「歸」字考證，「止」、
「辵」替換，屬義近偏旁的替代。「![遫]」字从欠欶聲，同从欶聲之「漱」字，
上古音屬「山」紐「屋」部，「東」字上古音屬「端」紐「東」部，「束」字
上古音屬「書」紐「屋」部，東屋陽入對轉，端、書皆為舌音，錢大昕言「舌
音類隔不可信」，黃季剛言「照系三等諸紐古讀舌頭音」，可知「書」於上古
聲母可歸於「透」，東、束、欶作為聲符使用時可替代。又「速」字或从彳欶
聲作「![徲]」〈咸陽釜〉，據「延」字考證，「辵」、「彳」替換，屬義近偏旁的
替代。或作「![速]」《秦代陶文》（398），下半部从止，上半部「欶」左側之「束」
的形體作「![米]」，與「![米]」〈師酉簠〉相近。戰國楚系文字或从辵作「![速]」〈新
蔡・甲三 22〉、「![速]」〈新蔡・甲三 194〉、「![速]」〈上博・吳命 1〉，辭例依序為
「速瘥速瘥」、「尚速瘥」、「速仰」，或从彳作「![速]」〈上博・吳命 7〉，辭例為
「毋敢有避速之旗」，形體雖不同，實為「速」字異體，與〈新蔡・甲三 194〉
字形相近同者，亦見於望山竹簡，朱德熙指出該字與「遲」連言，應為一對
反義詞，其義當為「速」〔註80〕，曾憲通指出該字為「![米]」的訛寫，其後再
重複形體作「![米]」，亦象並列的朱字。〔註81〕曾憲通所言「![米]」的訛寫，即古

〔註77〕 《說文解字注》，頁 72。

〔註78〕 《文源》卷六，頁 50。

〔註79〕 陳劍：〈說花園莊東地甲骨卜辭的「丁」——附：釋「速」〉，《甲骨金文考釋論叢》，
　　　　頁 94～95，北京，線裝書局，2007 年。

〔註80〕 北京大學中文系、湖北省文物考古研究所編：《望山楚簡》，頁 92，北京，中華書
　　　　局，1995 年。

〔註81〕 曾憲通：〈包山卜筮簡考釋（七篇）〉，《第二屆國際中國古文字學研討會論文集》，
　　　　頁 422～423，香港，香港中文大學中國語言及文學系，1993 年。

文字中習見的分割筆畫現象。〔註82〕其說可從。然從字形言，無論是「業」、「朱」或重複形體的「棒」，皆與「米」近同，若釋爲「朱」，僅須解決「束」與「朱」的音韻關係，「朱」字上古音屬「章」紐「侯」部，「章」於上古聲母可歸於「端」，二者爲侯屋陰入對轉關係，朱、束作爲聲符使用時可替代。故何琳儀將之釋爲从辵朱聲之字的意見亦可從。〔註83〕《說文》古文从言作「𧦢」，商承祚以爲「當是徵召之專字」〔註84〕，其說可從。

字 例	重 文	時 期	字 形
速 𧦢, 𧼛	𧦢, 𧼛	殷 商	業《花東》（248）
		西 周	
		春 秋	𧼛〈叔家父簠〉 諌〈石鼓文〉
		楚 系	𧼛〈新蔡・甲一24〉 逨〈新蔡・甲三22〉 𧼛〈新蔡・甲三194〉 𧼛〈新蔡・乙二3〉 𧼛〈上博・吳命1〉 𧼛〈上博・吳命7〉
		晉 系	
		齊 系	
		燕 系	
		秦 系	
		秦 朝	𧼛《秦代陶文》（397） 𧼛《秦代陶文》（398） 𧼛《秦代陶文》（399） 𧼛〈咸陽釜〉
		漢 朝	𧼛《馬王堆・刑德丙本10》 𧼛《馬王堆・戰國縱橫家書88》

111、《說文》「徙」字云：「𧾷，迻也。从辵止。𧿮，徙或从彳。𡲝，古文徙。」〔註85〕

篆文从辵止作「𧾷」，與〈徙觶〉的「𧾷」近同，或體从彳止作「𧿮」，據「延」字考證，「辵」、「彳」替換，屬義近偏旁的替代。戰國齊系文字作「𨑒」《古璽彙編》（0198），曾憲通指出應爲从辵从尾从米的「遟」字，古文字往

〔註82〕《戰國文字構形研究》，頁339～343。

〔註83〕何琳儀：《戰國古文字典——戰國文字聲系》，頁1467，北京，中華書局，1998年。

〔註84〕《說文中之古文考》，頁13。

〔註85〕《說文解字注》，頁72。

往從尸、從尾無別,《說文》古文作「屟」,即其右側「屟」之訛形〔註86〕;楚系文字作「逖」〈新蔡・乙一18〉,辭例爲「王遷(徙)於鄩郢之歲」,從辵從尾少聲;秦系文字作「遂」〈睡虎地・日書乙種231〉,與「徙」《馬王堆・陰陽五行乙篇106》相同,曾憲通指出字形從辵少聲,與楚簡所見從辵從尾少聲可以互證,《說文》篆文從「止」應爲從「少」之訛。〔註87〕從尾之「屈」字作「屈」〈楚屈叔佗戈〉,「屟」上半部的「尸」,應爲「屈」的訛寫;又「少」字作「少」〈蔡侯紐鐘〉,與「少」或「少」相同。從戰國至秦漢間文字的構形觀察,曾憲通之言可從。「止」字上古音屬「章」紐「之」部,「少」字上古音屬「書」紐「宵」部,二者發聲部位相同,章書旁紐,止、少作爲聲符使用時可替代。

字 例	重 文	時 期	字 形
徙 徙	徙, 屟	殷 商	徙〈徙觶〉
		西 周	
		春 秋	
		楚 系	逖〈新蔡・乙一18〉
		晉 系	
		齊 系	遂《古璽彙編》(0198)
		燕 系	
		秦 系	遂〈睡虎地・日書乙種231〉
		秦 朝	
		漢 朝	徙《馬王堆・陰陽五行乙篇106》

112、《說文》「遷」字云:「遷,登也。從辵䙴聲。挴,古文遷從手西。」〔註88〕

篆文從辵䙴聲作「遷」,與《馬王堆・老子乙本95》的「遷」相近。古

〔註86〕 曾憲通:〈論齊國「遷盟之璽及其相關問題」〉,《容庚先生百年誕辰紀念文集》,頁620,廣州,廣東人民出版社,1998年。

〔註87〕 曾憲通:〈秦至漢初簡帛篆隸的整理和研究〉,《中國文字研究》第三輯,頁149,南寧,廣西教育出版社,2002年。

〔註88〕 《說文解字注》,頁72。

文从手西聲作「⿰扌囟」，篆文之「⿱囟」从囟得聲，「西」字上古音屬「心」紐「脂」部，「囟」字上古音屬「心」紐「眞」部，雙聲，脂眞陰陽對轉，囟、西作爲聲符使用時可替代。又《說文》「辵」字云：「乍行乍止也。」「手」字云：「拳也。」〔註89〕二者無形近、義近、音近的關係，以「手」代「辵」的現象，屬一般形符的替代。戰國楚系文字作「⿰」〈郭店・唐虞之道21〉，或从止作「⿱」〈望山1.13〉、「⿱」〈郭店・五行32〉、「⿱」〈上博・中弓8〉，陳偉比對〈唐虞之道〉中的字形，發現「興」、「遷」有別，再從辭例驗證，將〈郭店・唐虞之道21〉釋爲「遷」〔註90〕，〈郭店・五行32〉上半部从⿱，下半部从止，形體與〈郭店・唐虞之道21〉近同，劉釗云：「遷之古文」〔註91〕，「⿱」下半部从止，上半部與「⿱」〈信陽2.15〉相同，陳劍指出其形體上半部訛寫作「與」，然「與」、「止」中間有一圓圈，與〈郭店・五行32〉相近，仍應釋爲「遷」。〔註92〕從字形言，「與」字作「⿱」〈信陽2.15〉或「⿱」〈上博・魯邦大旱2〉，「興」字作「⿱」〈郭店・唐虞之道8〉或「⿱」〈郭店・窮達以時5〉，與「遷」字形似而有別。其言可從。據「歸」字考證，「止」、「辵」替換，屬義近偏旁的替代。以彼律此，〈望山1.13〉的「⿱」亦爲「遷」字，惟上半部的形體訛寫近似「與」，下半部形體仍與「⿱」近同。

字 例	古 文	時 期	字 形
遷 ⿱	⿰扌囟	殷 商	
		西 周	
		春 秋	
		楚 系	⿱〈望山1.13〉 ⿱〈郭店・五行32〉 ⿰〈郭店・唐虞之道21〉 ⿱〈上博・中弓8〉
		晉 系	
		齊 系	
		燕 系	
		秦 系	

〔註89〕 《說文解字注》，頁70，頁599。

〔註90〕 陳偉：〈郭店竹書〈唐虞之道〉校釋〉，《江漢考古》2003：2，頁59～60。

〔註91〕 劉釗：《郭店楚簡校釋》，頁82，福州，福建人民出版社，2003年。

〔註92〕 陳劍：〈上博竹書〈仲弓〉篇新編釋文（稿）〉，簡帛研究網站，2004年4月18日。

	秦 朝	
	漢 朝	〔字形〕《馬王堆・老子乙本95》

113、《說文》「返」字云：「䢇，還也。从辵反，反亦聲。〈商書〉
曰：『祖伊返』。𢓜，《春秋傳》返从彳。」〔註93〕

篆文从辵反作「䢇」，形體與〈楚王酓章鎛〉的「䢇」近同，古文从彳反作「𢓜」，形體與〈舒盎壺〉的「𢓜」近同，據「延」字考證，「辵」、「彳」替換，屬義近偏旁的替代。或从止反作「𢍏」〈包山122〉，據「歸」字考證，「止」、「辵」替換，屬義近偏旁的替代，又「𢍏」所从之「反」的起筆橫畫上的短橫畫「-」，屬飾筆性質，〈中山王𤔲方壺〉的「𢓜」从彳反，「反」的起筆橫畫下的短橫畫「-」，亦爲飾筆。戰國齊系文字作「𢓜」、「𢍏」〈齊返邦長大刀・齊刀〉，將短橫畫「-」增添在「又（又）」的豎畫上，使得形體與「屮」相近，寫作「𢓜」。

字 例	重 文	時 期	字 形
返 〔篆〕	〔古〕	殷 商	
		西 周	
		春 秋	
		楚 系	〔字形〕〈楚王酓章鎛〉 〔字形〕〈包山122〉
		晉 系	〔字形〕〈中山王𤔲方壺〉 〔字形〕〈舒盎壺〉
		齊 系	〔字形〕，〔字形〕〈齊返邦長大刀・齊刀〉
		燕 系	
		秦 系	
		秦 朝	
		漢 朝	

114、《說文》「送」字云：「䢠，遣也。从辵倗省。䢠，籀文不省。」
〔註94〕

〔註93〕 《說文解字注》，頁72。

〔註94〕 《說文解字注》，頁73。

戰國晉系文字作「🐛」〈鄩盉壺〉，秦系文字作「🐛」〈睡虎地‧秦律十八種 159〉，从辵从㢟，與《說文》篆文「🐛」相近，其間差異在於「🐛」所從之「㢟」下半部的「卄」中間有飾筆「=」，上半部的豎畫上添加一個實心小圓點；楚系文字作「🐛」〈上博‧季庚子問於孔子 5〉，辭例為「百姓送之以口」，將之與「🐛」相較，前者右側為「🐛」，上半部作「从」，係重複「土」形體所致，或增添「🐛」作「🐛」〈上博‧鬼神之明　融師有成氏 3〉，辭例為「送（宋）穆公者」，增添「🐛」的用意不詳，尚待日後地下材料的出土，以便進一步的考證。從戰國、秦漢間的文字觀察，「送」字多从辵从㢟，與篆文形體相近，許慎以籀文的字形為據，言篆文字形為「从辵倈省」，似可直言「从辵从㢟」。

字　例	重　文	時　期	字　形
送	🐛 🐛	殷　商	
		西　周	
		春　秋	
		楚　系	🐛〈上博‧季庚子問於孔子 5〉 🐛〈上博‧鬼神之明　融師有成氏 3〉
		晉　系	🐛　〈鄩盉壺〉
		齊　系	
		燕　系	
		秦　系	🐛〈睡虎地‧秦律十八種 159〉
		秦　朝	
		漢　朝	🐛《馬王堆‧戰國縱橫家書 194》

115、《說文》「遲」字云：「🐛，徐行也。从辵犀聲。《詩》曰：『行道遲遲』。🐛，遲或从尸。🐛，籀文遲从屖。」[註95]

金文作「🐛」〈仲戲父簋〉，从辵屖聲，《說文》籀文作「🐛」，形體與之相近；或作「🐛」〈曾侯乙鐘〉，辭例為「遲則」，或作「🐛」〈新蔡‧乙四 110〉，辭例為「口遲」，从辵屖省聲，將之與「🐛」相較，〈曾侯乙鐘〉與〈新蔡‧乙四 110〉之字皆省略「屖」所从之「尸」，前者並於「辛」的右側增添一道彎延

[註95]《說文解字注》，頁 73。

的筆畫，後者則在「辛」的豎畫兩側增添短斜畫「ㄑㄟ」，以爲補白之用；或作「徎」〈望山 1.62〉，辭例爲「遲瘥」，從辵夷聲，《說文》或體作「遲」，形體與之相近；或作「徏」〈望山 1.61〉，辭例爲「疾遲瘥」，從止夷聲；或作「尸」〈上博・民之父母 11〉，辭例爲「威儀遲遲」，僅餘聲符；或作「遲」《馬王堆・周易 37》，從辵犀聲，《說文》篆文作「遲」，形體與之相近。據「歸」字考證，「止」、「辵」替換，屬義近偏旁的替代。「犀」、「屖」二字上古音皆屬「心」紐「脂」部，「夷」字上古音屬「余」紐「脂」部，犀、屖與夷爲疊韻關係，犀、屖爲雙聲疊韻關係，犀、屖、夷作爲聲符使用時可替代。

字　例	重　文	時　期	字　形
遲　遲	遲，遲	殷　商	
		西　周	遲〈仲戲父簋〉
		春　秋	遲〈王孫誥鐘〉
		楚　系	遲〈曾侯乙鐘〉徏〈望山 1.61〉徎〈望山 1.62〉尸〈上博・民之父母 11〉遲〈新蔡・乙四 110〉
		晉　系	
		齊　系	
		燕　系	遲〈屖君鐮〉
		秦　系	
		秦　朝	
		漢　朝	遲《馬王堆・周易 37》

116、《說文》「達」字云：「達，行不相遇也。從辵羍聲。《詩》曰：『挑兮達兮』。达，達或从大。或曰迭。」〔註96〕

金文從辵大聲作「达」〈子达觶〉，《說文》或體作「达」，形體與之相近；或作「達」〈史牆盤〉、「達」〈師袁簋〉，從辵羍聲；或作「達」〈達簋〉，從走羍聲，「羍」下半部皆爲羊、上半部作屮、木、十，未見作大。據「起」字考證，「走」、「辵」替換，屬義近偏旁的替代。《說文》篆文作「達」，形體與〈泰山刻石〉的「達」相同。戰國楚系文字作「達」〈包山 111〉，辭例爲「正易莫囂達」，或作「達」〈包山 129〉，辭例爲「易陵司馬

〔註96〕　《說文解字注》，頁 73～74。

達」，或作「達」〈郭店‧窮達以時 15〉，辭例爲「窮達以時」，或作「達」
〈上博‧民之父母 2〉，辭例爲「必達於禮樂之原」，皆从辵得形，惟右側形
體略有差異。將「達」與之相較，「達」右側上半部的「圭」，係省略「羊」
的部分筆畫，並以收縮筆畫的方式書寫；「達」係在「達」的形體上增添
偏旁「口」，「口」於此無表義的作用，屬無義偏旁的添加；「達」係省略「羊」，
而將「木」與「口」緊密結合，寫作「舍」；「達」係省略「羊」，而以「肉」
取代之，寫作「㐱」。又〈睡虎地‧日書乙種 7〉作「達」，係省略「羊」
的部分筆畫，《馬王堆‧經法 58》作「達」，則是省略「夲」的部分筆畫，
致使右側形體寫作「夲」。「夲」字上古音屬「透」紐「月」部，「大」字上
古音屬「定」紐「月」部，二者發聲部位相同，透定旁紐，疊韻，夲、大
作爲聲符使用時可替代。

字　例	重　文	時　期	字　形
達 達	達	殷　商	達〈子达觶〉
		西　周	達〈史牆盤〉　達〈師寰簋〉　達〈達簋〉
		春　秋	
		楚　系	達〈包山 111〉達〈包山 129〉達〈郭店‧窮達以時 15〉 達〈上博‧民之父母 2〉
		晉　系	
		齊　系	
		燕　系	
		秦　系	達〈睡虎地‧日書乙種 7〉
		秦　朝	達〈泰山刻石〉
		漢　朝	達《馬王堆‧經法 58》

**117、《說文》「逭」字云：「逭，逃也。从辵官聲。𢓈，逭或从萑从
兆。」** 〔註97〕

「𢓈」字作「𢓈」，段玉裁〈注〉云：「从兆者，从逃省也。从萑者，萑聲
也。」「逭」字从辵，或體从兆，二者實無關係，馬叙倫指出金文中从辵之字，
習見以左右式或上下式結構的方式書寫，「辵」字若參差爲之，則與「兆」字形

〔註97〕《說文解字注》，頁 74。

體相同。〔註98〕其言可從。可知「𢍜」本應爲从辵雚聲之字。「逭」字从辵官
聲，或體「𢍜」从兆雚聲。「官」、「雚」二字上古音皆屬「見」紐「元」部，
雙聲疊韻，官、雚作爲聲符使用時可替代。

字　例	重　文	時　期	字　形
逭	𢍜	殷　商	
		西　周	
		春　秋	
		楚　系	
		晉　系	
		齊　系	
		燕　系	
		秦　系	
		秦　朝	
		漢　朝	

118、《說文》「逋」字云：「𧗟，亡也。从辵甫聲。𧗟，籀文逋从捕。」

〔註99〕

「逋」字从辵甫聲，籀文「逋」从辵捕聲。「甫」字上古音屬「幫」紐「魚」
部，「捕」字上古音屬「並」紐「魚」部，二者發聲部位相同，幫並旁紐，疊韻，
甫、捕作爲聲符使用時可替代。

字　例	重　文	時　期	字　形
逋	𧗟	殷　商	
		西　周	
		春　秋	
		楚　系	
		晉　系	
		齊　系	
		燕　系	

〔註98〕馬叙倫：《說文解字六書疏證》一，卷四，頁471，臺北，鼎文書局，1975年。

〔註99〕《說文解字注》，頁74。

	秦　系	⿺辶 〈睡虎地・法律答問 164〉
	秦　朝	⿰ 《馬王堆・五十二病方 455》
	漢　朝	

119、《說文》「遂」字云：「⿺辶，亡也。从辵㒸聲。⿺辶，古文遂。」
〔註100〕

篆文作「⿺辶」，从辵㒸聲，與《馬王堆・周易 26》的「⿰」相近。戰國楚系文字亦从㒸聲，寫作「⿺辶」〈上博・鬼神之明　融師有成氏 2 正〉，辭例為「後世遂（述）之」，右側的「⿰」即「㒸」字，「㒸」字下半部从豕，楚系文字作「⿰」〈包山 211〉，或作「⿰」〈包山 146〉，或作「⿰」〈包山 277〉，「⿰」釋為「㒸」應無疑義。《說文》古文作「⿺辶」，據小徐本「遂」字古文作「⿺辶」〔註101〕，形體與「⿺辶」近同，「⿰」為「枀」字篆文，可知「遂」字古文應从辵枀聲。從字音言，「㒸」字上古音屬「邪」紐「物」部，「枀」字上古音屬「清」紐「質」部，二者發聲部位相同，清邪旁紐，㒸、枀作為聲符使用時可替代。

字　例	重　文	時　期	字　　形
遂 ⿺辶	⿺辶	殷　商	
		西　周	
		春　秋	
		楚　系	⿺辶 〈上博・鬼神之明　融師有成氏 2 正〉
		晉　系	
		齊　系	
		燕　系	
		秦　系	
		秦　朝	
		漢　朝	⿰ 《馬王堆・周易 26》

〔註100〕《說文解字注》，頁 74。

〔註101〕（漢）許慎撰、（南唐）徐鍇撰：《說文解字繫傳》，頁 35，北京，中華書局，1998年。

120、《說文》「遒」字云：「遒，迫也。从辵酉聲。遒，遒或从酋。」
〔註102〕

「遒」字从辵酉聲，籀文「遒」从辵酋聲。「酉」字上古音屬「余」紐「幽」部，「酋」字上古音屬「從」紐「幽」部，疊韻，酉、酋作爲聲符使用時可替代。

字　例	重　文	時　期	字　形
遒	遒	殷　商	
		西　周	
		春　秋	
		楚　系	
		晉　系	
		齊　系	
		燕　系	
		秦　系	
		秦　朝	
		漢　朝	遒《馬王堆・戰國縱橫家書 46》

121、《說文》「近」字云：「近，附也。从辵斤聲。岂，古文近。」
〔註103〕

篆文从辵斤聲作「近」，與「斱」〈泰山刻石〉近同；古文从止斤聲作「岂」，與「岕」〈望山 2.45〉近同。據「歸」字考證，「止」、「辵」替換，屬義近偏旁的替代。戰國楚系文字或从辵斤聲作「近」〈郭店・性自命出 29〉；或从止斤聲作「岕」〈望山 2.45〉、「近」〈郭店・性自命出 36〉，辭例依序爲「哀、樂，其性近也」、「一大房，四皇俎，四皇豆，二近（旂），二口」、「近得之矣」，望山二號墓竹簡的內容爲遣策，記載隨葬器物，朱德熙等人考證，「二近」一詞之「近」應釋爲「旂」，與信陽竹簡「一厚奉之旂，三彫旂」之「旂」爲同類的品物，指飲食器而非旌旗〔註104〕，「近」之義爲「附」，以「附」釋之難以通讀，

〔註102〕 《說文解字注》，頁 74。

〔註103〕 《說文解字注》，頁 74。

〔註104〕 朱德熙、裘錫圭、李家浩：〈望山一、二號墓竹簡釋文與考釋〉，《江陵望山沙塚楚墓》，頁 293，北京，文物出版社，1996 年。

故從朱德熙等人之釋讀為「旄」。古文字在偏旁位置經營上並未固定，如：「廟」字作「」〈大克鼎〉，或作「」〈無叀鼎〉，「姬」字作「」〈魯侯鬲〉，或作「」〈曾姬無卹壺〉，「多」字作「」〈沈子它簋蓋〉，或作「」〈麥方鼎〉，「春」字作「」〈蔡侯墓殘鐘四十七片〉，或作「」〈春成侯壺〉，「期」字作「」〈沈兒鎛〉，或作「」〈蔡侯紐鐘〉，「取」字作「」〈毛公鼎〉，或作「」〈楚簋〉，「止」置於「斤」的上方或下方，並未影響文字的識讀。

字　例	重　文	時　期	字　　形
近 斦		殷　商	
		西　周	
		春　秋	
		楚　系	〈望山 2.45〉 〈郭店・性自命出 29〉 〈郭店・性自命出 36〉
		晉　系	〈五年龔令思戈〉
		齊　系	
		燕　系	
		秦　系	〈睡虎地・秦律十八種 70〉
		秦　朝	〈泰山刻石〉
		漢　朝	《馬王堆・春秋事語 75》

122、《說文》「邇」字云：「，近也。从辵爾聲。，古文邇。」〔註105〕

篆文从辵爾聲作「」，古文从辵介聲作「」，戰國楚系文字作「」〈上博・緇衣 22〉，字形與古文相同。「爾」、「介」二字上古音皆屬「日」紐「脂」部，雙聲疊韻，爾、介作為聲符使用時可替代。

字　例	重　文	時　期	字　　形
邇 		殷　商	
		西　周	
		春　秋	
		楚　系	〈上博・緇衣 22〉

晉　系		
齊　系		
燕　系		
秦　系		
秦　朝		
漢　朝		

123、《說文》「遠」字云：「𧗟，遼也。从辵袁聲。𢓄，古文遠。」
〔註106〕

金文作「𢓺」〈番生簋蓋〉，从彳袁聲；戰國楚系文字或作「𨑛」〈天星觀・卜筮〉，从辵袁聲，或作「𨓦」〈包山 28〉，从辵袁省聲，省減「袁」所從聲符「○」，或作「𡴑」〈上博・性情論 18〉，从止袁聲，所從「衣」下半部的形體作「𡵂」，係於「𡕣」上增添一道短橫畫所致。據「歸」字考證，「止」、「辵」替換，屬義近偏旁的替代；據「延」字考證，「辵」、「彳」替換，屬義近偏旁的替代。《說文》篆文作「𧗟」，字形與〈泰山刻石〉的「𨓦」相近；古文作「𢓄」，右側的形體與《汗簡》所載「步」字「𣥂」的形體近同〔註107〕，可知古文从辵步聲。「袁」字上古音屬「匣」紐「元」部，「步」字上古音屬「並」紐「鐸」部，二者沒有聲韻關係。商承祚以爲「𡴑」應是「𧗟」的訛寫。〔註108〕其說可從。

字例	重文	時　期	字　　形
遠 𧗟	𢓄	殷　商	
		西　周	𢓺 〈番生簋蓋〉
		春　秋	
		楚　系	𨑛 〈天星觀・卜筮〉 𨓦 〈包山 28〉 𡴑 〈上博・性情論 18〉
		晉　系	
		齊　系	
		燕　系	

〔註106〕《說文解字注》，頁 75。

〔註107〕《汗簡・古文四聲韻》，頁 4。

〔註108〕《說文中之古文考》，頁 13～14。

		秦　系	（圖）〈睡虎地‧秦律十八種 2〉
		秦　朝	（圖）〈泰山刻石〉 （圖）〈琅琊刻石〉
		漢　朝	（圖）《馬王堆‧老子甲本 20》 （圖）《馬王堆‧經法 36》

124、《說文》「逖」字云：「（圖），遠也。从辵狄聲。（圖），古文逖。」 〔註109〕

「逖」字从辵狄聲，籀文「逷」从辵易聲。「狄」字上古音屬「定」紐「錫」部，「易」字上古音屬「余」紐「錫」部，二者發聲部位相同，定余旁紐，疊韻，狄、易作為聲符使用時可替代。

字　例	重　文	時　期	字　　　形
逖 （圖）	（圖）	殷　商	
		西　周	
		春　秋	
		楚　系	
		晉　系	
		齊　系	
		燕　系	
		秦　系	
		秦　朝	
		漢　朝	

125、《說文》「道」字云：「（圖），所行道也。从辵首。一達謂之道。（圖），古文道从首寸。」 〔註110〕

西周金文或从行首，作「（圖）」〈貉子卣〉，或从行止首，作「（圖）」〈散氏盤〉；春秋時期或从行人，作「（圖）」〈仲滋鼎〉，或从行又首作「（圖）」〈曾伯霖簠〉，所从之「又」應為「止」之訛，或从辵首作「（圖）」〈侯馬盟書‧宗盟類 156.19〉，或从辵百作「（圖）」〈侯馬盟書‧宗盟類 156.20〉；戰國文字承襲前期的文字形體，以楚系文字為例，或从行人，作「（圖）」〈郭店‧老子甲本 13〉，

〔註109〕《說文解字注》，頁 75。

〔註110〕《說文解字注》，頁 76。

或从辵百，作「![字形]」〈郭店‧老子甲本 18〉，或从辵頁，作「![字形]」〈郭店‧五行 5〉，或从行頁，作「![字形]」〈郭店‧語叢二 38〉，辭例依序爲「道恆亡爲也」、「道恆亡名」、「人道也」、「已道者也」，可知無論其構形如何改易，皆爲「道」字。从行人的「道」字，「行」像「四達之衢，人所行也。」〔註111〕表示爲人所通行之路；《說文》「頁」字云：「頭也」，「百」字云：「頭也」，「首」字云：「古文百也」〔註112〕，頁與首（百）的字義相同，作爲形符時兩相替代的現象亦見於兩周文字，如：「顯」字从首作「![字形]」〈康鼎〉，或从頁作「![字形]」〈大克鼎〉；又《說文》「人」字云：「天地之性取貴者也」〔註113〕，「頁」、「首」二字之義爲「頭」，頭顱爲人類身體的一部分，以「頁」或「首」替代「人」，係以部分取代整體，作爲形符時兩相替代的現象亦見於《說文》重文，如：「頮」字篆文从頁逃省作「![字形]」，或體从人免作「![字形]」。《說文》篆文作「![字形]」，形體與〈泰山刻石〉的「![字形]」相同；古文作「![字形]」，从首寸，尚未見於出土文獻，商承祚指出從字形言應爲「導」的古文〔註114〕，其說可從。

字　例	重　文	時　期	字　形
道 ![字形]	![字形]	殷　商	
		西　周	![字形]〈貉子卣〉　![字形]〈散氏盤〉
		春　秋	![字形]〈曾伯霏簠〉　![字形]〈仲滋鼎〉　![字形]〈石鼓文〉　![字形]〈侯馬盟書‧宗盟類 156.19〉　![字形]〈侯馬盟書‧宗盟類 156.20〉
		楚　系	![字形]〈郭店‧老子甲本 13〉　![字形]〈郭店‧老子甲本 18〉　![字形]〈郭店‧五行 5〉　![字形]〈郭店‧語叢二 38〉
		晉　系	![字形]〈中山王![字形]鼎〉
		齊　系	
		燕　系	
		秦　系	![字形]〈詛楚文〉　![字形]〈青川‧木牘〉　![字形]〈睡虎地‧法律答問 196〉　![字形]〈睡虎地‧秦律十八種 119〉

〔註111〕 《甲骨文字典》，頁 182。

〔註112〕 《說文解字注》，頁 420，頁 426，頁 427。

〔註113〕 《說文解字注》，頁 369。

〔註114〕 《說文中之古文考》，頁 14。

	秦　　朝	（字形）〈泰山刻石〉
	漢　　朝	（字形）《馬王堆・陰陽五行甲篇2》（字形）《馬王堆・易之義2》

126、《說文》「远」字云：「（字形），獸迹也。从辵亢聲。（字形），远或从足更。」〔註115〕

篆文从辵亢聲作「（字形）」，或體从足更聲作「（字形）」，據「迹」字考證，「辵」、「足」替換，屬義近形符的替代。又「亢」字上古音屬「溪」紐「陽」部，「更」字上古音屬「見」紐「陽」部，見溪旁紐，疊韻，亢、更作爲聲符使用時可替代。

字　例	重　文	時　期	字　形
远 （字形）	（字形）	殷　商	
		西　周	
		春　秋	
		楚　系	
		晉　系	
		齊　系	
		燕　系	
		秦　系	
		秦　朝	
		漢　朝	

127、《說文》「往」字云：「（字形），之也。从彳坒聲。（字形），古文从辵。」〔註116〕

春秋時期「往」字或从彳坒聲，作「（字形）」〈吳王光鑑〉，《說文》篆文作「（字形）」，形體與之相近；〈侯馬盟書・納室類〉的形體雖不同，辭例皆爲「自今以往」，字形或僅从聲符「坒」作「（字形）」〈侯馬盟書・納室類67.39〉、「（字形）」〈侯馬盟書・納室類67.1〉，前者係省略豎畫上的短橫畫「-」；或从止坒聲，作「（字形）」〈侯馬盟書・納室類67.3〉；或从辵坒聲，作「（字形）」〈侯馬盟書・納室類67.21〉、「（字形）」

〔註115〕《說文解字注》，頁76。

〔註116〕《說文解字注》，頁76。

〈侯馬盟書・納室類 67.29〉，前者於「坒」之豎畫上的小圓點「・」往往可拉長為短橫畫「-」，可知「㳟」與「㳟」無別，《說文》古文作「㳟」，形體與之相近。戰國楚系文字或从彳坒聲，作「㳟」〈郭店・老子丙本 4〉，或从辵坒聲，作「㳟」〈郭店・尊德義 31〉，「坒」下半部的形體似「壬」，應是在「土」的左側增添一道短斜畫「ノ」所致。又據「歸」字考證，「止」、「辵」替換，屬義近偏旁的替代；據「延」字考證，「辵」、「彳」替換，屬義近偏旁的替代。將「往」〈睡虎地・日書乙種 150〉與「㳟」相較，睡虎地竹簡的字形係以共筆省減的方式將「止」的收筆橫畫「一」與「土」的起筆橫畫「一」共用，寫作「坒」；較之於《馬王堆・戰國縱橫家書 39》的「往」，係在隸變過程中省略部分的形體。

字　例	重　文	時　期	字　　形
往　㳟	㳟	殷　商	
		西　周	
		春　秋	㳟〈吳王光鑑〉 坒〈侯馬盟書・納室類 67.1〉 坒〈侯馬盟書・納室類 67.3〉 㳟〈侯馬盟書・納室類 67.21〉 㳟〈侯馬盟書・納室類 67.29〉 坒〈侯馬盟書・納室類 67.39〉
		楚　系	㳟〈郭店・老子丙本 4〉 㳟〈郭店・尊德義 31〉
		晉　系	
		齊　系	
		燕　系	
		秦　系	往〈睡虎地・日書乙種 150〉
		秦　朝	
		漢　朝	往《馬王堆・戰國縱橫家書 39》

128、《說文》「徯」字云：「㣛，待也。从彳奚聲。躟，徯或从足。」

〔註 117〕

篆文从彳奚聲作「㣛」，或體从足奚聲作「躟」，《說文》「彳」字云：「小步也。象人脛三屬相連也。」「足」字云：「人之足也。在體下，从口止。」〔註 118〕

〔註 117〕《說文解字注》，頁 77。

〔註 118〕《說文解字注》，頁 76，頁 81。

據「迹」字考證，辵、足作爲形符使用時可兩相替代，又據「延」字考證，辵、彳作爲形符使用時亦可兩相替代，以彼律此，彳與足有關，作爲形旁時可因義近而替代。

字　例	重　文	時　　期	字　　　　形
徯　徲	蹊	殷　商	
		西　周	
		春　秋	
		楚　系	
		晉　系	
		齊　系	
		燕　系	
		秦　系	
		秦　朝	
		漢　朝	

129、《說文》「復」字云：「復，卻也。从彳日夂。一曰：『行遲』。𠌶，復或从內。復，古文从辵。」〔註119〕

甲骨文作「𢖆」《合》（34115），金文从彳作「復」〈天亡簋〉，或从辵作「復」〈中山王𰯼方壺〉，後者上半部作「𠂤」，應是「𢖆」的省體，又「復」中間的「𠙵」，應爲無義偏旁的增添，即「復」字的形體較爲狹長，故增添「口」以爲補白之效。《說文》古文作「復」，形體與「復」〈上博・競公瘧 3〉相近，楚系文字或見「復」〈郭店・魯穆公問子思 2〉，於較長筆畫上增添一道短斜畫「ノ」飾筆，或作「復」〈楚帛書・乙篇8.6〉，所从之「辵」的「彳」寫作「𠂇」，係省略「𠂤」上半部的筆畫，或作「復」〈上博・競公瘧 12〉，上半部的「𠂇」爲「𠂤」之省。又篆文作「復」，與《馬王堆・周易33》的「復」近同；《馬王堆・十問 5》的「復」从辵，據「延」字考證，「辵」、「彳」替換，屬義近偏旁的替代。又據甲骨文、金文、簡帛文字的形體觀察，「復」字右側上半部的形體並非从「日」，《說文》云：「从彳日夂」，應是受到「復」的影響。「復」字从彳𠌶聲，或體「𠌶」从彳內聲。「𠌶」字上古音屬「見」

〔註119〕《說文解字注》，頁 77。

紐「文」部，「內」字上古音屬「泥」紐「物」部，文物陽入對轉，**足**、內作為聲符使用時可替代。

字 例	重 文	時 期	字 形
復 得	納， 態	殷　商	兒《合》（34115）
		西　周	復〈天亡簋〉
		春　秋	
		楚　系	遷〈郭店・魯穆公問子思 2〉　逗〈楚帛書・乙篇 8.6〉 遷〈上博・競公瘧 3〉　狛〈上博・競公瘧 12〉
		晉　系	態〈中山王■方壺〉
		齊　系	
		燕　系	
		秦　系	
		秦　朝	
		漢　朝	復《馬王堆・周易 33》　退《馬王堆・十問 5》

130、《說文》「後」字云：「**後**，遲也。从彳幺夊，幺夊者後也。**態**，古文後从辵。」〔註120〕

甲骨文作「**象**」《合》（18595），或增添「彳」作「**後**」《屯》（2358），林義光云：「**象**古玄字，繫也。从行省。**夊**象足形，足有所繫，故後不得前。」〔註121〕《說文》篆文作「**後**」，與「**後**」相近，而與〈泰山刻石〉的「**狛**」相同，惟「**後**」右側上半部非「**幺**」。盟書或从彳作「**後**」〈侯馬盟書・委質類 79.5〉、「**後**」〈侯馬盟書・委質類 203.11〉，或从辵作「**態**」〈侯馬盟書・委質類 156.20〉，辭例皆為「既質之後」，「**後**」或「**態**」所見的「口」，亦與「**復**」字所見的「**態**」相同，為無義偏旁的增添，增添「口」以為補白之效。將「**後**」〈枺氏壺〉與「**後**」〈曾姬無卹壺〉相較，後者於較長筆畫上增添一道短斜畫「丶」飾筆，又對照〈清華・金縢 6〉的「**後**」，後者又進一步省略「夊」。《說文》古文作「**態**」，與「**後**」〈枺氏壺〉相近。據「延」字考證，「辵」、「彳」

〔註120〕《說文解字注》，頁77。

〔註121〕《文源》卷八，頁5。

替換，屬義近偏旁的替代。又據甲骨文、金文、玉石與簡牘文字的形體觀察，「後」字右側上半部的形體並非從「幺」，《說文》云：「从彳幺夂」，應是受到「後」的影響。

字　例	重　文	時　期	字　形
後　　後	後	殷　商	𡥝《合》（18595）　後《屯》（2358）
		西　周	後〈師望鼎〉
		春　秋	得〈林氏壺〉　後〈侯馬盟書・委質類 79.5〉　後〈侯馬盟書・委質類 156.20〉　後〈侯馬盟書・委質類 203.11〉
		楚　系	後〈曾姬無卹壺〉　後〈包山 152〉　後〈清華・金縢 6〉
		晉　系	後〈中山王𫊻鼎〉
		齊　系	
		燕　系	
		秦　系	後〈睡虎地・日書乙種 243〉
		秦　朝	後〈泰山刻石〉
		漢　朝	後《馬王堆・春秋事語 89》

131、《說文》「得」字云：「得，行有所㝵也。从彳㝵聲。𢔶，古文省彳。」〔註122〕

　　甲骨文或从又持貝作「𠠍」《合》（133 正）、「𠭁」《合》（8929），或增添彳作「得」《合》（439），金文「得」字所從之「貝」，多以豎畫與橫畫取代彎曲的筆畫作「𠙹」，如：「㝵」〈墜璋方壺〉，戰國秦、楚系文字或省減「𠙹」的一道短橫畫作「得」〈放馬灘・墓主記墓二〉、「得」〈上博・武王踐阼 5〉；再者，从又持貝之形，亦可作从手持貝，如：「得」〈大克鼎〉，或从彳从夂持貝，作「得」〈余贎速兒鐘〉，或从彳从寸持貝，作「得」〈睡虎地・效律 18〉。篆文作「得」，从彳㝵聲，與「得」近同，若省略偏旁「彳」則與古文「𢔶」相同。《說文》「又」字云：「手也」，「寸」字云：「十分也」，「夂」字云：「小擊也」，「手」字云：「拳也」〔註123〕，又、手的字義相關，而與夂、寸之義無涉，

〔註122〕《說文解字注》，頁 77。

〔註123〕《說文解字注》，頁 115，頁 122，頁 123，頁 599。

古文字中亦見其作爲偏旁使用時兩相替代的現象，如：「啓」字或從又作「𣂏」〈士父鐘〉，或從攵作「𣂏」〈召卣〉，「寺」字或從又作「𣂏」〈吳王光鑑〉，或從寸作「𣂏」〈𣂏羌鐘〉，「誓」字或從又作「𣂏」〈散氏盤〉，或從手作「𣂏」〈𣂏攸從鼎〉，或從攵作「𣂏」〈信陽 1.42〉，「又」、「手」替代的現象屬義近形符互代，因「又」、「手」與「寸」、「攵」無形近、義近、音近的關係，替代的現象屬一般形符的互代。

字　例	重　文	時　期	字　　形
得 得	𣂏	殷　商	𣂏《合》（133 正）𣂏《合》（439）𣂏《合》（8929）𣂏〈毌得觚〉𣂏〈得觚〉
		西　周	𣂏〈師旅鼎〉𣂏〈大克鼎〉
		春　秋	𣂏〈余贎速兒鐘〉
		楚　系	𣂏〈包山 90〉𣂏〈包山 102〉𣂏〈上博・武王踐阼 5〉
		晉　系	𣂏〈中山王𧮫鼎〉
		齊　系	𣂏〈陳璋方壺〉𣂏〈子禾子釜〉
		燕　系	𣂏《古陶文彙編》（4.75）
		秦　系	𣂏〈放馬灘・墓主記墓二〉𣂏〈睡虎地・效律 18〉
		秦　朝	𣂏〈泰山刻石〉
		漢　朝	𣂏《馬王堆・春秋事語 28》

132、《說文》「御」字云：「𣂏，使馬也。從彳卸。𣂏，古文御從又馬。」 〔註 124〕

甲骨文或作「𣂏」《合》（2631 正），羅振玉云：「從彳從𣂏，𣂏與午字同形，殆象馬策，人持策於道中。」〔註 125〕李孝定云：「𣂏實不象馬策，𣂏與𣂏體析離亦無持意，此午實爲聲，𣂏象人跪而迎迓形。𣂏，道也。迎迓於道是爲御。」〔註 126〕從「御」字的形、音言，李孝定的說法爲是；或作「𣂏」

〔註 124〕《說文解字注》，頁 78。

〔註 125〕羅振玉：《增訂殷虛書契考釋》卷中，頁 70，臺北，藝文印書館，1982 年。

〔註 126〕李孝定：《甲骨文字集釋》第二，頁 585，臺北，中央研究院歷史語言研究所，1991 年。

《合》（10405 正），董作賓、嚴一萍釋爲「馭」字〔註127〕，古文作「𩢆」，形體與之相近。金文或作「𩢾」〈頌壺〉，形體與《說文》篆文之「御」近同，或作「𠂤」〈大盂鼎〉，與「𩢾」相同，或作「𩢾」〈大盂鼎〉，象手持馬鞭以駕馭馬形。戰國楚系文字或作「𨖷」、「𨖷」〈天星觀・卜筮〉，辭例皆爲「馭靁」，將之與「𨑒」〈子禾子釜〉相較，「𨖷」係將「午」置於「卩」的上方，「𨖷」於「𨖷」的基礎上再添加一個無義偏旁「口」，作爲補白之用；或從馬又、午聲作「𩢾」〈曾侯乙 70〉，或從馬又、五聲作「𩢾」〈曾侯乙 7〉，辭例皆爲「所馭」，「五」、「午」二字上古音皆屬「疑」紐「魚」部，雙聲疊韻，五、午作爲聲符使用時可替代；或省略偏旁「又」，從馬午聲作「𩢾」〈包山 151〉、「𩢾」〈郭店・成之聞之 16〉，辭例依序爲「左馭」、「可馭也」，「馬」字作「𢒉」《合》（5715）、「𢒉」〈兮甲盤〉，「象馬頭髦尾四足之形」，與「𩢾」所從之「馬」相較，後者以剪裁省減的方式書寫，省略馬尾與四足之形，保留其上半的形體，並於省減的部位增添「＝」，表示該字爲省減後的形體；秦系文字作「𩢾」〈睡虎地・秦律雜抄 3〉，或作「𩢾」〈睡虎地・日書乙種 181〉，後者將「𠦍」訛寫爲「禾」，與「矢」相同；燕系文字作「𨖷」〈郾王職戈〉，省略「卩」。又據「得」字考證，「又」、「攴」替換，屬一般形符的替代。

字 例	重 文	時 期	字 形
御 御	𩢆	殷 商	𩢾《合》（2631 正） 𢒉《合》（10405 正）
		西 周	𩢾，𠂤 〈大盂鼎〉 𩢾〈頌壺〉
		春 秋	𩢾〈石鼓文〉 𨑒〈洹子孟姜壺〉
		楚 系	𩢾〈曾侯乙 7〉 𩢾〈曾侯乙 70〉 𨖷，𨖷〈天星觀・卜筮〉 𩢾〈包山 151〉 𩢾〈郭店・成之聞之 16〉 𩢾〈上博・弟子問 20〉
		晉 系	𩢾〈舒盦壺〉
		齊 系	𨑒〈子禾子釜〉

〔註127〕 董作賓：《董作賓先生全集乙編・殷曆譜・日譜一・武丁日譜》，頁 635，臺北，藝文印書館，1977 年；嚴一萍：〈婦好列傳〉，《中國文字》新三期，頁 2，臺北，藝文印書館，1981 年。

	燕　系	〈郾王職戈〉
	秦　系	〈睡虎地・秦律雜抄 3〉〈睡虎地・日書乙種 181〉
	秦　朝	〈泰山刻石〉
	漢　朝	《馬王堆・戰國縱橫家書 175》

133、《說文》「衙」字云：「衙，行且賣也。从行言。衒，衙或从玄。」〔註128〕

段玉裁〈注〉云：「言亦聲」，「衙」字从行言聲，或體「衒」从行玄聲。「言」字上古音屬「疑」紐「元」部，「玄」字上古音屬「匣」紐「眞」部，二者發聲部位相同，皆爲喉音，言、玄作爲聲符使用時可替代。

字　例	或　體	時　期	字　形
衙 衒	衒	殷　商	
		西　周	
		春　秋	
		楚　系	
		晉　系	
		齊　系	
		燕　系	
		秦　系	
		秦　朝	
		漢　朝	

134、《說文》「齒」字云：「齒，口齦骨也。象口齒之形，止聲。凡齒之屬皆从齒。𦥑，古文齒字。」〔註129〕

篆文从止聲作「齒」，與〈睡虎地・爲吏之道17〉的「齒」相近；古文作「𦥑」，與〈仰天湖25〉的「𦥑」相近。甲骨文作「」《合》（3523）或「」《合》（13655），爲象形字；戰國時期「齒」字多增添「止」爲聲符，寫作「」〈中山王🅱方壺〉，或寫作「」〈上博・緇衣 2〉、「」〈上博・緇衣 19〉，

〔註128〕《說文解字注》，頁 78～79。

〔註129〕《說文解字注》，頁 79。

作「」或「」，皆為「」的訛寫。「齒」字上古音屬「昌」紐「之」部，「止」字上古音屬「章」紐「之」部，錢大昕言「舌音類隔不可信」，黃季剛言「照系三等諸紐古讀舌頭音」，二者發聲部位相同，旁紐疊韻。「齒」字增添聲符「止」，係該字的讀音不夠彰顯，或是日漸模糊，遂由「」寫作「」。

字 例	重 文	時 期	字 形
齒 		殷 商	《合》（3523） 《合》（13655）
		西 周	
		春 秋	
		楚 系	，〈仰天湖25〉 〈上博・緇衣2〉 〈上博・緇衣19〉
		晉 系	〈中山王方壺〉
		齊 系	
		燕 系	
		秦 系	〈睡虎地・為吏之道17〉
		秦 朝	
		漢 朝	《馬王堆・胎產書11》

135、《說文》「齰」字云：「，齧也。从齒昔聲。，齰或从乍。」〔註130〕

「齰」字从齒昔聲，或體「齚」从齒乍聲。「昔」字上古音屬「心」紐「鐸」部，「乍」字上古音屬「崇」紐「鐸」部，疊韻，又黃季剛言「照系二等諸紐古讀精系」，可知「崇」於上古聲母可歸於「從」，昔、乍作為聲符使用時可替代。

字 例	重 文	時 期	字 形
齰 		殷 商	
		西 周	
		春 秋	
		楚 系	
		晉 系	

〔註130〕《說文解字注》，頁80。

		齊　系	
		燕　系	
		秦　系	
		秦　朝	
		漢　朝	

136、《說文》「牙」字云：「牙，壯齒也。象上下相錯之形。凡牙之屬皆从牙。古文牙，古文牙。」〔註131〕

金文作「牙」〈十三年瘋壺〉、「牙」〈魯大宰邅父簋〉，篆文作「牙」與〈魯大宰邅父簋〉的「牙」相近；古文作「牙」與〈曾侯乙 165〉的「牙」相近。戰國楚系文字作「牙」〈郭店・語叢一 9〉，或「牙」〈郭店・語叢一 109〉，後者係在該字較長的筆畫上增添一道橫畫「一」。金文「牙」字屬象形字，發展至戰國時期或增添「幽」，寫作「牙」，「幽」為「齒」字下半的形體。《說文》「齒」字云：「口齗骨也，象口齒之形，止聲。」〔註132〕「牙」字為「壯齒也，象上下相錯之形。」在文字演變的過程，有時會受到同一詞組中意義相同或相近者的影響，而將義類相同或相近的字增添同一個義符。增添「幽」旁，係受到「齒」字作「幽」的影響，而以「牙」為基礎增添一個義符「幽」，形成從幽牙聲的「牙」。

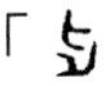

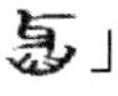

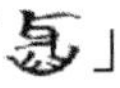

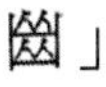

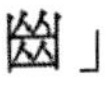

字　例	重　文	時　期	字　　　形
牙  牙	 牙	殷　商	
		西　周	 牙〈十三年瘋壺〉
		春　秋	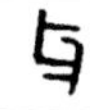 牙〈魯大宰邅父簋〉
		楚　系	 牙〈曾侯乙 165〉牙〈郭店・語叢一 9〉  牙〈郭店・語叢一 109〉
		晉　系	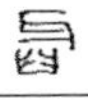  牙《古陶文彙編》（6.102）牙〈邪牙庫鐶〉 
		齊　系	
		燕　系	
		秦　系	

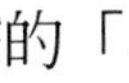

〔註131〕《說文解字注》，頁 81。

〔註132〕《說文解字注》，頁 79。

秦　朝	《秦代陶文》（491）
漢　朝	《馬王堆・春秋事語 87》

137、《說文》「齲」字云：「齲，齒蠹也。从牙禹聲。齲，齲或从齒。」
〔註 133〕

篆文作「齲」，从牙禹聲；或體作「齲」，从齒禹聲。《說文》「齒」字云：「口齦骨也。象口齒之形，止聲。」「牙」字云：「壯齒也。象上下相錯之形。」〔註 134〕二者的字義相關，作爲形旁時可因義近而替代。

字　例	重　文	時　期	字　　　形
齲 齲	齲	殷　商	
		西　周	
		春　秋	
		楚　系	
		晉　系	
		齊　系	
		燕　系	
		秦　系	
		秦　朝	
		漢　朝	

138、《說文》「跟」字云：「跟，足踵也。从足艮聲。跟，跟或从止。」 〔註 135〕

篆文作「跟」，从足艮聲，或體作「跟」，从止艮聲，據「正」字考證，「足」、「止」替換，屬義近偏旁的替代。

字　例	重　文	時　期	字　　　形
跟	跟	殷　商	
		西　周	

〔註 133〕 《說文解字注》，頁 81。

〔註 134〕 《說文解字注》，頁 79，頁 81。

〔註 135〕 《說文解字注》，頁 81。

春 秋	
楚 系	
晉 系	
齊 系	
燕 系	
秦 系	
秦 朝	
漢 朝	

139、《說文》「蹶」字云：「蹶，僵也。从足厥聲。一曰：『跳也』。
讀亦若橜。蹷，蹶或从闕。」〔註136〕

「蹶」字从足厥聲，或體「蹷」从足闕聲。「厥」字上古音屬「見」紐「月」
部，「闕」字上古音屬「溪」紐「月」部，二者發聲部位相同，見溪旁紐，疊韻，
厥、闕作爲聲符使用時可替代。

字 例	重 文	時 期	字 形
蹶 蹶	蹷	殷 商	
		西 周	
		春 秋	
		楚 系	
		晉 系	
		齊 系	
		燕 系	
		秦 系	
		秦 朝	
		漢 朝	

140、《說文》「躧」字云：「躧，舞履也。从足麗聲。鞁，或从革。」
〔註137〕

〔註136〕《說文解字注》，頁83。
〔註137〕《說文解字注》，頁84。

篆文作「躧」，从足麗聲；或體作「鞻」，从革麗聲。「躧」爲舞鞋，从「足」表示「舞鞋」之義，从「革」表示其製作的材質。馬叙倫指出《周禮》「鞮鞻」之「鞻」與「鞻」爲轉注字，「鞻」爲「革製」，所以「躧」或从革。〔註138〕其言可從。

字　例	重　文	時　期	字　形
躧　躧	鞻	殷　商	
		西　周	
		春　秋	
		楚　系	
		晉　系	
		齊　系	
		燕　系	
		秦　系	
		秦　朝	
		漢　朝	

141、《說文》「跀」字云：「跀，斷足也。从足月聲。跇，跀或从兀。」

〔註139〕

「跀」字从足月聲，或體「跇」从足兀聲。「月」字上古音屬「疑」紐「月」部，「兀」字上古音屬「疑」紐「物」部，雙聲，月、兀作爲聲符使用時可替代。

字　例	重　文	時　期	字　形
跀　跀	跇	殷　商	
		西　周	
		春　秋	
		楚　系	
		晉　系	
		齊　系	
		燕　系	

〔註138〕《説文解字六書疏證》一，卷四，頁550。

〔註139〕《説文解字注》，頁85。

		秦 系	
		秦 朝	
		漢 朝	

142、《說文》「龢」字云：「龢，管樂也。從龠虍聲。薦，龢或從竹。」〔註140〕

篆文作「龢」，從龠虍聲；或體作「薦」，從竹虍聲。《說文》「龠」字云：「樂之竹管，三孔，吕和眾聲也。」〔註141〕從「龠」表示「管樂」之義，從「竹」表示其製作的材質。

字 例	重 文	時 期	字 形
龢 龢	薦	殷 商	
		西 周	
		春 秋	
		楚 系	
		晉 系	
		齊 系	
		燕 系	
		秦 系	
		秦 朝	
		漢 朝	

143、《說文》「冊」字云：「冊，符命也，諸侯進受於王者也。象其札一長一短，中有二編之形。凡冊之屬皆從冊。𥫵，古文冊從竹。」〔註142〕

甲骨文作「冊」《合》（7386），像竹簡編聯而上下各有一道固定編聯竹簡的絲線；戰國楚簡作「冊」〈新蔡・甲三 137〉，辭例爲「冊告」，於豎畫上增添一道短橫畫「-」，此種增添飾筆的方式在楚系文字中十分習見，如：「焚」字

〔註140〕《說文解字注》，頁 86。

〔註141〕《說文解字注》，頁 85。

〔註142〕《說文解字注》，頁 86。

作「![焚]」〈多友鼎〉，或作「![焚]」〈鄂君啓車節〉，「竹」字作「![竹]」〈睡虎地・封診式 81〉，或作「![竹]」〈包山 260〉，〈冊・平肩空首布〉作「![冊]」，豎畫上的「-」，亦應與「![冊]」相同。《說文》篆文作「![冊]」，形體與「![冊]」〈豆閉簋〉相同；古文从竹作「![冊]」，商承祚認爲从竹（![竹]），應是「![竹]」的訛寫〔註143〕，其言或可備一說。從戰國文字言，若所從偏旁的意義未能彰顯，往往再增添一個義符以強調之，如：「喪」字或作「![喪]」〈洹子孟姜壺〉，或增添偏旁「死」作「![喪]」〈郭店・老子丙本 8〉；或增添某一偏旁，藉以反映其材質，如：「缶」字或作「![缶]」〈望山 2.46〉，或增添偏旁「土」作「![缶]」〈包山 255〉，或增添偏旁「石」作「![缶]」〈包山 255〉，以彼律此，「![冊]」所从之「竹」，可能是藉以反映其材質。

字　例	重　文	時　期	字　　　　形
冊![冊]	![冊]	殷　商	![冊]《合》（7386）
		西　周	![冊]〈豆閉簋〉
		春　秋	![冊]〈冊・平肩空首布〉
		楚　系	![冊]〈新蔡・甲三 137〉
		晉　系	
		齊　系	
		燕　系	
		秦　系	
		秦　朝	
		漢　朝	

144、《說文》「嗣」字云：「![嗣]，諸侯嗣國也。从冊口司聲。![嗣]，古文嗣从子。」〔註144〕

金文作「![嗣]」〈大盂鼎〉，从冊司聲，其後或增添「口」作「![嗣]」〈石鼓文〉、「![嗣]」〈詛楚文〉，《說文》篆文作「![嗣]」與「![嗣]」相同。戰國楚系文字或从冊口司聲，作「![嗣]」〈曾姬無卹壺〉，與「![嗣]」相較，前者將「司」置於「![冊]」

〔註143〕《說文中之古文考》，頁 16。

〔註144〕《說文解字注》，頁 86。

之上；或从冊司聲作「䙇」〈上博・鮑叔牙與隰朋之諫 3〉，或从子司省聲作「帇」〈上博・周易 2〉，辭例依序爲「乃命有嗣（司）書籍浮」，「六四嗣（需）於血」，「帇」上半部的「𠬝」爲「司（司）」字的省寫。《說文》古文作「𡘋」，上半部之「𡩍」，即「司（司）」字，爲該字聲符，下半部之「𢀗」，即「子（𢀗）」字，段玉裁於「嗣」字下〈注〉云：「引伸爲繼嗣之侮」，古人多有「父死傳子」的觀念，改易爲「子」應是強調「繼嗣」之意。〈𦄂盉壺〉作「𦅜」，从廾司聲，辭例爲「胤嗣𦄂盉，敢明揚告」，段玉裁於「廾」字下〈注〉云：「竦其兩手，以有所奉也，故下云：奉承也，手部曰：承奉也，受也。」〔註145〕从「廾」有竦手以示恭敬之意，故易「𠬝」爲「廾」。

字 例	重 文	時 期	字 形
嗣 𦅜	𡘋	殷 商	
		西 周	𦆤 〈大盂鼎〉
		春 秋	嗣 〈石鼓文〉
		楚 系	䙇 〈曾姬無卹壺〉 帇 〈上博・周易 2〉 䙇 〈上博・鮑叔牙與隰朋之諫 3〉
		晉 系	𦄂 〈中山王𰯫方壺〉 𦅜 〈𦄂盉壺〉
		齊 系	
		燕 系	
		秦 系	嗣 〈詛楚文〉
		秦 朝	嗣 〈兩詔權一〉
		漢 朝	嗣 《銀雀山 744》

〔註145〕《說文解字注》，頁 104。

第四章 《說文》卷三重文字形分析

145、《說文》「嚚」字云：「，語聲也。从品臣聲。，古文嚚。」
〔註1〕

篆文作「」，从品臣聲；古文作「」，从品聖聲。古文字从「聖」者，如：「望」字作「」《合》（547），或作「」《合》（6185）、「」〈保卣〉，或作「」〈睡虎地‧日書乙種118〉，像人張目或張目立於土上遠望之形；或下半部从「壬」者，如：「聖」字作「」《合》（14295），或作「」〈大克鼎〉，或作「」〈王孫遺者鐘〉，將耳朵置於人的形體上方並增添口，或進一步將人立於土上，下半部近似「壬」的形體，即人立於土堆之形，或增添一道短橫畫「-」，使得該字下半部的形體近同於「壬」。以彼律此，「」所从之「聖」，可能亦為人張目或張目立於土上之形，其後增添一道短橫畫，使得形體近同於「壬」，故寫作「」；篆文之「」為「」的省寫，即省略「聖」下半部的「壬」。

字　例	重　文	時　期	字　　形
嚚		殷　商	

〔註1〕 （漢）許慎撰、（清）段玉裁注：《說文解字注》，頁87，臺北，黎明文化事業股份有限公司，1991年。

	西　周	
囂	春　秋	
	楚　系	
	晉　系	
	齊　系	
	燕　系	
	秦　系	
	秦　朝	
	漢　朝	

146、《說文》「囂」字云：「囂，聲也。气出頭上。从㗊頁，頁亦首也。㒼，囂或省。」〔註2〕

　　篆文作「囂」，形體與〈囂伯盤〉的「囂」近同；戰國楚系文字或作「囂」〈包山 7〉，或从戈作「囂」〈曾侯乙 1 正〉，或从邑作「囂」〈包山 117〉，〈包山 7〉與〈曾侯乙 1 正〉的辭例皆為「大莫囂」，〈包山 117〉為「株昜莫囂壽君」，「莫囂」一詞即傳世文獻之「莫敖」。《淮南子・脩務》云：「吳與楚戰，莫囂大心撫其御之手。」〔註3〕又從《左傳》記載得知，早期楚國的莫敖一職多屬軍事將領，如：《左傳・桓公十一年》云：「楚屈瑕將盟貳、軫，鄖人軍於蒲騷，將與隨、絞、州、蓼伐楚師，莫敖患之。」《左傳・桓公十二年》云：「楚伐絞，軍其南門。莫敖屈瑕曰：『絞小而輕，輕則寡謀，請無扞采樵者以誘之。』」《左傳・桓公十三年》云：「十三年春，楚屈瑕伐羅，鬥伯比送之。還，謂其御曰：『莫敖必敗。舉趾高，心不固矣。』」〔註4〕「戈」為兵器名，增添偏旁「戈」，表示為領軍作戰的「莫囂」。包山竹簡中與「株昜莫囂壽君」一詞同為「××莫囂××」或「××連囂××」者十分多見，於「莫囂」或「連囂」之前的辭彙，如：州、新都、昜陵、正昜、安陵等，皆為地名，增添偏旁「邑」，可能表示其為地方的「莫囂」官職。馬王堆漢墓或見从頁作「囂」《馬王堆・陰陽五行甲

〔註 2〕《說文解字注》，頁 87。

〔註 3〕（漢）高誘注：《淮南子》，頁 590，臺北，藝文印書館，1974 年。

〔註 4〕楊伯峻：《春秋左傳注》，頁 130，頁 134，頁 136，高雄，復文圖書出版社，1991 年。

篇 52」，或見「頁」上半部從「首」作「」《馬王堆・陰陽五行甲篇 163》，據「道」字考證，頁與首的字義相同，作爲形符使用時可因其字義相同而兩相替代。又或體作「」，將四口省減爲二口，此種同形省減的現象在古文字中十分習見，如：「曹」字作「」〈曹公子沱戈〉，或作「」〈中山王方壺〉，「晉」字作「」〈晉人簋〉，或作「」〈晉陽・圓足平首布〉，「臨」字作「」〈毛公鼎〉，或作「」〈包山 185〉，「器」字作「」〈散氏盤〉，或作「」《古陶文彙編》（4.7），可知同形省減後的形體並不影響原本所承載的音義。

字 例	重 文	時　期	字　　形
囂 		殷　商	
		西　周	〈囂伯盤〉
		春　秋	
		楚　系	〈曾侯乙 1 正〉　〈包山 7〉　〈包山 117〉
		晉　系	〈中山王鼎〉
		齊　系	
		燕　系	
		秦　系	
		秦　朝	
		漢　朝	《馬王堆・陰陽五行甲篇 52》 《馬王堆・陰陽五行甲篇 163》

147、《說文》「䑶」字云：「，吕舌取食也。从舌易聲。，䑶或从也。」 [註5]

「䑶」字从舌易聲，或體「」从舌也聲。「易」字上古音屬「余」紐「錫」部，「也」字上古音屬「余」紐「歌」部，雙聲，易、也作爲聲符使用時可替代。

字 例	重 文	時　期	字　　形
䑶 		殷　商	
		西　周	
		春　秋	

[註 5] 《說文解字注》，頁 87。

楚 系	
晉 系	
齊 系	
燕 系	
秦 系	
秦 朝	
漢 朝	

148、《說文》「谷」字云：「㕣，口上阿也。从口，上象其理。凡谷之屬皆从谷。卻，谷或如此；臄，谷或从虖肉。」 〔註6〕

篆文作「㕣」，屬象形字，與《馬王堆・戰國縱橫家書192》的「谷」相近；或體作「卻」，从口卻聲，另一或體作「臄」，从肉虖聲，爲形聲字。《說文》「口」字云：「人所以言食也」，「肉」字云：「胾肉」〔註7〕，「谷」的字義爲「口上阿也」，口、肉爲構成身體的重要器官，在意義上有相當的關係，作爲形符使用時，可因字義的關聯而替代。「卻」字上古音屬「溪」紐「鐸」部，「虖」字上古音屬「見」紐「魚」部，二者發聲部位相同，見溪旁紐，魚鐸陰入對轉，卻、虖作爲聲符使用時可替代。

字 例	重 文	時 期	字 形
谷 㕣	卻， 臄	殷 商	
		西 周	
		春 秋	
		楚 系	
		晉 系	
		齊 系	
		燕 系	
		秦 系	
		秦 朝	
		漢 朝	谷 《馬王堆・戰國縱橫家書192》

〔註6〕 《說文解字注》，頁87～88。

〔註7〕 《說文解字注》，頁54，頁169。

149、《說文》「丙」字云：「丙，舌皃。从谷省，象形。㿷，古文丙。讀若三年導服之導。一曰：『竹上皮』。讀若沾。一曰：『讀若誓』。弼字从此。」〔註8〕

甲骨文作「圀」《合》（9575）、「圀」《合》（33075），〈阿房宮遺址瓦〉的「圀」即源於此。姚孝遂指出「俰」與「俰」爲「宿」的古文，甲文作「俰」，正像「人宿於席上之形」，或作「俰」、「俰」，添加「宀」以爲「人宿於屋內」。〔註9〕可知「圀」即「席」。篆文之「丙」，古文之「㿷」，應爲「圀」的訛寫，許書言「舌皃。从谷省，象形。」係就訛誤的字形說解。

字例	重文	時期	字形
丙 丙	㿷	殷　商	圀《合》（9575）　圀《合》（33075）
		西　周	
		春　秋	
		楚　系	
		晉　系	
		齊　系	
		燕　系	
		秦　系	
		秦　朝	圀〈阿房宮遺址瓦〉
		漢　朝	

150、《說文》「商」字云：「商，從外知內也。从內章省聲。商，古文商；商，亦古文商。商，籀文商。」〔註10〕

甲骨文作「内」《合》（20586）或「商」《合》（33128），其後文字多承襲之，如：「商」〈利簋〉、「商」〈珂尊〉，可知非爲「章省聲」，《說文》篆文「商」應源與此，而與《秦代陶文》（1391）的「商」相同；或分別於「商」的起筆橫畫之上及下半部形體的豎畫增添一道短橫畫「-」，作「商」〈曾侯乙鐘〉，古

〔註8〕　《說文解字注》，頁88。

〔註9〕　姚孝遂：《精校本許慎與說文解字》，頁112，北京，作家出版社，2008年。

〔註10〕　《說文解字注》，頁88。

文「◎」的形體與之近同。甲骨文或增添星形〔註11〕作「◎」《合補》（11299反），在「◎」的上半部重複兩個「⊙」，並增添「口」於「◎」中，即寫作「◎」〈秦公鎛〉，籀文「◎」應源與此，「星」形亦可寫作「◎」，如：「◎」〈庚壺〉，〈雨臺山21.2〉的「◎」改爲「口」，造成文字的訛誤，古文「◎」所見「▽」亦爲「口」的形體。戰國楚系文字或作「◎」〈上博・民之父母8〉，辭例爲「商也」，上半部所見三個近於「○」的形體，應爲「星」形，因改置於「◎」的起筆橫畫上，再加上形體的訛寫，遂作「◎」；或作「◎」、「◎」〈曾侯乙鐘〉，與「◎」、「◎」對照，上半部的「○」應是「星」形，第二例字的下半部寫作「甘」，係在「口」中增添一道短橫畫「-」所致，二者因誤將形體相合，產生文字的訛誤。

字　例	重　文	時　期		字　形
商　◎	◎， ◎， ◎	殷　商		◎《合》（20586）　◎《合》（33128）　◎《合補》（11299反）
		西　周		◎〈利簋〉　◎〈炯尊〉
		春　秋		◎〈秦公鎛〉　◎〈庚壺〉
		楚　系		◎，◎，◎〈曾侯乙鐘〉　◎〈雨臺山21.2〉 ◎〈上博・民之父母8〉
		晉　系		
		齊　系		
		燕　系		
		秦　系		◎〈睡虎地・日書甲種145〉
		秦　朝		◎《秦代陶文》（1391）
		漢　朝		◎《馬王堆・出行占32》　◎《馬王堆・稱155》 ◎〈商鼎蓋〉

151、《說文》「古」字云：「◎，故也。从十口，識前言者也。凡古之屬皆从古。◎，古文古。」〔註12〕

甲骨文作「◎」《合》（9560），「◎」可填實而作「◎」〈大盂鼎〉，或拉

〔註11〕何琳儀：《戰國古文字典──戰國文字聲系》，頁652，北京，中華書局，1998年。
〔註12〕《說文解字注》，頁89。

長為橫畫作「古」〈石鼓文〉，《說文》篆文「古」與〈石鼓文〉的字形相同，許書誤以為「從十口」。戰國楚系文字或易為小圓點作「凵」〈上博・孔子詩論16〉，辭例為「民性古（固）然」，或以空心的小圓點作「凵」〈上博・緇衣17〉，辭例為「古（故）君子寡言而行」，小圓點可拉長為橫畫作「古」〈九店56.32〉，辭例為「是古（故）謂不利於行作野事」，透過辭例的觀察，無論形體如何變異，皆為「古」字異體。古文「𡔷」尚未見於出土文獻，戰國齊系陶文有一字作「固」《古陶文字徵》（3.27），辭例為「陳固」，作為人名使用，高明將之置於「固」字〔註13〕，字形略近於「𡔷」，「冂」或為「口」的訛寫，疑《說文》古文形體為「固」的訛誤。

字 例	重 文	時　期	字　　　形
古 古	𡔷	殷　商	𠮷《合》（9560）
		西　周	古〈大盂鼎〉
		春　秋	古〈石鼓文〉
		楚　系	古〈郭店・語叢一40〉　凵〈上博・孔子詩論16〉 凵〈上博・緇衣17〉　古〈九店56.32〉
		晉　系	古〈中山王🅱方壺〉
		齊　系	
		燕　系	𠯑〈明・弧背燕刀〉
		秦　系	古〈睡虎地・法律答問192〉
		秦　朝	古〈繹山碑〉
		漢　朝	古《馬王堆・十六經125》

152、《說文》「詩」字云：「𧥝，志也。从言寺聲。𡥀，古文詩省。」〔註14〕

篆文作「𧥝」，从言寺聲，形體與《馬王堆・易之義33》的「𡥀」近同；古文作「𡥀」，據《說文》所言為「从言从𡥀省聲」。「𡥀」左側形體作「𡥀」，徐鍇云：「𡥀古文言字也」〔註15〕，「言」字作「𧥝」〈伯矩鼎〉、「𧥝」〈中山

〔註13〕　高明：《古陶文字徵》，頁53，北京，中華書局，1991年。

〔註14〕　《說文解字注》，頁91。

〔註15〕　（漢）許慎撰、（南唐）徐鍇撰：《說文解字繫傳》，頁45，北京，中華書局，1998年。

王「🔶鼎」，未見形體近於「🔶」；又「心」字作「🔶」〈戜方鼎〉、「🔶」〈散氏盤〉、「🔶」〈史牆盤〉、「🔶」〈王孫遺者鐘〉、「🔶」〈包山 218〉、「🔶」〈郭店·性自命出 6〉、「🔶」〈郭店·五行 33〉，將之與「🔶」相較，若於「🔶」增添一道短橫畫「-」，則與「🔶」近同，可知「🔶」或爲「🔶」增添一道短橫畫「-」後的訛寫，即「🔶」應爲从心之聲或从心寺省聲之字。《詩經·周南·關雎·序》云：「詩者，志之所之也。在心爲志，發言爲詩。情動於中而形於言。」〔註 16〕言由心出。《詩經·文王·大明》云：「天難忱斯，不易維王。」〔註 17〕王先謙云：「魯齊『忱』作『諶』，韓作『訦』。」〔註 18〕《說文》「訦」字云：「燕代東齊謂信，訦也。」「忱」字云「誠也」，又「誠」字云：「信也」，「信」字云：「誠也」〔註 19〕，可知「忱」、「訦」字義相同，又二字上古音皆屬「禪」紐「侵」部，其間差異僅爲形符的不同。戰國時期楚系文字或从言寺聲作「🔶」〈郭店·語叢一 38〉，惟「寺」字下半部从又，據「禱」字考證，从「寸」者應爲从「又」；或从口之聲作「🔶」〈上博·緇衣 1〉，辭例爲「詩云」；或从言之聲作「🔶」〈上博·性情論 8〉，辭例爲「詩」，「之」的收筆橫畫與「言」的起筆橫畫相同，故以共筆省減的方式書寫，二者共用相同的橫畫。據「哲」字考證，「口」、「言」替換，屬義近偏旁的替代。「寺」字上古音屬「邪」紐「之」部，「之」字上古音屬「章」紐「之」部，疊韻，寺、之作爲聲符使用時可替代。

字 例	重 文	時 期	字 形
詩 🔶	🔶	殷 商	
		西 周	
		春 秋	
		楚 系	🔶〈郭店·語叢一 38〉 🔶〈上博·緇衣 1〉 🔶〈上博·性情論 8〉
		晉 系	
		齊 系	

〔註 16〕 （漢）毛公傳、（漢）鄭玄箋、（唐）孔穎達等正義：《毛詩正義》，頁 13，臺北，藝文印書館，1993 年。

〔註 17〕 《毛詩正義》，頁 540。

〔註 18〕 （清）王先謙：《詩三家義集疏》，頁 288，臺北，世界書局，1979 年。

〔註 19〕 《說文解字注》，頁 93，頁 509。

燕　系	
秦　系	
秦　朝	
漢　朝	《馬王堆‧易之義 33》

153、《說文》「謀」字云：「𧪾，慮難曰謀。从言某聲。，古文某；
　　　亦古文。」〔註20〕

篆文作「𧪾」，从言某聲，與〈睡虎地‧法律答問 12〉的「謀」相近；
古文作「」，从口母聲，據「哲」字考證，「口」、「言」替換，屬義近偏旁的
替代。楚系簡帛或从心母聲作「」〈郭店‧緇衣 22〉，辭例爲「故君不與小
謀大」，或从心某聲作「」〈上博‧容成氏 3〉，辭例爲「教而謀（誨）之」；
中山國器作「」〈中山王鼎〉，亦从心母聲，據「詩」字考證，古文「」
釋爲从心母聲應無問題。「某」、「母」二字上古音皆屬「明」紐「之」部，雙聲
疊韻，某、母作爲聲符使用時可替代。又將「謀」與《古陶文彙編》（4.71）
的「」相較，後者係於「某」的豎畫上增添一道短橫畫「-」，寫作「」，
至於《馬王堆‧十六經 134》的「」，因「甘」的收筆橫畫與「木」的起筆
橫畫相同，故以共筆省減的方式書寫，共用相同的橫畫。

字 例	重 文	時 期	字　　形
謀 	， 	殷　商	
		西　周	
		春　秋	
		楚　系	〈郭店‧緇衣 22〉 〈上博‧容成氏 3〉
		晉　系	〈中山王鼎〉
		齊　系	
		燕　系	《古陶文彙編》（4.71）
		秦　系	〈睡虎地‧法律答問 12〉
		秦　朝	
		漢　朝	《馬王堆‧十六經 134》

〔註20〕　《說文解字注》，頁 92。

154、《說文》「謨」字云：「[篆], 議謀也。从言莫聲。〈虞書〉曰：
『咎繇謨』。[古], 古文謨从口。」 [註21]

篆文作「[篆]」，从言莫聲；古文作「[古]」，从口莫聲。據「哲」字考證，「口」、
「言」替換，屬義近偏旁的替代。

字 例	重 文	時 期	字 形
謨 [篆]	[重文]	殷 商	
		西 周	
		春 秋	
		楚 系	
		晉 系	
		齊 系	
		燕 系	
		秦 系	
		秦 朝	
		漢 朝	

155、《說文》「訊」字云：「[篆], 問也。从言卂聲。[古], 古文訊从卥。」

[註22]

篆文作「[篆]」，从言卂聲，與〈睡虎地‧封診式 5〉的「[字]」相近；古文
作「[古]」，从心西聲。戰國楚系文字作「[字]」〈上博‧相邦之道 4〉，从言西聲，
辭例為「如訊」。「卂」字上古音屬「心」紐「眞」部，「西」字上古音屬「心」
紐「脂」部，雙聲，脂眞陰陽對轉，卂、西作為聲符使用時可替代。又甲骨文
作「[字]」《合》（19128），徐中舒以為「象人反縛雙手，以口訊之」，「會執敵而
訊之之意」 [註23]，金文或作「[字]」〈多友鼎〉、「[字]」〈師同鼎〉，右側的形體
為「糸」，表示「繩索」之意，並於「人」的形體標示「足」形，或作「[字]」〈兮
甲盤〉，因「足」的位置向上移，遂與「女」的形體相近。甲骨文與西周金文皆
為會意字，為了便於時人閱讀使用之需，由會意字改為形聲字，以讀音相同的

─────────────

[註21] 《說文解字注》，頁 92。

[註22] 《說文解字注》，頁 92。

[註23] 徐中舒：《甲骨文字典》，頁 222～223，成都，四川辭書出版社，1995 年。

字作爲聲符。又「訊」字之義爲「問」，自殷周以來的文字多从「口」或「言」，古文「𥄂」左側的「𥄂」，應爲「言」之誤。

字　例	重　文	時　期	字　　形
訊 𥄂	𥄂	殷　商	𥄂《合》（19128）
		西　周	𥄂〈多友鼎〉　𥄂〈師同鼎〉　𥄂〈兮甲盤〉
		春　秋	
		楚　系	𥄂〈上博・相邦之道 4〉
		晉　系	
		齊　系	
		燕　系	
		秦　系	𥄂〈睡虎地・封診式 5〉　𥄂〈睡虎地・封診式 61〉
		秦　朝	
		漢　朝	𥄂《馬王堆・春秋事語 87》

156、《說文》「信」字云：「𥄂，誠也。从人言。𥄂，古文信省；𥄂，
古文信。」〔註24〕

篆文作「𥄂」，从人言，與〈睡虎地・爲吏之道 7〉的「𥄂」相近；古文或从人口作「𥄂」，相同的字形見於《善齋匋文拓片》（167）的「𥄂」，據「哲」字考證，「口」、「言」替換，屬義近偏旁的替代；另一古文作「𥄂」，左側之「𥄂」，應爲「言」之誤，《說文》「人」字云：「天地之性𥄂貴者也」，「心」字云：「人心土臧也」〔註25〕，心爲人的身體器官之一，在意義上有相當的關係。戰國楚系文字或作「𥄂」〈郭店・老子丙本 1〉、「𥄂」〈郭店・緇衣25〉、「𥄂」〈郭店・忠信之道 1〉，辭例依序爲「信不足」、「信以結之」、「信之至也」，「人」之較長筆畫所見的小圓點「・」或是短橫畫「-」皆爲飾筆，又從「𥄂」、「𥄂」的形體可知古文字在偏旁位置的經營並未固定，往往正反無別；中山國文字从身言作「𥄂」，辭例爲「余智其忠信施」，《說文》「身」字云：「躳也」，段玉裁〈注〉云：「躳謂身之傴主於脊骨也」〔註26〕，「人」、「身」在意義上有相當的關係，

〔註24〕　《說文解字注》，頁 93。

〔註25〕　《說文解字注》，頁 369，頁 506。

〔註26〕　《說文解字注》，頁 392。

作爲形旁時可因義近而替代。

字 例	古 文	時 期	字 形
信 信	竹, 訫	殷 商	
		西 周	
		春 秋	
		楚 系	[圖]〈郭店・老子丙本1〉[圖]〈郭店・緇衣25〉[圖]〈郭店・忠信之道1〉
		晉 系	[圖]〈中山王[圖]方壺〉[圖]〈㠱諮侯鼎〉
		齊 系	
		燕 系	
		秦 系	[圖]〈睡虎地・爲吏之道7〉
		秦 朝	[圖]《馬王堆・五十二病方30》
		漢 朝	[圖]《馬王堆・春秋事語34》

157、《說文》「誥」字云：「誥，告也。从言告聲。誥，古文誥。」

〔註27〕

西周金文作「[圖]」〈珂尊〉，从言廾聲；《說文》篆文作「誥」，从言告聲，與〈包山133〉的「誥」、《馬王堆・稱152》的「誥」相近；古文作「誥」，从心肘聲。「廾」字上古音屬「見」紐「東」部，「告」字上古音屬「見」紐「覺」部，「肘」字上古音屬「端」紐「幽」部，廾、告爲雙聲關係，告、肘爲幽覺陰入對轉，廾、告、肘作爲聲符使用時可替代。

字 例	重 文	時 期	字 形
誥 誥	誥	殷 商	
		西 周	[圖]〈珂尊〉
		春 秋	[圖]〈王孫誥鐘〉
		楚 系	[圖]〈包山133〉[圖]〈郭店・成之聞之38〉
		晉 系	
		齊 系	

〔註27〕《說文解字注》，頁93。

燕　系	
秦　系	
秦　朝	
漢　朝	𧥛《馬王堆・稱152》

158、《說文》「話」字云：「𧩴，會合善言也。从言𠯑聲。傳曰：『告之話言』。𧨛，籀文語从言會。」〔註28〕

篆文作「𧩴」，从言𠯑聲，形體略近於「𧥛」〈郭店・緇衣30〉；籀文作「𧨛」，从言會聲。「𠯑」字上古音屬「見」紐「月」部，「會」字上古音屬「匣」紐「月」部，二者發聲部位相同，見匣旁紐，疊韻，𠯑、會作為聲符使用時可替代。

字　例	重　文	時　期	字　形
話	𧨛	殷　商	
		西　周	
𧩴		春　秋	
		楚　系	𧥛〈郭店・緇衣30〉
		晉　系	
		齊　系	
		燕　系	
		秦　系	
		秦　朝	
		漢　朝	

159、《說文》「詠」字云：「𧧼，歌也。从言永聲。𠴎，詠或从口。」

〔註29〕

篆文作「𧧼」，从言永聲，或體作「𠴎」，从口永聲，據「哲」字考證，「口」、「言」替換，屬義近偏旁的替代。又金文作「𠴎」〈咏作日戊尊〉，从口永聲，與或體「𠴎」相近，其差異在於前者為上「永」下「口」的形體，或體為左「口」右「永」的形體。

〔註28〕　《說文解字注》，頁94。

〔註29〕　《說文解字注》，頁95。

字例	重文	時期		字　形
詠	(圖)	殷　商		
(圖)		西　周		(圖)〈咏作日戊尊〉
		春　秋		
		楚　系		
		晉　系		
		齊　系		
		燕　系		
		秦　系		
		秦　朝		
		漢　朝		

160、《說文》「譜」字云：「(圖)，大聲也。从言(圖)聲。讀若筮。(圖)，譜或从口。」〔註30〕

篆文作「(圖)」，从言昔聲，或體作「(圖)」，从口昔聲，據「哲」字考證，「口」、「言」替換，屬義近偏旁的替代。又將「(圖)」與《馬王堆‧戰國縱橫家書232》的「(圖)」相較，前者「昔」作「(圖)」，後者作「(圖)」，「昔」字於甲骨文作「(圖)」《合》（137反）、「(圖)」《合》（14229正），「(圖)」或「(圖)」像洪水之形。篆文之「昔」上半部作「(圖)」，〈戰國縱橫家書〉作「(圖)」，皆已失去原形。

字例	重文	時　期		字　形
譜	(圖)	殷　商		
(圖)		西　周		
		春　秋		
		楚　系		
		晉　系		
		齊　系		
		燕　系		
		秦　系		

〔註30〕《說文解字注》，頁96。

秦　朝	
漢　朝	![字形]《馬王堆‧戰國縱橫家書 232》

161、《説文》「讇」字云：「[字形]，諛也。从言閻聲。[字形]，讇或从舀。」

〔註 31〕

「讇」字从言閻聲，或體「詔」从言舀聲。「閻」字上古音屬「余」紐「談」部，「舀」字上古音屬「匣」紐「談」部，疊韻，閻、舀作爲聲符使用時可替代。

字　例	重　文	時　期	字　形
讇 [字形]	[字形]	殷　商	
		西　周	
		春　秋	
		楚　系	
		晉　系	
		齊　系	
		燕　系	
		秦　系	
		秦　朝	
		漢　朝	

162、《説文》「誖」字云：「[字形]，亂也。从言孛聲。[字形]，誖或从心。
[字形]，籕文誖从二或。」 〔註 32〕

篆文作「[字形]」，从言孛聲；或體作「[字形]」，从心孛聲。言、心作爲形符使用時，替代的現象，據「詩」字考證，爲一般形符的替代。甲骨文作「[字形]」《合》（9774 正）、「[字形]」《合》（20596），陳邦懷於《殷虛書契考釋小箋》云：「舉戈相向即爲誖亂之象」〔註 33〕，籕文承襲爲「[字形]」，从二或，爲會意字，段玉裁〈注〉云：「[字形]國相違，舉戈相向，亂之意也。」其言可從。

〔註 31〕《説文解字注》，頁 96。

〔註 32〕《説文解字注》，頁 98。

〔註 33〕轉引自《古文字詁林》編纂委員會：《古文字詁林》第三冊，頁 66，上海，上海教育出版社，2004 年。

字　例	重　文	時　期		字　形
誖 誖	悖, 悖	殷　商		![字形]《合》（9774 正）　![字形]《合》（9776）　![字形]《合》（20596）
		西　周		
		春　秋		
		楚　系		
		晉　系		
		齊　系		
		燕　系		
		秦　系		
		秦　朝		
		漢　朝		

163、《說文》「䜌」字云：「䜌，亂也。一曰：『治也』。一曰：『不絕也』。从言絲。𗊲，古文䜌。」〔註34〕

甲骨文作「𗊲」《西周》（H11：153），兩周文字承襲作「𗊲」〈史牆盤〉或「𗊲」〈虢季子白盤〉，或省減爲「𗊲」〈䜌左庫戈〉，所从之「絲」或爲「88」〈商尊〉，或爲「88」〈舀鼎〉，無論「絲」的省減與否，其形體皆與所从之「言」的起筆橫畫相連，或連接於「言」之豎畫的「╰╯」兩側，裘錫圭指出該字所从應爲「絲」而非絲，將二「糸」作此形體，係借用「言」的筆畫作爲「絲」的起筆橫畫。〔註35〕從商周以來的字形觀察，其言爲是。《說文》篆文作「䜌」，與《馬王堆・周易 84》的「䜌」近同，皆因將「絲」的形體分割而寫作「絲」。古文作「𗊲」，上下兩端之「𗊲」、「𗊲」爲手的形體，「888」爲絲形，字形像以雙手理絲，然《說文》「𧮫」字云：「治也」〔註36〕，〈郭店・成之聞之 32〉有一字「𧮫」，辭例爲「是故小人𧮫（亂）天常以逆大道」，將之與「𗊲」相較，前者係省略上半部的「手」，可知「𗊲」應列於「𧮫」字，「䜌」、「𧮫」二字上古音皆屬「來」紐「元」部，雙聲疊韻，理可通假，許書將「𗊲」置於

〔註34〕《說文解字注》，頁 98。

〔註35〕裘錫圭：《古文字論集・戰國璽印文字考釋三篇》，頁 475～476，北京，中華書局，1992 年。

〔註36〕《說文解字注》，頁 162。

「」字，或因文字通假所致。

字　例	重　文	時　期	字　形
戀 變		殷　商	《西周》（H11：153）
		西　周	〈虢季子白盤〉 〈史牆盤〉
		春　秋	〈秦公鎛〉
		楚　系	〈宋公戀戈〉 〈包山193〉
		晉　系	〈戀左庫戈〉
		齊　系	
		燕　系	
		秦　系	
		秦　朝	
		漢　朝	《馬王堆・周易84》

164、《說文》「詶」字云：「，往來言也。一曰：『小兒未能正言也』。一曰：『祝也』。从言匋聲。，詶或从包。」〔註37〕

「詶」字从言匋聲，或體「詢」从言包聲。「匋」字上古音屬「定」紐「幽」部，「包」字上古音屬「幫」紐「幽」部，疊韻，匋、包作爲聲符使用時可替代。

字　例	重　文	時　期	字　形
詶 詢		殷　商	
		西　周	
		春　秋	
		楚　系	
		晉　系	
		齊　系	
		燕　系	
		秦　系	
		秦　朝	
		漢　朝	

〔註37〕 《說文解字注》，頁98。

165、《說文》「詥」字云：「，誃言聲。从言匀省聲。漢中西城有
詥鄉。又讀若玄。，籀文不省。」〔註38〕

金文作「」〈詥簋〉，于省吾指出从言从勹，勹即古「旬」字，旬、匀同
文，其字形的演變由勹而匀而旬，籀文从勹爲勹之誤〔註39〕，戰國楚系文字作
「」〈郭店・唐虞之道27〉，或作「」〈上博・孔子詩論22〉，辭例依序爲「萬
物皆詥」、「詥（詢）有情」，《說文》篆文之「」，形體近於「」，籀文爲「」，
許書以爲从言匀聲，據于省吾之言，作「勹」者，皆爲「勹」的訛寫。

字　例	重　文	時　期	字　形
詥 		殷　商	
		西　周	〈詥簋〉
		春　秋	
		楚　系	
		晉　系	〈郭店・唐虞之道27〉 〈上博・孔子詩論22〉
		齊　系	
		燕　系	
		秦　系	
		秦　朝	
		漢　朝	

166、《說文》「譀」字云：「，誕也。从言敢聲。，俗譀从忘。」
〔註40〕

「譀」字从言敢聲，或體「諕」从言忘聲。「敢」字上古音屬「見」紐「談」
部，「忘」字上古音屬「明」紐「陽」部。「敢」、「忘」分屬談、陽二部，依理
作爲聲符使用時不可替代，然異體字係指字形不同而字義、字音相同者，據此
可知，在漢代陽、談二部的關係可能較爲密切，方能在異體字的現象裡，因音
韻的近同而改易其偏旁。

〔註38〕《說文解字注》，頁98。

〔註39〕于省吾：《殷契駢枝三編・雙劍誃古文雜釋・釋詥》，頁92，臺北，藝文印書館，
1971年。

〔註40〕《說文解字注》，頁99。

字　例	重　文	時　期	字　形
譏 譏	譏	殷　商	
		西　周	
		春　秋	
		楚　系	
		晉　系	
		齊　系	
		燕　系	
		秦　系	
		秦　朝	
		漢　朝	

167、《說文》「誕」字云：「誕，詞誕也。从言延聲。延，籀文誕省正。」 〔註41〕

篆文作「誕」，从言延聲；籀文作「延」，从言延省聲。從字形言，「延」省去右側的「止」，即寫作「延」。從字音言，若僅據「延」的形體，將之釋為从言延聲之字，「延」字上古音屬「余」紐「元」部，「延」字上古音屬「余」紐「文」部，雙聲，延、延作為聲符使用時可替代。

字　例	重　文	時　期	字　形
誕 誕	延	殷　商	
		西　周	
		春　秋	
		楚　系	
		晉　系	
		齊　系	
		燕　系	
		秦　系	
		秦　朝	
		漢　朝	

〔註41〕　《說文解字注》，頁99。

168、《說文》「諤」字云：「諤，妄言也。从言雩聲。誇，諤或从夸。」
〔註42〕

「諤」字从言雩聲，或體「誇」从言夸聲。「雩」字上古音屬「匣」紐「魚」部，「夸」字上古音屬「溪」紐「魚」部，疊韻，雩、夸作爲聲符使用時可替代。

字　例	重　文	時　期	字　　形
諤 誇	誇	殷　商	
		西　周	
		春　秋	
		楚　系	
		晉　系	
		齊　系	
		燕　系	
		秦　系	
		秦　朝	
		漢　朝	

169、《說文》「讋」字云：「讋，失气言。一曰：『言不止也』。从言龖省聲。傅毅：『讀若慴』。讋，籀文讋不省。」〔註43〕

篆文从龍作「讋」，與〈二年寺工讋戈〉的「讋」相近；籀文从龖作「讋」。「讋」字上古音屬「章」紐「葉」部，「龍」字上古音屬「來」紐「東」部，來、章皆爲舌音，錢大昕言「舌音類隔不可信」，黃季剛言「照系三等諸紐古讀舌頭音」，可知「章」於上古聲母可歸於「端」，又段玉裁於「龖」字下〈注〉云：「凡襲、讋字从此省聲。徒合切，八部。」〔註44〕「龖」字上古音屬「定」紐，亦爲舌音，發聲部位相同，定來旁紐，龍、龖作爲聲符使用時可替代。從字形言，許慎認爲「讋」字篆文「讋」爲「从言龖省聲」，係以「讋」省去上半部重複的一「龍」，即寫作「讋」。

〔註42〕《說文解字注》，頁99。

〔註43〕《說文解字注》，頁100。

〔註44〕《說文解字注》，頁588。

字　例	重　文	時　期		字　　形
譽 譽	譽	殷	商	
		西	周	
		春	秋	
		楚	系	
		晉	系	
		齊	系	
		燕	系	
		秦	系	譽〈二年寺工譽戈〉
		秦	朝	
		漢	朝	

170、《說文》「詾」字云：「詾，訟也。從言匈聲。訩，或省；詤，
　　　詾或从兇。」〔註45〕

　　「詾」字從言匈聲，或體「訩」從言凶聲，另一或體「詤」從言兇聲。「匈」、
「凶」、「兇」三字上古音皆屬「曉」紐「東」部，雙聲疊韻，匈、凶、兇作
為聲符使用時可替代。戰國楚系文字作「詾」〈上博・從政甲篇19〉，辭例為
「從事而毋詾」，右側形體作「詾」，與「凶」相較，「凶」應為「凶」的訛
寫。許慎言「詾」字或體「訩」為「省」，係以「詾」省去右側的「勹」，即
寫作「訩」。

字　例	重　文	時　期		字　　形
詾 詾	訩, 詤	殷	商	
		西	周	
		春	秋	
		楚	系	詾〈上博・從政甲篇19〉
		晉	系	
		齊	系	
		燕	系	
		秦	系	

〔註45〕　《說文解字注》，頁100。

		秦　朝	
		漢　朝	

171、《說文》「訟」字云：「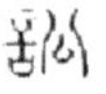，爭也。从言公聲。一曰：『歌訟』。，古文訟。」〔註 46〕

篆文作「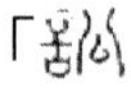」，从言公聲，與〈揚簋〉的「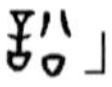」相近；或體作「」，左側形體據「詩」字考證，應爲「心」，字形爲从心谷聲。「公」字上古音屬「見」紐「東」部，「谷」字上古音屬「見」紐「屋」部，雙聲，東屋陽入對轉，公、谷作爲聲符使用時可替代。

字　例	重　文	時　期	字　形
訟 		殷　商	
		西　周	〈揚簋〉
		春　秋	
		楚　系	〈包山 92〉
		晉　系	
		齊　系	
		燕　系	
		秦　系	
		秦　朝	
		漢　朝	《馬王堆・雜禁方 6》

172、《說文》「訴」字云：「，告也。从言㡿聲。《論語》曰：『訴子路於季孫』。，訴或从言朔；，訴或从朔心。」〔註 47〕

「訴」字从言㡿聲，或體「⿰言朔」从言朔聲，另一或體作「愬」从心朔聲。从言、从心替代的現象，據「詩」字考證，爲一般形符的代換；「㡿」字上古音屬「昌」紐「鐸」部，「朔」字上古音屬「山」紐「鐸」部，疊韻，㡿、朔作爲聲符使用時可替代。

〔註 46〕《說文解字注》，頁 100。

〔註 47〕《說文解字注》，頁 100。

字　例	重　文	時　期	字　　形
諽 諽	諽 諽	殷　商	
		西　周	
		春　秋	
		楚　系	
		晉　系	
		齊　系	
		燕　系	
		秦　系	
		秦　朝	
		漢　朝	

173、《說文》「譙」字云：「譙，嬈譊也。从言焦聲。讀若嚼。諩，古文譙从肖。〈周書〉曰：『亦未敢誚公』。」〔註48〕

篆文作「譙」，从言焦聲；古文作「諩」，从言肖聲。金文「譙」字之「諩」〈三年修余令韓諩戈〉，左側偏旁从音，右側之「焦」的上半部為「小」，古文字亦見言、音作為偏旁時互代的現象，如：「詐」字或从言作「詐」〈蔡侯盤〉，或从音作「詐」〈曾侯乙鼎〉，《說文》「言」字云：「直言曰言，論難曰語。」「音」字云：「聲生於心，有節於外，謂之音。宮商角徵羽，聲也。絲竹金石匏土革木，音也。從言含一。」〔註49〕二者的字義雖無涉，然於「言」字下半部的「口」中增添一道短橫畫「-」，即為「音」，可知从音者或為从言之誤；又「焦」字上古音屬「精」紐「宵」部，「小」字上古音屬「心」紐「宵」部，二者發聲部位相同，精心旁紐，疊韻，「焦」字所見之「少」應為標音偏旁。「肖」字上古音屬「心」紐「宵」部，與「焦」字為精心旁紐、疊韻關係，作為聲符使用時可替代。

字　例	重　文	時　期	字　　形
譙	諩	殷　商	
		西　周	

〔註48〕《說文解字注》，頁101。

〔註49〕《說文解字注》，頁90，頁102。

讒		春　秋	
		楚　系	
		晉　系	讒〈三年修余令韓謹戈〉
		齊　系	
		燕　系	
		秦　系	
		秦　朝	
		漢　朝	

174、《說文》「詘」字云：「詘，詰詘也。一曰：『屈襞』。从言出聲。誳，詘或从屈。」〔註50〕

「詘」字从言出聲，或體「誳」从言屈聲。「出」字上古音屬「昌」紐「物」部，「屈」字上古音屬「溪」紐「物」部，疊韻，出、屈作爲聲符使用時可替代。

字例	重文	時期	字　形
詘	誳	殷　商	
詘		西　周	
		春　秋	
		楚　系	詘〈郭店・老子乙本 14〉
		晉　系	
		齊　系	
		燕　系	
		秦　系	詘〈高奴禾石權〉
		秦　朝	詘《馬王堆・五十二病方 30》
		漢　朝	詘《馬王堆・十問 71》

175、《說文》「讕」字云：「讕，抵讕也。从言闌聲。讕，讕或从閒。」〔註51〕

篆文作「讕」，从言闌聲，近於〈大盂鼎〉的「闌」，惟二者在偏旁位置

〔註50〕《說文解字注》，頁 101。

〔註51〕《說文解字注》，頁 101。

的經營不同，前者爲左言右闌，後者雖採取上下式結構，然爲避免形體過於狹長，逐放寬「門」的間距，將「柬」、「言」與「門」緊密結合；或體作「調」，從言閒聲，與《馬王堆・天下至道談 59》的「調」近同。從字音言，「闌」字上古音屬「來」紐「元」部，「閒」字上古音屬「見」紐「元」部，疊韻，闌、閒作爲聲符使用時可替代。

字　例	重　文	時　期	字　形
讕 讕	調	殷　商	
		西　周	〈大盂鼎〉
		春　秋	
		楚　系	
		晉　系	
		齊　系	
		燕　系	
		秦　系	
		秦　朝	
		漢　朝	《馬王堆・天下至道談 59》

176、《説文》「讄」字云：「讄，禱也，絫功德吕求福也。《論語》
　　　云：『讄曰禱尒于上下神祇』。從言畾聲。纍，讄或從纍。」

〔註 52〕

　　「讄」字從言畾聲，或體「纍」從言纍聲。「畾」、「纍」二字上古音皆屬「來」紐「微」部，雙聲疊韻，畾、纍作爲聲符使用時可替代。

字　例	重　文	時　期	字　形
讄 讄	纍	殷　商	
		西　周	
		春　秋	
		楚　系	
		晉　系	
		齊　系	

〔註 52〕　《説文解字注》，頁 101～102。

燕 系	
秦 系	
秦 朝	
漢 朝	

177、《說文》「諅」字云：「諅，諅詬，恥也。从言奚聲。諅，諅或从桼。」〔註53〕

「諅」字从言奚聲，或體「諅」从言桼聲，段玉裁於「桼」字下〈注〉云：「胡結切」。〔註54〕「奚」、「桼」二字上古音皆屬「匣」紐「支」部，雙聲疊韻，奚、桼作爲聲符使用時可替代。

字 例	重 文	時 期	字 形
諅 諅	諅 諅	殷 商	
		西 周	
		春 秋	
		楚 系	
		晉 系	
		齊 系	
		燕 系	
		秦 系	
		秦 朝	
		漢 朝	

178、《說文》「詬」字云：「詬，諅詬也。从言后聲。詢，詬或从句。」〔註55〕

篆文作「詬」，與《馬王堆・周易32》的「詬」相近；或體作「詢」，與〈郭店・五行10〉的「詢」相近。「詬」字从言后聲，或體「詢」从言句聲。「后」字上古音屬「匣」紐「侯」部，「句」字上古音屬「見」紐「侯」部，二者發聲部位相同，旁紐，疊韻，后、句作爲聲符使用時可替代。

〔註53〕《說文解字注》，頁102。

〔註54〕《說文解字注》，頁498。

〔註55〕《說文解字注》，頁102。

字　例	重　文	時　期	字　　形
詯 詬	（重文字形）	殷　商	
		西　周	
		春　秋	
		楚　系	（字形）〈郭店・五行 10〉
		晉　系	
		齊　系	
		燕　系	
		秦　系	（字形）〈睡虎地・日書甲種 8 背〉
		秦　朝	
		漢　朝	（字形）《馬王堆・老子甲本 90》（字形）《馬王堆・周易 32》

179、《說文》「善」字云：「（字形），吉也。从誩羊。此與義美同意。善，
篆文从言。」〔註56〕

金文作「（字形）」〈善鼎〉或「（字形）」〈簣叔之仲子平鐘〉，《說文》古文之「（字形）」
與「（字形）」相近，而同於「（字形）」，惟「（字形）」未於「言」的起筆橫畫上增添一道
短橫畫「-」；又或見作「（字形）」《古陶文彙編》（3.412），所从之「言」，省減上半
部起筆的橫畫；或見从二羊二言作「（字形）」《秦代陶文》（1340）。《說文》篆文从
羊从言之「善」，與〈睡虎地・語書 11〉的「善」相近，戰國楚系文字或作「（字形）」
〈信陽 1.45〉，省略「羊」中間的豎畫後，因其形體與「言」上半部相近同，遂
共用「＝」筆畫；〈善生・尖足平首布〉的「（字形）」，上半部之「羊」亦省略中間
的豎畫，因「言」的筆畫省略過甚，而不復見「（字形）」的形體；又將「善」與
《秦代陶文》（1372）的「（字形）」相較，後者一方面省略「羊角」作「（字形）」，一方
面以貫穿筆畫與省減單筆的方式將「言」寫爲「（字形）」，形成「（字形）」。

字　例	重　文	時　期	字　　形
善 善	（重文字形）	殷　商	
		西　周	（字形）〈善鼎〉
		春　秋	（字形）〈簣叔之仲子平鐘〉

楚　系	〈信陽 1.45〉　　　〈郭店・老子甲本 15〉
晉　系	〈善生・尖足平首布〉
齊　系	《古陶文彙編》（3.412）
燕　系	《古陶文彙編》（4.104）
秦　系	〈睡虎地・語書 11〉
秦　朝	《秦代陶文》（1340）　　　《秦代陶文》（1372）
漢　朝	《馬王堆・雜療方 34》

180、《說文》「童」字云：「𥪜，男有辠曰奴，奴曰童，女曰妾。从
　　　辛重省聲。𥪟，籀文童中與竊中同从廿。廿，吕爲古文疾字。」
　　　[註57]

　　甲骨文作「𡴀」《合》（30178）、「𡴀」《屯》（650），下半部从土，「△」
可填實爲「▲」；金文从辛从目从東作「𡴀」〈史牆盤〉、「𡴀」〈番生簋蓋〉，
或增添「土」作「𡴀」〈毛公鼎〉；戰國楚系文字省略「東」作「𡴀」〈包山 39〉、
「𡴀」〈包山 276〉，「𡴀」下半部本應爲「土」，作「圥」者，係於左側增添
一道短斜畫「ノ」所致；中山國文字之「𡴀」〈中山王𗊶鼎〉，辭例爲「幼童」，
从立重聲，透過辭例的觀察，亦爲「童」字異體；睡虎地秦簡作「𡴀」〈睡虎
地・秦律雜抄 32〉、「𡴀」〈睡虎地・日書甲種 79 背〉，後者上半部的「三」，
與「辛」相較，一方面以化曲筆爲直筆的方式，將「ソ」寫作「一」，一方面
省略「辛」的豎畫，遂訛爲「𡴀」，《說文》篆文「𥪟」與「𥪜」近同。又馬
王堆漢墓出土文獻作「重」《馬王堆・陰陽五行甲篇 196》、「童」《馬王堆・春
秋事語 79》、「重」《馬王堆・易之義 30》，與「𥪜」相較，「童」係省略「辛」
下半部的橫畫，「重」一方面省略「辛」下半部的橫畫，一方面又省略「東」
下半部的「ㄥ」。籀文作「𥪟」，許書言「童中與竊中同从廿。廿，吕爲古文疾
字。」較之於「𡴀」、「𡴀」、「𡴀」等形體，「廿」應爲「目」的訛寫。

字　例	重　文	時　期	字　　形		
童	𥪟	殷　商	𡴀《合》（30178）	𡴀《屯》（650）	
	𥪜	西　周	𡴀〈史牆盤〉	𡴀〈番生簋蓋〉	𡴀〈毛公鼎〉

春　秋	
楚　系	〔字形〕〈包山 39〉　〔字形〕〈包山 276〉
晉　系	〔字形〕〈中山王■鼎〉
齊　系	〔字形〕《古陶文彙編》（3.452）
燕　系	
秦　系	〔字形〕〈睡虎地・秦律雜抄 32〉　〔字形〕〈睡虎地・日書甲種 79 背〉
秦　朝	〔字形〕〈咸陽瓦〉
漢　朝	〔字形〕《馬王堆・陰陽五行甲篇 196》 〔字形〕《馬王堆・春秋事語 79》　〔字形〕《馬王堆・易之義 30》

181、《說文》「業」字云：「〔業〕，大版也。所吕飾縣鐘鼓，捷業如鋸齒，吕白畫之，象其鉏鋙相承也。从丵从巾，巾象版。《詩》曰：『巨業維樅』。〔字〕，古文業。」〔註 58〕

金文从〔字〕从去作「〔字〕」〈九年衛鼎〉，或从〔字〕从去作「〔字〕」〈瘈鐘〉，將「〔字〕」與「〔字〕」相較，主要差異在於上半部的「〔字〕」或「〔字〕」有無與下半部的「〔字〕」接連，又形體與之近同者，見於「〔字〕」〈秦公簋〉，上半部省寫爲「〔字〕」，若省略「〔字〕」所从之「去」，則與〈昶伯〔字〕鼎〉的「〔字〕」近同。〈九年衛鼎〉之字在《金文編》隸定爲「〔字〕」，〈昶伯〔字〕鼎〉之字則列爲未釋字〔註 59〕，董蓮池進一步指出〈昶伯〔字〕鼎〉之字當爲「業」〔註 60〕，從字形觀察，董蓮池的隸釋可信。從辭例言，〈九年衛鼎〉爲「〔字〕舄倗皮二，朏帛金一反，毕吳喜皮二」，「〔字〕」字於此爲人名，〈秦公簋〉爲「保〔字〕毕秦」，即「安治秦國」之意，「〔字〕」字學者多釋爲「業」，係古文「業」字。〔註 61〕〈秦公簋〉的字形與〈九年衛鼎〉、〈瘈鐘〉相近同，確可釋爲「業」。從字形言，〈九年衛鼎〉之字从二業从去，〈秦公簋〉將二「業」的部件「口」省略，〈昶伯〔字〕鼎〉省略偏旁「去」。戰國時期中山國文字作「〔字〕」〈中山王■方壺〉，將二「業」省減同形，並將下半部的形

〔註 58〕　《說文解字注》，頁 103。

〔註 59〕　容庚：《金文編》，頁 348，頁 1186，北京，中華書局，1992 年。

〔註 60〕　董蓮池：《金文編校補》，頁 401，長春，東北師範大學出版社，1995 年。

〔註 61〕　洪家義：《金文選注繹》，頁 187，頁 540，南京，江蘇教育出版社，1988 年；馬承源：《商周青銅器銘文選（四）》，頁 609，北京，文物出版社，1990 年。

體省略，又把「去」改置於下方；〈郾王職劍〉作「」，省減偏旁「去」，下半部訛爲「木」，馬王堆漢墓的「」《馬王堆・戰國縱橫家書130》，形體與之相近；〈三十三年業令戈〉爲「」，下半部因省減過甚，僅保留「業」上半部的形體「」，然透過與「」的對照，仍可藉由主要的部分，與未省減的本字繫聯。《說文》篆文之「業」，形體與「」近同；古文從二爲「」，將之與「」相較，除了省略「」上半部之起筆橫畫上的四道短豎畫外，下半部的形體亦訛寫爲「」。據此可知，許書釋其字形「从丵从巾，巾象版」爲非。

字　例	重　文	時　期	字　　　　形
業 業	業	殷　商	
		西　周	〈九年衛鼎〉　〈㝬鐘〉
		春　秋	〈昶伯業鼎〉　〈秦公簋〉
		楚　系	
		晉　系	〈中山王方壺〉　〈三十三年業令戈〉
		齊　系	
		燕　系	〈郾王職劍〉
		秦　系	
		秦　朝	
		漢　朝	《馬王堆・戰國縱橫家書130》

182、《說文》「對」字云：「，無方也。从丵口从寸。，對或从士。漢文帝㠯爲責對而面言，多非誠對，故去其口㠯从士也。」

〔註62〕

甲骨文作「」《合》（30600），「象手持有基座之器形」〔註63〕，金文承襲之作「」〈史牆盤〉，或省略「」上半部的三道短豎畫作「」〈虢叔旅鐘〉，或从二又持「有基座之器形」，作「」〈多友鼎〉，「又」或訛爲「丮」作「」〈師旂鼎〉、「」〈盠尊〉，或訛寫爲「犬」作「」〈大保簋〉，「有

〔註62〕《說文解字注》，頁103〜104。

〔註63〕張世超、孫凌安、金國泰、馬如森：《金文形義通解》，頁538，日本京都，中文出版社，1995年。

基座之器形」或省寫爲「辛」作「𣂤」〈同簋〉，尚未見《說文》篆文從举口從
寸之「對」，將之與「𣂶」相較，篆文所言之「举」或源於此。馬王堆漢墓出
土文獻或從口作「對」《馬王堆‧戰國縱橫家書 289》，或從土作「對」《馬王
堆‧十六經 90》，辭例皆爲「對曰」，從「又」之形亦易爲「寸」，篆文「對」
與或體「對」的形體與其近同，據兩周文字的字形言，許書所謂「從举口從寸」
或「從举士從寸」皆非；又據「禱」字考證，又、寸作爲形符使用時，替代的
現象，爲一般形符的代換。

字 例	或 體	時 期	字 形
對 對	對	殷 商	𢼄《合》（30600）
		西 周	對〈史牆盤〉 對〈多友鼎〉 對〈虢叔旅鐘〉 對〈師旂鼎〉 對〈盠尊〉 對〈同簋〉 對〈大保簋〉
		春 秋	
		楚 系	
		晉 系	
		齊 系	
		燕 系	
		秦 系	
		秦 朝	
		漢 朝	對《馬王堆‧戰國縱橫家書 289》 對《馬王堆‧十六經 90》

183、《說文》「僕」字云：「僕，給事者。從人業，業亦聲。𦦜，古
　　文從臣。」〔註64〕

甲骨文作「𢉖」《合》（17961），羅振玉云：「爲俘奴之執賤役瀆業之事者，
故爲手奉糞棄之物以象之。」〔註65〕徐中舒云：「象身附尾飾，手捧糞箕以執賤
役之人，其頭上從辛，辛爲剞劂，以示其人曾受黥刑。」〔註66〕手持畚箕的
形象，在兩周文字中消失，轉而爲簡單的筆畫所取代，〈旂鼎〉有一辭例「公
賜旂僕」，「僕」字爲「僕」，右側下半部從二子；或從廾爲「僕」〈幾父壺〉、

〔註64〕 《說文解字注》，頁 104。

〔註65〕 羅振玉：《殷虛書契考釋》卷中，頁 24，臺北，藝文印書館，1982 年。

〔註66〕 《甲骨文字典》，頁 236。

「🗛」〈史僕壺蓋〉、「🗛」〈上博・孔子見季趄子13〉，與「🗛」之「勹」相近的形體，又見於〈居簋〉之「🗛」，且「尸」字作「🗛」、「🗛」〈師袁簋〉，可知「勹」或為「尸」，「🗛」則為「🗛」的訛省，睡虎地秦簡之「僕」〈秦律十八種180〉或「僕」〈秦律雜抄34〉、《說文》篆文「🗛」等蓋源於此；或省減廾之同形作「🗛」〈五年召伯虎簋〉；或省訛為「🗛」〈枞里瘋戈〉。戰國楚系文字增添「臣」作「🗛」〈包山15〉，辭例為「僕以告君王」，因將「臣」置於「🗛」下方，遂省略廾與丵的部分筆畫，「臣」字有屈服事君之義，增添「臣」於「僕」字，應是為了彰顯其義；與之形體相近者，如：「🗛」〈包山137反〉，辭例為「僕命速為之斷」，亦為从人从臣菐聲，因採取「人」上「臣」下的結構，再加上二者的部分筆畫重疊，使得「人」的右側筆畫與「臣」的左側筆畫，以借用筆畫的方式書寫；或作「🗛」〈郭店・老子甲本2〉、「🗛」〈郭店・老子甲本13〉，辭例依序為「視素抱僕（樸）」、「將鎮之以亡名之僕（樸）」，表面上雖未見「人」，然細究其偏旁結構的安排，係將「臣」置於「丵」的下半部，並與「丵」的橫畫相接，與「🗛」對照，亦以借用筆畫的書寫方式，至於增添「又」的「🗛」，蓋仍源於「🗛」或「🗛」的形體。《說文》古文从臣作「🗛」，或源自戰國楚系文字。又《說文》「臣」字云：「牽也，事君者」，「人」字云：「天地之性最貴者也」〔註67〕，二者無形近、義近、音近的關係，作為形符替代的現象，係造字時對於偏旁意義的選擇不同所致。

字　例	重　文	時　期	字　形
僕　　🗛	🗛	殷　商	🗛《合》（17961）
		西　周	🗛〈旂鼎〉　🗛〈幾父壺〉　🗛〈史僕壺蓋〉　🗛〈五年召伯虎簋〉
		春　秋	
		楚　系	🗛〈包山15〉　🗛〈包山137反〉　🗛〈郭店・老子甲本2〉　🗛〈郭店・老子甲本13〉　🗛〈上博・孔子見季趄子13〉
		晉　系	
		齊　系	

〔註67〕《說文解字注》，頁119，頁369。

	燕　系	（字形）〈枳里瘟戈〉
	秦　系	（字形）〈睡虎地・秦律十八種180〉（字形）〈睡虎地・秦律雜抄34〉
	秦　朝	
	漢　朝	（字形）《馬王堆・刑德乙本72》

184、《說文》「廾」字云：「（字形），竦手也。從（字形）。凡廾之屬皆從廾。（字形），楊雄說（字形）從兩手。」[註68]

篆文作「（字形）」，從（字形），與甲骨文之「（字形）」《合》（6467）相近；重文作「（字形）」，從二手。《說文》「又（字形）」字云：「手也」，「ナ（字形）」字云：「左手也」[註69]，「ナ」為左手，「又」之字義應為「右手」，「手」字云：「拳也」[註70]，段玉裁〈注〉云：「今人舒之為手，卷之為拳，其實一也。」從二手與從ナ又之義相同。

字　例	重　文	時　期	字　　形
廾（字形）	（字形）	殷　商	（字形）《合》（6467）
		西　周	
		春　秋	
		楚　系	
		晉　系	
		齊　系	
		燕　系	
		秦　系	
		秦　朝	
		漢　朝	

185、《說文》「弇」字云：「（字形），蓋也。從廾合聲。（字形），古文弇。」[註71]

　　篆文作「龕」，从廾合聲；古文作「鼠」，與〈郭店・六德31〉的「龕」相近。又楚系文字尚見「龕」〈上博・中弓10〉，亦近於「龕」，二者的辭例依序為「門內之絅紖龕義」、「夫賢才不可龕也」，將「龕」、「龕」、「鼠」相較，上半部所从應為「穴」，於「龕」之「口」中增添一道短橫畫「-」即寫作「龕」，「鼠」所見的「⊙」蓋由「口」、「甘」而訛；中山國或見「龕」〈中山王𗊎鼎〉，下半部「廾」中間的「=」，為中山國文字習見的飾筆，如：「棄」字作「龕」〈散氏盤〉，或作「龕」〈中山王𗊎鼎〉，「朕」字作「朕」〈大盂鼎〉，或作「龕」〈中山王𗊎鼎〉，「關」字作「關」〈大盂鼎〉，或作「關」〈中山王𗊎鼎〉，再者，古文字亦見增添「甘」者，如：「合」字作「合」〈五年召伯虎簋〉，或作「合」〈包山210〉，「巫」字作「巫」〈齊巫姜簋〉，或作「巫」〈望山1.119〉，「龕」所見「甘」的性質亦與之相同，為無義的偏旁。

字　例	重文	時　期	字　　形
龕 龕	鼠	殷　商	
		西　周	
		春　秋	
		楚　系	龕〈郭店・六德31〉　龕〈上博・中弓10〉
		晉　系	龕〈中山王𗊎鼎〉
		齊　系	
		燕　系	
		秦　系	
		秦　朝	
		漢　朝	

186、《說文》「兵」字云：「兵，械也。从廾持斤，并力之皃。𠊧，古文兵从人廾干。兵，籀文兵。」 [註72]

　　甲骨文作「兵」《合》（9468），从廾持斤，兩周以來多承襲之，如：「兵」〈戜簋〉、「兵」〈包山241〉，《說文》篆文「兵」應源於此；將「兵」與〈庚壺〉的「兵」相較，「斤」下的「=」，應與「龕」字中所言的裝飾性筆畫「=」

〔註72〕《說文解字注》，頁105。

相同；籀文之「兵」，與「兵」〈杜虎符〉、「兵」〈繹山碑〉等相同，又與「兵」
對照，可知「斤」下的「一」亦應爲飾筆；馬王堆漢墓出土的文獻或見「兵」
《馬王堆・戰國縱橫家書 57》、「兵」《馬王堆・繆和 67》，下半部的「廾」，由
「廾」寫作「大」或「六」，係因書體不同所致。古文从人从廾持干，寫作「偟」，
段玉裁〈注〉云：「干與斤皆兵器」，从「斤」者易爲「干」，實爲字義的關係所
致，又增添偏旁「人」，蓋如商承祚之言「訓爲人」〔註 73〕，所指非「兵器」，
而是指「士兵」。

字　例	重　文	時　期	字　　　　形
兵 偟	偟， 兵	殷　商	《合》（9468）
		西　周	〈盠簋〉
		春　秋	〈庚壺〉 〈郘黛尹征城〉
		楚　系	〈楚王酓忑鼎〉 〈包山 241〉
		晉　系	
		齊　系	
		燕　系	
		秦　系	〈杜虎符〉 〈詛楚文〉
		秦　朝	〈繹山碑〉
		漢　朝	《馬王堆・老子甲本 26》 《馬王堆・戰國縱橫家書 57》 《馬王堆・繆和 67》

187、《說文》「𢏚」字云：「𢏚，引也。从反廾。凡𢏚之屬皆从𢏚。
攀，𢏚或从手从樊。」〔註 74〕

「𢏚」字从反廾，屬會意字，與〈亞𢏚爵〉的「𢏚」相近；或體「攀」
从手樊聲，爲形聲字，與《馬王堆・戰國縱橫家書 194》的「攀」相近，其差
異爲偏旁結構的安排不同，前者爲左手右樊，後者爲上樊下手。「𢏚」字上古
音屬「滂」紐「元」部，「樊」字上古音屬「並」紐「元」部，二者發聲部位相
同，滂並旁紐，疊韻。由會意字改爲形聲字，爲了便於時人閱讀使用之需，故

〔註 73〕 商承祚：《說文中之古文考》，頁 20，臺北，學海出版社，1979 年。

〔註 74〕 《說文解字注》，頁 105。

以讀音相近的字作爲聲符。

字　例	重　文	時　期	字　　形
非 非	𣥴	殷　商	𣥴 〈亞𣥴爵〉
		西　周	
		春　秋	
		楚　系	
		晉　系	
		齊　系	
		燕　系	
		秦　系	
		秦　朝	
		漢　朝	𣥴《馬王堆・戰國縱橫家書 194》

188、《說文》「共」字云：「𤾠，同也。从廿𠬞。凡共之屬皆从共。𢍱，古文共。」〔註75〕

甲骨文作「𡊅」《合》（2795 正），殷商金文作「𦥑」〈𦥑鼎〉，商承祚指出像「兩手奉物形」〔註76〕，其後易爲「𢆉」〈禹鼎〉，貨幣文字將「∣∣」的下半部相連作「𢆉」〈共・平肩空首布〉，或進一步將「∣∣」豎畫上的小圓點拉長爲橫畫，並向左右延伸作「𢆉」〈楚王酓肯盤〉、「𢍱」〈共・圓錢〉，《說文》篆文之「𤾠」，蓋源於此，許書言其字形「从廿𠬞」，「廿」應是「口」或「∣∣」之訛。又戰國楚系文字或作「𢆉」〈包山 239〉、「𢆉」〈楚帛書・甲篇 7.5〉，若將「𢆉」上半部的「𢆉」割裂，即形成「𢆉」，《說文》古文「𢍱」與之相近，其間差異係「共」字下半部从𠬞，形體作「𠬞」，古文將之作「𠬞」，並與上半部的「𢆉」筆畫連結，寫作「𢍱」，因而產生訛變。又〈共・圓錢〉之「共」字亦見「𢆉」，將之與「𢍱」相較，係省略上半部的形體。

字　例	重　文	時　期	字　　形
共	𢍱	殷　商	𡊅《合》（2795 正）𦥑〈𦥑鼎〉

〔註75〕《說文解字注》，頁 105。

〔註76〕《說文中之古文考》，頁 20。

		西　周	〈禹鼎〉
		春　秋	〈共・平肩空首布〉
		楚　系	〈楚王酓肯盤〉〈包山 239〉〈楚帛書・甲篇 7.5〉
		晉　系	，〈共・圜錢〉
		齊　系	
		燕　系	
		秦　系	〈睡虎地・秦律十八種 72〉
		秦　朝	
		漢　朝	《馬王堆・戰國縱橫家書 122》《馬王堆・繆和 55》

189、《說文》「戴」字云：「，分物得增益曰戴。从異𢦏聲。，籀文戴。」〔註 77〕

篆文作「」，从異𢦏聲；籀文作「」，从異𢦏省聲。將篆文的「」，較之於籀文「」，後者係省略「才」。省略聲符「𢦏」的現象，亦見於戰國文字，如：「載」字作「」〈鄂君啓車節〉，或作「」〈中山王方壺〉，或作「」〈匽侯載器〉。馬王堆漢墓出土文獻有一字作「」《馬王堆・稱 151》，下半部爲「」，又「異」字作「」〈曶鼎〉，爲象形字，與之相較，「」仍保有「」的基本形體。再者，許書於「異」字言「，从廾畀。」〔註 78〕係就分割形體後的字形言。

字　例	重　文	時　期	字　形
戴		殷　商	
		西　周	
		春　秋	
		楚　系	
		晉　系	
		齊　系	
		燕　系	
		秦　系	

〔註 77〕《說文解字注》，頁 105。

〔註 78〕《說文解字注》，頁 105。

	秦　朝	
	漢　朝	𢧵《馬王堆・稱 151》

190、《說文》「𦥔」字云：「𦥔，升高也。从舁囟聲。𦥔，𦥔或从卩。𦥔，古文𦥔。」〔註79〕

侯馬盟書从邑作「𦥓」〈侯馬盟書・宗盟類 91.1〉，或省略邑作「𦥒」〈侯馬盟書・其它 85.35〉，《說文》篆文「𦥔」與「𦥒」相同；戰國秦系文字或省略邑的部分形體作「𦥓」〈睡虎地・秦律十八種 153〉、「𦥓」〈睡虎地・秦律十八種 154〉，或體「𦥔」與「𦥓」近同，許書釋其字形爲「从舁从卩囟聲」，應改爲「从舁从邑省，囟聲」；古文作「𦥓」，係重複上半部的形體「𦥓」，此種書寫的方式，在古文字中十分習見，如：「從」字作「𢓊」〈魚從鼎〉，或作「𢓊」〈詛楚文〉，「劉」字作「𢦏」〈散氏盤〉，或作「𢦏」〈包山 95〉，「公」字作「台」〈大盂鼎〉，或作「合」《古璽彙編》（0112），是在既有的結構上，重複某一個形體，而其重複的次數不一，雖然形體上有所改變，多無礙於原本所承載的字音與字義。

字　例	重　文	時　期	字　形
𦥔 𦥔	𦥔, 𦥔	殷　商	
		西　周	
		春　秋	𦥓〈侯馬盟書・宗盟類 91.1〉 𦥒〈侯馬盟書・其它 85.35〉
		楚　系	
		晉　系	
		齊　系	
		燕　系	
		秦　系	𦥓〈睡虎地・秦律十八種 153〉 𦥓〈睡虎地・秦律十八種 154〉
		秦　朝	
		漢　朝	𦥔《馬王堆・二三子問 1》

〔註79〕《說文解字注》，頁 106。

191、《說文》「與」字云：「　，黨與也。从舁与。　，古文與。」〔註80〕

金文从舁牙作「　」〈無者俞鉦鋮〉，或增添「口」作「　」〈𬳔鎛〉，或增添裝飾性質的「=」於「牙」的下方，作「　」〈中山王𰯼方壺〉，所从之牙爲「　」、「　」〈師克盨〉，「　」之「牙」作「　」，係將兩個形體緊密結合所致。戰國楚系簡帛文字的形體不一，如：「　」〈信陽2.15〉、「　」〈郭店·唐虞之道22〉、「　」〈上博·子羔5正〉、「　」〈上博·魯邦大旱2〉、「　」〈上博·武王踐阼3〉，以及「　」、「　」〈上博·凡物流形甲本11〉，辭例依序爲「與絹」、「古者堯之與舜也」、「與之言禮」、「不知刑與德」、「不與北面」、「天孰高與，地孰遠與」，從辭例觀察，無論形體如何變易，皆爲「與」字異體，「　」與「　」係省略「　」，「　」除省略「牙」，並於「廾」的豎畫增添小圓點「·」，「　」的形體與「　」相近，惟將省略的「牙」以「丨」取代，「　」一方面省略「　」，一方面於「牙」的形體增添「=」，形體亦與「　」相近，若進一步省略「　」之「廾」則寫作「　」，古文字中省略偏旁的現象十分多見，或見省略聲符的情形，如：「即」字作「　」〈大盂鼎〉，或作「　」〈榆即·尖足平首布〉，「陰」字作「　」〈陰平劍〉，或作「　」〈大陰·尖足平首布〉，「棺」字作「　」〈詛楚文〉，或作「　」〈兆域圖銅版〉，「載」字作「　」〈鄂君啓車節〉，或作「　」〈中山王𰯼方壺〉，亦見省略形符的情形，如：「春」字作「　」〈蔡侯墓殘鐘四十七片〉，或作「　」〈春成侯壺〉，「瘳」字作「　」〈睡虎地·日書乙種108〉，或作「　」〈九店56.70〉，「爲」字作「　」〈散氏盤〉，或作「　」〈睡虎地·日書甲種20背〉，可知「與」字省略偏旁的現象在古文字中十分習見。《說文》篆文从舁与作「　」，古文之「　」，所見之「　」皆應爲「牙」之誤。

字　例	重　文	時　期	字　形
與		殷　商	
		西　周	
		春　秋	〈無者俞鉦鋮〉　〈𬳔鎛〉

〔註80〕《說文解字注》，頁106。

楚　系	〈信陽 2.15〉 〈郭店・唐虞之道 22〉 〈上博・子羔 5 正〉 〈上博・魯邦大旱 2〉 〈上博・武王踐阼 3〉，〈上博・凡物流形甲本 11〉
晉　系	〈中山王 方壺〉
齊　系	〈君子韓戟〉
燕　系	
秦　系	〈睡虎地・秦律十八種 174〉
秦　朝	
漢　朝	《馬王堆・戰國縱橫家書 2》

192、《說文》「要」字云：「要，身中也。象人要自臼之形，从臼。
　　　，古文要。」〔註81〕

金文从女作「」〈是要簋〉、「」〈伯要簋〉，上半部或爲「」、「」，後者之「女」爲「」，係缺筆所致，李孝定以爲「要字象女子自臼其要之形」，應像頭形〔註82〕，戰國以來的文字多承襲作「」〈上博・性情論 14〉、「」〈睡虎地・日書甲種 22 背〉、「」〈睡虎地・日書甲種 73 背〉、「」《馬王堆・周易 62》，上半部的形體亦未固定，寫作「」、「」，《說文》古文「」與「」近同，其間的差異，係因書體的不同所致。篆文「要」，从臼从文，商承祚指出「上象人首，下象人足，中象人臂而自臼持之。」〔註83〕與「」對照，「文」應如「」，惟將「女子之形」省寫。

字　例	重　文	時　期	字　形
要 要		殷　商	
		西　周	〈是要簋〉 〈伯要簋〉
		春　秋	
		楚　系	〈上博・性情論 14〉
		晉　系	

〔註81〕《說文解字注》，頁 106。

〔註82〕李孝定：《甲骨文字集釋》第三，頁 833，臺北，中央研究院歷史語言研究所，1991年。

〔註83〕《說文中之古文考》，頁 21～22。

齊　系		
燕　系		
秦　系		〈睡虎地・日書甲種 22 背〉
		〈睡虎地・日書甲種 73 背〉
秦　朝		
漢　朝		《馬王堆・周易 62》

193、《説文》「農」字云：「農，耕人也。从晨囟聲。農，籀文農从林。農，古文農；農，亦古文農。」〔註84〕

甲骨文或从艸从辰作「農」《合》（10474），或从林从辰作「農」《合》（10976正）、「農」《合》（22610），或作「農」《合》（9498反），像以手持辰除艸木之形，辰爲「蜃殼」〔註85〕，金文或从田从辰作「農」〈田農簋〉，或从田从辰从二艸从又作「農」〈農簋〉，或从林从辰作「農」〈史牆盤〉，或从臼从田从辰从又作「農」〈散氏盤〉，或从林从田从辰作「農」〈汈其鐘〉，或从艸从田从辰作「農」〈田蔑鼎〉，尚未見「从晨囟聲」的「農」，《説文》篆文的形體與〈睡虎地・秦律十八種144〉的「農」近同，从「囟」者皆爲「田」的訛寫，籀文从林之「農」亦與「農」相近，古文「農」則與「農」相近，惟下半部爲「丌」的「農」尚未見於出土文獻，將之與「農」對照，古文的形體或爲「農」的訛寫。艸、茻作爲形符使用時替代的現象，據「蒔」字考證，爲義近形符的互代，若與从林者替代，亦爲義近形符的互代，如：「囿」字可从艸作「囿」《合》（9592），或从林作「囿」〈石鼓文〉。

字　例	重　文	時　期	字　形
農	農， 農， 農	殷　商	《合》（9498 反）　《合》（10474） 《合》（10976 正）　《合》（22610）　〈帚蔑鼎〉
		西　周	〈田農簋〉　〈農簋〉　〈史牆盤〉　〈散氏盤〉 〈汈其鐘〉　〈田蔑鼎〉
		春　秋	
		楚　系	〈上博・三德 15〉

〔註84〕　《説文解字注》，頁 106。

〔註85〕　《甲骨文字集釋》第十四，頁 4357。

晉　系		
齊　系		
燕　系		
秦　系	🖼	〈睡虎地・秦律十八種 144〉
秦　朝		
漢　朝	🖼	《馬王堆・經法 7》

194、《說文》「爨」字云：「🖼，齊謂炊爨。🖼象持甑，冂爲竈口，🖼推林內火。凡爨之屬皆从爨。🖼，籀文爨省。」〔註86〕

睡虎地秦簡作「🖼」〈睡虎地・法律答問 192〉、「🖼」〈睡虎地・日書甲種 112〉，將二者相較，後者省略「林」，馬王堆漢墓出土文獻爲「🖼」《馬王堆・養生方 4》，與「🖼」相同，《說文》篆文「🖼」近於「🖼」，其間的差異有二，一爲甑的形象，睡虎地秦簡爲「🖼」，篆文爲「🖼」，二爲秦簡未見从「廾」之形；籀文爲「🖼」，「冂爲竈口，🖼推林內火」，字形尚未見於出土文獻，許慎認爲「爨」字籀文「🖼」係以「🖼」省去上半部的「🖼」，即寫作「🖼」。戰國時期楚國採用序數以及特殊的名詞紀月，如：楚簡的「八月、九月、十月、臾月」即秦簡所見的「八月、九月、十月、爨月」，「臾月」即「爨月」，「臾」字从火从日允聲〔註87〕，寫作「🖼」〈包山 221〉，或在「🖼」的形體上增添「艸」，作「🖼」〈望山 1.8〉，簡文辭例爲「臾月」，作爲月名使用，增添的「艸」，應屬無義偏旁的性質，或將「日」寫爲「田」作「🖼」〈包山 224〉，或將「田」、「允」的位置互換作「🖼」〈天星觀・卜筮〉，或省略聲符「允」的部分筆畫，作「🖼」〈包山 71〉，或將「日」訛寫似「目」作「🖼」〈九店 56.83〉，其辭例皆爲「臾月」，無論形體如何變易，皆爲「臾」的異體。

字　例	重　文	時　期	字　形
爨　🖼	🖼	殷　商	
		西　周	
		春　秋	

─────────────

〔註86〕《說文解字注》，頁 106。

〔註87〕《戰國古文字典──戰國文字聲系》，頁 1343。

	楚　系	〈天星觀・卜筮〉 〈望山 1.8〉 〈包山 71〉 〈包山 221〉 〈包山 224〉 〈九店 56.83〉
	晉　系	
	齊　系	
	燕　系	
	秦　系	〈睡虎地・法律答問 192〉 〈睡虎地・日書甲種 112〉
	秦　朝	
	漢　朝	《馬王堆・養生方 4》

195、《說文》「革」字云：「革，獸皮治去其毛曰革。革，更也。象古文革之形。凡革之屬皆从革。，古文革从卅，卅年爲一世而道更也，臼聲。」[註88]

甲骨文「革」字作「」《花東》（474）、「」《花東》（491），象獸皮開展之形，「口」像首，中像身，下像尾；金文作「」〈康鼎〉，首的形體由「口」改易爲「廿」，或作「」〈�君啓車節〉，與《說文》古文「」近似，其間的差異爲後者將「口」改易爲「廿」。戰國楚系簡帛文字或作「」〈曾侯乙48〉，或作「」〈包山 264〉，或作「」〈包山 271〉，中間像身體的部分，皆與「」相同，訛寫爲「」，又「廿」或「口」爲首部之形，「」上半部作「人」，應爲「廿」或「口」省減所致。《說文》篆文作「革」，形體與〈睡虎地・秦律雜抄 16〉的「革」相同。

字　例	重　文	時　期	字　形
革 革		殷　商	《花東》（474） 《花東》（491）
		西　周	〈康鼎〉
		春　秋	
		楚　系	〈鄂君啓車節〉 〈曾侯乙 48〉 〈包山 264〉 〈包山 271〉
		晉　系	
		齊　系	
		燕　系	

〔註88〕　《說文解字注》，頁 108。

秦　系	革	〈睡虎地・秦律雜抄 16〉
秦　朝	革	〈泰山刻石〉
漢　朝	革	《馬王堆・戰國縱橫家書 226》

196、《說文》「鞻」字云：「鞻，攻皮治鼓工也。从革軍聲。讀若運。鞻，鞻或从韋。」〔註89〕

篆文作「鞻」，从革軍聲，古文作「鞻」，从韋軍聲，《說文》「革」字云：「獸皮治去其毛曰革。」「韋」字云：「相背也。獸皮之韋，可以束物，枉戾相韋背，故借以爲皮韋。」〔註90〕又《儀禮・聘禮》云：「君使卿韋弁」，〈疏〉云：「有毛則曰皮，去毛熟治則曰韋。」〔註91〕「韋」借指熟而柔軟的獸皮。韋、革皆與「獸皮」有關，在意義上有相當的關係，作爲形符使用時替代的現象亦見於兩周文字，如：「鞍」字或从革作「鞍」〈曾侯乙 83〉，或从韋作「韓」〈曾侯乙 115〉，「鞍」字或从革作「鞍」〈曾侯乙 115〉，或从韋作「韓」〈曾侯乙 25〉，「鞃」字或从革作「鞃」〈曾侯乙 7〉，或从韋作「韓」〈曾侯乙 11〉，「鞻」字或从革作「鞻」〈包山 186〉，或从韋作「鞻」〈包山 271〉，「韋」、「革」作爲形旁時，可因義近而替代。

字　例	重　文	時　期	字　形
鞻　鞻	鞻	殷　商	
		西　周	
		春　秋	
		楚　系	
		晉　系	
		齊　系	
		燕　系	
		秦　系	
		秦　朝	
		漢　朝	

〔註89〕《說文解字注》，頁 108。

〔註90〕《說文解字注》，頁 108。頁 237。

〔註91〕（漢）鄭玄注、（唐）賈公彥疏：《儀禮注疏》，頁 255，臺北，藝文印書館，1993 年。

197、《説文》「靼」字云：「靼，柔革也。从革旦聲。靼，古文靼从亶。」〔註92〕

「靼」字从革旦聲，古文「靼」从革亶聲。「旦」、「亶」二字上古音皆屬「端」紐「元」部，雙聲疊韻，旦、亶作爲聲符使用時可替代。

字　例	古　文	時　期	字　形
靼 靼	靼	殷　商	
		西　周	
		春　秋	
		楚　系	
		晉　系	
		齊　系	
		燕　系	
		秦　系	
		秦　朝	
		漢　朝	

198、《説文》「鞠」字云：「鞠，蹋鞠也。从革匊聲。鞠，鞠或从夆。」〔註93〕

篆文作「鞠」，从革匊聲，與《馬王堆・三號墓遣策》的「鞠」相近；或體作「鞠」，从革夆聲。「夆」字即「鞠」省之字，「鞠」、「匊」二字上古音皆屬「見」紐「覺」部，雙聲疊韻，鞠、匊作爲聲符使用時可替代。

字　例	重　文	時　期	字　形
鞠 鞠	鞠	殷　商	
		西　周	
		春　秋	
		楚　系	
		晉　系	
		齊　系	

〔註92〕 《説文解字注》，頁108。

〔註93〕 《説文解字注》，頁109。

		燕　系	
		秦　系	
		秦　朝	
		漢　朝	《馬王堆‧三號墓遣策》

199、《說文》「鞀」字云：「，鞀遼也。从革召聲。，鞀或从兆聲；，鞀或从鼓兆。，籀文鞀从殸召。」〔註94〕

篆文作「」，从革召聲；或體作「」，从革兆聲；另一或體作「」，从鼓兆聲；籀文作「」，从殸召聲。戰國楚系文字作「」〈包山95〉，左側為「」，「鼓」字作「」〈瘋鐘〉、「」〈上博‧孔子詩論14〉，與之對照，即「壴」字，右側為「」，較之於「」〈新蔡‧乙四 122〉，即「兆」字，何琳儀指出「」為「鼓之初文」〔註95〕，從字形言，「」或可為从鼓省兆聲之字。《說文》「革」字云：「獸皮治去其毛曰革」，「鼓」字云：「郭也，春分之音，萬物郭皮甲而出故曰。」「殸」字云：「石樂也」〔註96〕，鼓、殸為樂器，二者作為形符使用時，可因其字義同屬於某類而兩相替代，又鼓面多以皮革為之，「鞀」字或體「」，形符由「革」易為「鼓」，應是受此影響。「召」、「兆」二字上古音皆屬「定」紐「宵」部，雙聲疊韻，召、兆作為聲符使用時可替代。

字　例	重　文	時　期	字　形
鞀 	， ， 	殷　商	
		西　周	
		春　秋	
		楚　系	〈包山95〉
		晉　系	
		齊　系	
		燕　系	
		秦　系	

〔註94〕《說文解字注》，頁 109。

〔註95〕《戰國古文字典──戰國文字聲系》，頁 313。

〔註96〕《說文解字注》，頁 108，頁 208，頁 456。

		秦 朝	
		漢 朝	

200、《說文》「鞇」字云：「鞇，量物之鞇。一曰：『抒井鞇』。古
呂革。从革冤聲。鞥，鞇或从宛。」〔註97〕

「鞇」字从革冤聲，或體「鞥」从革宛聲。「冤」、「宛」二字上古音皆屬
「影」紐「元」部，雙聲疊韻，冤、宛作爲聲符使用時可替代。

字　例	重　文	時　期	字　　形
鞇 鞇	鞥	殷　商	
		西　周	
		春　秋	
		楚　系	
		晉　系	
		齊　系	
		燕　系	
		秦　系	
		秦　朝	
		漢　朝	

201、《說文》「鞶」字云：「鞶，車衡三束也。曲轅鞶縛，直轅鼎縛。
从革爨聲。讀若《論語》『鑽燧』之『鑽』。鞶，鞶或从革贊。」
〔註98〕

「鞶」字从革爨聲，或體「鞶」从革贊聲。「爨」字上古音屬「清」紐「元」
部，「贊」字上古音屬「精」紐「元」部，二者發聲部位相同，精清旁紐，疊韻，
爨、贊作爲聲符使用時可替代。

字　例	重　文	時　期	字　　形
鞶	鞶	殷　商	

〔註97〕 《説文解字注》，頁 109。

〔註98〕 《説文解字注》，頁 110。

	西　周	
革[圖]	春　秋	
	楚　系	
	晉　系	
	齊　系	
	燕　系	
	秦　系	
	秦　朝	
	漢　朝	

202、《說文》「靷」字云：「靷，所吕引軸者也。从革引聲。[圖]，籀文靷。」〔註99〕

　　楚系文字作「[圖]」〈曾侯乙 98〉，辭例為「驂靷」，與其辭例相同者，字形或作「[圖]」〈曾侯乙 18〉、「[圖]」〈曾侯乙 28〉，裘錫圭、李家浩指出可隸定為「紳」、「紳」、「綎」，讀為「靷」，「[圖]」即《說文》所見字義為「引」之字〔註100〕，據此可知，籀文作「[圖]」，從革[圖]聲，將之與「[圖]」相較，右側的「[圖]」係增添「[圖]」，又篆文從革引聲為「靷」，二者除了聲符改易外，籀文所從之「革」為古文「[圖]」。《說文》「革」字云：「獸皮治去其毛曰革」，「糸」字云：「細絲也」〔註101〕，二者的字義無涉，所從之「糸」、「革」係指製作的材料，其作用應為反映製作材料的差異。「[圖]」字從又申聲，「引」字上古音屬「余」紐「眞」部，「申」字上古音屬「書」紐「眞」部，余、書皆為舌音，錢大昕言「舌音類隔不可信」，黃季剛言「照系三等諸紐古讀舌頭音」，可知「書」於上古聲母可歸於「透」，二者發聲部位相同，旁紐疊韻，引、[圖]作為聲符使用時可替代。

字　例	重　文	時　期	字　　形
靷	革[圖]	殷　商	

〔註99〕　《說文解字注》，頁 110。

〔註100〕　裘錫圭、李家浩：〈曾侯乙墓竹簡釋文與考釋〉，《曾侯乙墓》，頁 506，北京，文物出版社，1989 年。

〔註101〕　《說文解字注》，頁 108，頁 650。

		西　周	
		春　秋	
		楚　系	〈曾侯乙 98〉
		晉　系	
		齊　系	
		燕　系	
		秦　系	
		秦　朝	
		漢　朝	

203、《說文》「鞭」字云：「，毆也。从革㑥聲。，古文鞭。」〔註 102〕

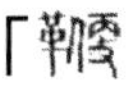

甲骨文作「」《合》（20842），像手持鞭形，金文作「」〈九年衛鼎〉，據張世超等人考證，上半部的「索形（）」變爲「」〔註 103〕；戰國楚系文字作「」〈郭店・老子甲本 1〉、「」〈郭店・六德 39〉、「」〈上博・容成氏 16〉，辭例依序爲「絕智棄（辯）」、「男女不（辨）」、「（辨）爲五音」，從辭例觀察，無論形體如何變易，皆爲「鞭」字的異體，又「御」字於金文作「」〈𢦚駿觥蓋〉、「」〈大盂鼎〉、「」〈班簋〉、「」〈師寰簋〉，象手持馬鞭以駕馭馬形，右側的形體依序爲「」、「」、「」、「」，從字形觀察，「」近於「」、「」，「」應爲「」的省寫，將「」上半部的「︿」拉直即爲「」，「」係將「」訛寫爲「」，「」除了省略「又」，上半部的「」應爲「︿」或「」的訛寫。燕系文字从寸作「」《古陶文彙編》（4.62），《說文》古文从又爲「」，二者的差異，爲从又、从寸之別，又、寸作爲形符使用時，替代的現象，據「禱」字考證，爲一般形符的代換。篆文从革便聲作「」，爲形聲字，古文屬會意字，由會意字改爲形聲字，蓋因時人對「」字難以識讀，爲了便於閱讀使用之需，故改以「便」作爲聲符。

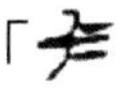

〔註 102〕《說文解字注》，頁 111。

〔註 103〕《金文形義通解》，頁 583。

字 例	重 文	時 期	字 形
鞭 鞭	金	殷 商	《合》（20842）
		西 周	〈九年衛鼎〉
		春 秋	
		楚 系	〈郭店・老子甲本1〉 〈郭店・六德39〉 〈上博・容成氏16〉
		晉 系	
		齊 系	
		燕 系	《古陶文彙編》（4.62）
		秦 系	
		秦 朝	
		漢 朝	

204、《說文》「鬲」字云：「鬲，鼎屬也，實五轂，斗二升曰轂。象腹交文三足。凡鬲之屬皆从鬲。𩰿，鬲或从瓦。𢉹，漢令鬲从瓦麻聲。」〔註104〕

《說文》「䰜」字云：「䰜，𤆂也。古文亦鬲字。象孰飪五味气上出也。凡䰜之屬皆从䰜。」〔註105〕

甲骨文作「𦫵」《合》（201正）、「𩰊」《合》（24280）、「𩰋」《合》（31030）、「𩰌」《合》（34397）、「𩰍」《屯》（1090），「其狀爲侈口，有中空之足三」〔註106〕，爲炊煮器，屬象形字。兩周文字多承襲之，如：「𩰎」〈大盂鼎〉；或增添「金」作「𩰏」〈季鼎鬲〉，辭例爲「季貞作尊鬲」，於「鬲」的結構上增添「金」旁，係表示其製作的材質；或將「𩰎」下半部的形體分割，作「𩰐」〈仲姬作鬲〉，或於「𩰑」的豎畫增添一道短橫畫「－」作「𩰒」〈魯侯鬲〉，或於「𩰑」的豎畫增添一道短橫畫「－」作「𩰓」〈作冊矢令簋〉，形體近於「羊」，或將「𩰑」易爲「#」作「𩰔」〈魯伯愈父鬲〉，或於上半部增添「臼」，以示有雙耳可持〔註107〕，寫作「𩰕」〈梁十九年亡智鼎〉，戰

〔註104〕《說文解字注》，頁112。

〔註105〕《說文解字注》，頁113。

〔註106〕《甲骨文字典》，頁258。

〔註107〕《戰國古文字典——戰國文字聲系》，頁763。

國楚系文字或與「⿰」的形體相近，寫作「⿰」〈郭店・窮達以時 2〉、「⿰」〈上博・容成氏 40〉，中空的三足之形作「⿰」，或將上半部的「⿰」省略為「⿰」，下半部易爲「⿰」，訛寫作「⿰」〈上博・容成氏 13〉，或承襲「⿰」省寫爲「⿰」，從辭例言，依序爲「舜耕於鬲（歷）山」、「桀乃逃之鬲山氏」、「昔舜耕於鬲（歷）丘」、「王念日之多鬲（歷）」，無論形體如何改易皆爲「鬲」字的異體。《說文》有二個古文「鬲」、「鬸」，後者增添「⿰」，以示「象孰飪五味气上出也」，段玉裁〈注〉云：「此云古文亦鬲字，即⿰籀文大改古文之例。」又云：「鬲鬸本一字，鬲專象器形，故其屬多謂器，鬸兼象孰飪之气，故其屬多謂孰飪。」「鬲」字形體與《秦代陶文》（1284）的「⿰」相近，「鬸」則與《馬王堆・戰國縱橫家書190》的「⿰」相近；或體「⿰」從鬲從瓦，增添「瓦」係指爲燒製的瓦器；另一異體「⿰」從瓦麻聲，爲形聲字，「鬲」、「麻」二字上古音皆屬「來」紐「錫」部，由象形字改爲形聲字，爲了便於時人閱讀使用之需，故以讀音相同的字作爲聲符。

字　例	重　文	時　期	字　形
鬲	鬸，歷，鬸	殷　商	⿰《合》（201 正）　⿰《合》（24280）　⿰《合》（31030）　⿰《合》（34397）　⿰《屯》（1090）
		西　周	⿰〈大盂鼎〉　⿰〈作冊夨令簋〉　⿰〈魯侯鬲〉　⿰〈仲姬作鬲〉　⿰〈季鼎鬲〉
		春　秋	⿰〈魯姬鬲〉　⿰〈鄭羌伯鬲〉　⿰〈魯伯愈父鬲〉　⿰，⿰〈鬲・平肩空首布〉
		楚　系	⿰〈郭店・窮達以時 2〉　⿰〈上博・容成氏 13〉　⿰〈上博・容成氏 40〉　⿰〈清華・保訓 1〉
		晉　系	⿰〈梁十九年亡智鼎〉
		齊　系	
		燕　系	
		秦　系	
		秦　朝	⿰《秦代陶文》（1284）
		漢　朝	⿰《馬王堆・戰國縱橫家書190》

205、《說文》「鬵」字云：「鬵，大鬴也。一曰：『鼎上大下小若甑曰鬵』。从鬲兓聲。讀若岑。𩱧，籀文鬵。」〔註 108〕

篆文作「鬵」，从鬲兓聲，與《馬王堆・養生方 66》的「鬵」相近，惟「鬲」的形體不同；籀文作「𩱧」，从䰜兓聲。「䰜」者，古文「鬲」字。

字　例	重　文	時　期	字　形
鬵 鬵	𩱧	殷　商	
		西　周	
		春　秋	
		楚　系	
		晉　系	
		齊　系	
		燕　系	
		秦　系	
		秦　朝	
		漢　朝	鬵《馬王堆・養生方 66》

206、《說文》「鬴」字云：「鬴，鍑屬也。从鬲甫聲。釜，鬴或从金父聲。」〔註 109〕

篆文作「鬴」，从鬲甫聲，與〈睡虎地・日書甲種 45 背〉的「鬴」相近；或體作「釜」，从金父聲。「甫」字上古音屬「幫」紐「魚」部，「父」字上古音屬「並」紐「魚」部，二者發聲部位相同，幫並旁紐，疊韻，甫、父作爲聲符使用時可替代。戰國齊系文字或从缶父聲作「釜」〈塦純釜〉，或作「釜」〈子禾子釜〉、「釜」《古陶文彙編》（3.5），从缶从又，从「又」者爲从「父」之訛，將「缶」與〈蔡侯𬭚缶〉的「缶」、「缶」相較，「缶」上半部的起筆橫畫「—」本應作「︿」，「口」中的短橫畫「-」，屬飾筆性質。《說文》「鬲」字云：「鼎屬也」，「缶」字云：「瓦器所㠯盛酒漿」，「金」字云：「五色金也」〔註 110〕，「鬲」與「缶」皆爲飲食的用具，在意義上有一定的關係，與「金」

〔註 108〕《說文解字注》，頁 112。

〔註 109〕《說文解字注》，頁 112。

〔註 110〕《說文解字注》，頁 112，頁 227，頁 709。

的字義無涉，從古文字的字形觀察，爲了明確的記錄語言，往往會依據某事物的製作材料不同而改易偏旁，從「金」係指製作的材料，其作用應爲反映其製作材料的差異。

字　例	重　文	時　期	字　形
鬴 鬴	釜	殷　商	
		西　周	
		春　秋	
		楚　系	
		晉　系	
		齊　系	〈塦純釜〉　〈子禾子釜〉　《古陶文彙編》（3.5）
		燕　系	
		秦　系	〈睡虎地・日書甲種 45 背〉
		秦　朝	
		漢　朝	

207、《說文》「融」字云：「融，炊气上出也。从鬲蟲省聲。融，籀文融不省。」[註111]

金文作「鬲」〈瘭鐘〉、「融」〈郘公釛鐘〉，王國維、曾憲通、商承祚等人指出「鬲」係古墉字[註112]，從二虫從鬲，戰國楚系文字作「融」〈望山 1.123〉、「融」〈包山 217〉、「融」〈包山 237〉、「融」〈新蔡・乙一 22〉，後三者的辭例皆爲「祝融」，以「融」爲例，將「鬲」下半部形體由「鬲（或）融」省寫爲「融」，且將下半部省略爲「屮」，即作「融」，又「融」所見的「冃」，係由「○」而來，楚系文字中形體作「口」、「〇」者，容易因筆畫的接連或添加，使得原本來源不同的文字，其某一部件發生類化，寫作「冃」的形體，可知造成「融」、「融」形體的差異，係因文字類化的影響。《說文》篆文從鬲蟲

〔註111〕《說文解字注》，頁 112。

〔註112〕王國維：〈郘公鐘跋〉，《定本觀堂集林》，頁 894，臺北，世界書局，1991 年；曾憲通：《長沙楚帛書文字編》，頁 112，北京，中華書局，1993 年；商承祚：〈江陵望山一號楚墓竹簡疾病雜事札記〉，《戰國楚竹簡匯編》，頁 224，濟南，齊魯書社，1995 年。

省聲作「▨」，籀文从鬲蟲聲作「▨」，較之於兩周以來的文字，从「鬲」者
應爲「鬳」之誤。

字 例	重 文	時 期	字　形
融 ▨	▨	殷　商	
		西　周	▨〈瘨鐘〉
		春　秋	▨〈邾公釛鐘〉
		楚　系	▨〈望山 1.123〉　▨〈包山 217〉　▨〈包山 237〉 ▨〈新蔡・乙一 22〉
		晉　系	
		齊　系	
		燕　系	
		秦　系	
		秦　朝	
		漢　朝	

　　208、《說文》「▨」字云：「▨，鬻也。从弜侃聲。▨，▨或从食
衍聲；▨，▨或从食干聲；▨，▨或从食建聲。」〔註113〕

　　篆文作「▨」，从弜侃聲；或體从食衍聲作「▨」，或从食干聲作「▨」，
或从食建聲作「▨」。《說文》「弜」字云：「厤也」，「食」字云：「亼米也」
〔註114〕，「弜」即「鬲」字，爲炊煮器，二者的字義無涉，替代的現象，係造
字時對於偏旁意義的選擇不同所致。「侃」字上古音屬「溪」紐「元」部，「衍」
字上古音屬「余」紐「元」部，「干」字上古音屬「見」紐「元」部，「建」字
上古音屬「見」紐「元」部，侃、干、建的發聲部位相同，見溪旁紐，疊韻，
侃與衍爲疊韻的關係，侃、衍、干、建作爲聲符使用時可替代。

字 例	重 文	時 期	字　形
▨	▨， ▨，	殷　商	

〔註113〕《說文解字注》，頁113。

〔註114〕《說文解字注》，頁113，頁220。

〔字形〕	〔字形〕	西　周	
		春　秋	
		楚　系	
		晉　系	
		齊　系	
		燕　系	
		秦　系	
		秦　朝	
		漢　朝	

209、《說文》「羹」字云：「〔篆〕，五味盉〔鬲〕也。从〔鬻〕从羔。《詩》曰：『亦有和〔鬲〕』。〔篆〕，〔鬲〕或省；〔篆〕，或从美〔弼〕省。〔篆〕，小篆从羔从美」〔註115〕

「羹」字下收錄三個重文，段玉裁於「小篆从羔从美」下云：「此是小篆，則知上三字古文籀文也，不先小篆者，此亦⊥部之例。」「鬲」與「弼」皆爲古文，據段玉裁之言，其上應爲古文。篆文作「〔篆〕」，从羔从美；古文作「〔篆〕」，从〔弼〕从羔；另一古文作「〔篆〕」，〔鬲〕或省；另一古文作「〔篆〕」，从美〔弼〕省。「鬲」與「弼」爲「鬲」字古文，「〔篆〕」應可視爲从鬲从羔，段玉裁在「弼」字下指出「鬲專象器形，故其屬多謂器，弼兼象熟餁之气，故其屬多謂熟餁。」「〔篆〕」、「〔篆〕」的差異，係造字時對於偏旁意義的選擇不同所致；將「〔篆〕」與「〔篆〕」相較，前者一方面省略「弼」的部分形體，一方面將「美」置於「羔」的下方，篆文「〔篆〕」則進一步將「弼」所見的「〔〕」省減。戰國秦系文字从二羔作「〔篆〕」〈睡虎地・日書甲種 45 背〉，與之相同者，如：「〔篆〕」《馬王堆・五十二病方 192》、「〔篆〕」《馬王堆・一號墓遣策 8》等字，較之於《說文》从羔从美得形的「〔篆〕」、「〔篆〕」，可知下半部的「美」應爲「羔」的訛誤；又或見从鬲从羔者，如：「〔篆〕」《馬王堆・養生方 216》，與古文「〔篆〕」相近，其間的差異，係書體的不同所致。

〔註115〕　《說文解字注》，頁 113。

字 例	重 文	時 期	字 形
羹 羹	鬻, 鬻, 羹	殷 商	
		西 周	
		春 秋	
		楚 系	
		晉 系	
		齊 系	
		燕 系	
		秦 系	羹〈睡虎地・日書甲種 45 背〉
		秦 朝	鬻《馬王堆・五十二病方 192》
		漢 朝	鬻《馬王堆・胎產書 8》 羹《馬王堆・一號墓遣策 8》 鬻《馬王堆・養生方 216》

210、《說文》「鬻」字云：「鬻，鼎實惟葦及蒲，陳留謂爲鬻。從弼速聲。餗，鬻或從食束。」〔註 116〕

甲骨文或從食索聲作「餗」《合》（30956），或從皀索聲作「餗」《合》（14125）、「餗」《合》（17136）。篆文作「鬻」，從弼速聲；或體作「餗」，從食束聲。從弼、從食作爲形符使用時，兩相替代的現象，據「鬻」字考證，爲一般形符的代換。《說文》「皀」字云：「穀之馨香也。或說皀一粒也」〔註 117〕，然金文中從「皀」之「簋」字作「簋」〈競簋〉，左側形體像「圓形食器之形」〔註 118〕，「弼」即「鬲」字，爲炊煮器，「皀」爲食器，形符的差異，係造字時對於偏旁意義的選擇不同所致，又從食、從皀替代的現象亦見於兩周文字，如：「簋」字或從皀作「簋」〈格伯簋〉，或從食作「餿」〈己侯簋〉，「餗」字或從皀作「餗」〈旅簋〉，或從食作「餗」〈禾簋〉。「索」字上古音屬「心」紐「鐸」部，「速」字上古音屬「心」紐「屋」部，「束」字上古音屬「書」紐「屋」部，速、束爲疊韻關係，速、索爲雙聲關係，索、速、束作爲聲符使用時可替代。

〔註 116〕《說文解字注》，頁 113。

〔註 117〕《說文解字注》，頁 219。

〔註 118〕《甲骨文字典》，頁 557。

字　例	重　文	時　期	字　　形
〔字形〕 〔字形〕	〔字形〕	殷　商	〔字形〕《合》（14125）　〔字形〕《合》（17136）　〔字形〕《合》（30956）
		西　周	
		春　秋	
		楚　系	
		晉　系	
		齊　系	
		燕　系	
		秦　系	
		秦　朝	
		漢　朝	

211、《說文》「〔字形〕」字云：「〔字形〕，鬻也。从𩰲毓聲。〔字形〕，〔字形〕或省从米。」〔註119〕

篆文作「〔字形〕」，从𩰲毓聲；或體作「〔字形〕」，从鬲从米毓省聲。「𩰲」、「鬲」皆爲古文，「〔字形〕」的字義爲「鬻也」，「鬻」爲「鍵也」，「鍵」爲「鬻也」，「鬻」以米爲之，「〔字形〕」或體从米，應爲明確表示其義爲「鬻」，然因聲符「毓」爲左右式結構，若再增添形符「米」，勢必使得上半部的構形過寬，爲避免構形的突兀，遂省略聲符「毓」的部分形體，寫作「〔字形〕」。

字　例	重　文	時　期	字　　形
〔字形〕 〔字形〕	〔字形〕	殷　商	
		西　周	
		春　秋	
		楚　系	
		晉　系	
		齊　系	
		燕　系	
		秦　系	
		秦　朝	
		漢　朝	

〔註119〕　《說文解字注》，頁 113。

212、《說文》「𪎭」字云：「𪎭，涼洲謂鬻爲𪎭。从𪎭𪎭聲。𪎭，𪎭或省从末。」〔註 120〕

篆文作「𪎭」，从𪎭𪎭聲；或體作「𪎭」，从𪎭省𪎭聲。將形符完全省略的現象，亦見於戰國文字，如：「瘳」字作「瘳」〈睡虎地·日書乙種 108〉，或作「𪊺」〈包山 189〉，「斯」字作「𪄳」〈余購遱兒鐘〉，或作「𡥈」〈郭店·性自命出 26〉。「𪎭」字从米蔑聲，「𪎭」字从米末聲，「蔑」、「末」二字上古音皆屬「明」紐「月」部，雙聲疊韻，蔑、末作爲聲符使用時可替代。

字　例	重　文	時　期	字　形
𪎭 𪎭	𪎭	殷　商	
		西　周	
		春　秋	
		楚　系	
		晉　系	
		齊　系	
		燕　系	
		秦　系	
		秦　朝	
		漢　朝	

213、《說文》「𪎭」字云：「𪎭，粉餅也。从𪎭耳聲。𪎭，𪎭或从食耳。」〔註 121〕

篆文作「𪎭」，从𪎭耳聲；或體作「𪎭」，从食耳聲，形體源於〈侯馬盟書·宗盟類 152.4〉的「𪎭」，而與《馬王堆·戰國縱橫家書 176》的「𪎭」近同。从𪎭、从食作爲形符使用時替代的現象，據「𪎭」字考證，屬一般形符的代換。

字　例	重　文	時　期	字　形
𪎭 𪎭	𪎭	殷　商	
		西　周	
		春　秋	𪎭〈侯馬盟書·宗盟類 152.4〉

〔註 120〕《說文解字注》，頁 113。

〔註 121〕《說文解字注》，頁 113。

楚　系	〔字形〕 〈郭店・老子丙本 4〉
晉　系	
齊　系	
燕　系	
秦　系	
秦　朝	
漢　朝	〔字形〕《馬王堆・戰國縱橫家書 176》

214、《說文》「〔篆〕」字云：「〔篆〕，喜也。从鬲者聲。〔篆〕，〔篆〕或从火；
〔篆〕，〔篆〕或从水」〔註122〕

戰國時期楚系文字作「〔字〕」〈包山 147〉、「〔字〕」〈上博・容成氏 3〉，晉系
作「〔字〕」、「〔字〕」〈私庫嗇夫鐷金銀泡飾〉，皆从火者聲，「者」字作「〔字〕」〈伯
者父簋〉、「〔字〕」〈諸女甗〉、「〔字〕」〈羌伯簋〉、「〔字〕」〈子璋鐘〉、「〔字〕」〈王孫遺
者鐘〉、「〔字〕」〈無者俞鉦鋮〉、「〔字〕」〈中山王〔鼎〕鼎〉、「〔字〕」〈包山 227〉，構形
不明，學者多有論述，如：朱芳圃指出上半部的形體爲「象樹枝舒展，子實蕃
衍之形」〔註123〕，邱德修以爲從甲骨文「燎（〔字〕）」字變化而來，下半部之「口」，
當指穴居之穴〔註124〕，由「〔字〕」、「〔字〕」、「〔字〕」、「〔字〕」、「〔字〕」、「〔字〕」，而至「〔字〕」、
「〔字〕」，係將其間的點畫去除所致，楚、晉二系从者的「煮」字，上半部爲「〔字〕」、
「〔字〕」，即由「〔字〕」等形體演變而來，「者」的下半部本从「口」，作「〔字〕」、「〔字〕」、
「〔字〕」，亦爲「口」之訛，又將「〔字〕」與「〔字〕」相較，下半部的「〔字〕」係在「〔字〕」
的豎畫上增添一道橫畫「一」後，又誤將之與「〔字〕」兩側的斜畫接連，遂寫作
「〔字〕」；秦系文字从鬲者省聲作「〔字〕」〈睡虎地・日書甲種 141〉，《說文》篆文
从鬲者聲爲「〔篆〕」，其形體雖尚未見於出土文獻，然「〔字〕」、「〔字〕」爲「鬲」字
古文，可知其義應無別；秦漢文字亦从火者聲作「〔字〕」《馬王堆・五十二病方
34》、「〔字〕」《馬王堆・戰國縱橫家書 238》，「者」字下半部的形體亦爲「口」
之訛，究其因素，係在「口」中增添一道短橫畫「-」，遂寫作「甘」，至於《說
文》或體作「〔字〕」，「者」字从白〔字〕聲，「白」爲「口」之訛，亦由此可知許書

<hr>

〔註122〕《說文解字注》，頁 114～115。

〔註123〕朱芳圃：《殷周文字釋叢》，頁 141，臺北，臺灣學生書局，1972 年。

〔註124〕此說法爲邱德修於 2002 年 3 月 8 日在臺灣師範大學「中國文字綜合研究」中提出。

言「者」字爲「从白**粦**聲，**粦**古文旅」〔註125〕的說法爲非；另一或體作「𤎭」，段玉裁〈注〉云：「水在鬲中，會意」，馬叙倫指出應爲「从**弼**渚聲」〔註126〕，「煮」係將欲烹製的東西放入水中加熱，以〈包山147〉與〈上博‧容成氏3〉的辭例言，其爲「煮鹽於海」、「癭者煮鹽」，「煮鹽」係將含有鹽分的「水」置於容器中加熱，直至水分消散僅餘結晶的「鹽」，由此可之，增添「水」的或體「𤎭」，當如段玉裁之言。

字 例	重 文	時 期	字　　　　形
𤏻 𤎭	煮 𤎭	殷　商	
		西　周	
		春　秋	
		楚　系	羹〈包山147〉 羹〈上博‧容成氏3〉
		晉　系	煮，煮〈私庫嗇夫鑲金銀泡飾〉
		齊　系	
		燕　系	
		秦　系	煮〈睡虎地‧日書甲種141〉
		秦　朝	煮《馬王堆‧五十二病方34》
		漢　朝	煮《馬王堆‧戰國縱橫家書238》

215、《說文》「孚」字云：「孚，卵即孚也。从爪子。一曰：『信也』。𤓽，古文孚从禾，禾古文保，保亦聲。」〔註127〕

甲骨文从宁从爪从子作「𡥀」《合》（765），或从又从子作「𡥀」《合》（903正），爪、又皆爲手的形象，金文承襲作「孚」〈多友鼎〉，戰國楚系文字亦作「孚」〈郭店‧緇衣13〉，从爪从子，《說文》篆文「孚」，形體與「孚」近同。古文作「𤓽」，係在「孚」的構形上，於「子」的兩側各增添一道筆畫，又《說文》「保」字有一重文爲「𤓽」〔註128〕，右側的形體「𤓽」，與「孚」字古文相同，據此推知，「𤓽」應是受到「保」的影響，遂在下半部「子」的兩側各

〔註125〕《說文解字注》，頁138。
〔註126〕馬叙倫：《說文解字六書疏證》一，卷六，頁770，臺北，鼎文書局，1975年。
〔註127〕《說文解字注》，頁114。
〔註128〕《說文解字注》，頁369。

增添一道筆畫，使得形體與「景」相同，究其字形實與「保」字無涉。又「孚」字於古文中多用爲「俘虜」，或是戰爭中所俘獲的器物，如：「孚（俘）人萬三千八十一人，……孚（俘）車卅兩，孚（俘）牛三百五十五，……孚（俘）馬四匹」〈小盂鼎〉，可知許書言「卵即孚也」爲非。

字　例	重　文	時　期	字　　　形
孚 孚	孚	殷　商	孚《合》（765）　孚《合》（903 正）
		西　周	孚〈多友鼎〉
		春　秋	
		楚　系	孚〈郭店・緇衣 13〉
		晉　系	
		齊　系	
		燕　系	
		秦　系	
		秦　朝	
		漢　朝	

216、《說文》「爲」字云：「爲，母猴也。其爲禽好爪，下腹爲母猴形。王育曰：『爪象形也』。从口聲。爲，古文爲象兩母猴相對形。」[註 129]

甲骨文作「爲」《合》（15180），以手牽象服勞役；金文作「爲」〈散氏盤〉，「象」的形體已被簡化；或作「爲」〈趙孟庎壺〉，象的頭部與身體發生割裂的現象；或作「爲」〈中山王𰯼鼎〉，於「象」的右側形體增添渦漩紋「e」，以爲補白之用；或以剪裁省減的方式，保留手與象首之形，作「爲」〈爲・平肩空首布〉、「爲」〈包山 86〉，未增添任何符號，「爲」係進一步省減若干筆畫的形體，或作「爲」〈曾侯乙 142〉、「爲」〈東周左𠂤壺〉、「爲」〈塦喜壺〉，於省體的下方增添「＝」，或作「爲」〈廿七年鈿〉、「爲」〈十一年庫嗇夫鼎〉，於省體的下方增添「-」，或作「爲」〈郭店・老子乙本 3〉，將「-」增添於上方，表示此爲省減後的形體。「＝」或「-」符號的增添，雖未硬性規定置於省體的下

[註 129] 《說文解字注》，頁 114。

方，從該符號增添的現象觀察，仍以置於下方者爲常態。又戰國楚竹書中或見「□」〈上博・武王踐阼 7〉，辭例爲「爲機」，形體近於「□」，同批文獻中的「爲」字或作「□」〈上博・武王踐阼 5〉，辭例爲「爲銘於席之四端」，作「□」者，爲楚地常見的寫法，此即周鳳五所謂的「馴化」〔註130〕現象，據此推測，這批資料的來源，可能由齊魯一帶傳入，在楚地流傳多時，幾經傳抄後，逐漸改以楚文字抄寫，才會在竹書中殘存少數齊國的字體特徵。此外，亦見省略「手」，作「□」〈曾侯乙鐘〉；亦見省略「象」，作「□」〈睡虎地・日書甲種 20 背〉、「□」《馬王堆・戰國縱橫家書 237》，將之與「□」〈睡虎地・日書甲種 101〉相較，《馬王堆・戰國縱橫家書 237》的「爲」字除了省略「象」外，更於省體下方增添「＝」，表示此爲省減後的形體。《說文》篆文作「□」，與「□」〈泰山刻石〉近同；古文作「□」，尚未見於古文字，于省吾認爲應是「□」的訛寫。〔註131〕從字形言，應爲戰國時期以剪裁省減方式書寫形體的訛寫。以〈包山 5〉的「□」爲例，將下半部的省減符號省略，則作「□」，若再進一步將右側的形體改寫作「□」，則與古文「□」相近。可知「□」的形體係由戰國時期的「□」而來，其後因漢代人不識前代文字，遂於傳抄過程中寫錯字，亦將从手从象的字形寫作「□」，誤釋爲「母猴也。其爲禽好爪，下腹爲母猴形。」至若古文「□」則誤釋爲「象兩母猴相對形」。

字 例	古 文	時 期	字 形
爲		殷 商	《合》（13490）　《合》（15180）
		西 周	〈散氏盤〉
		春 秋	〈趙孟𠂤壺〉〈石鼓文〉，〈爲・平肩空首布〉
		楚 系	，〈曾侯乙鐘〉〈曾侯乙 142〉〈包山 86〉〈郭店・老子乙本 3〉〈上博・武王踐阼 7〉
		晉 系	〈中山王□鼎〉〈東周左自壺〉〈廿七年�〉〈十一年庫嗇夫鼎〉

〔註130〕周鳳五：〈郭店竹簡的形式特徵及其分類意義〉，《郭店楚簡國際學術研討會論文集》，頁 59 ，武漢，湖北人民出版社，2000 年。

〔註131〕于省吾：《殷契駢枝三編・雙劍誃古文雜釋・釋爲》，頁 97，臺北，藝文印書館，1971 年。

		齊　系	〈塦侯因資敦〉〈塦喜壺〉
		燕　系	
		秦　系	〈睡虎地・日書甲種 20 背〉〈睡虎地・日書甲種 101〉
		秦　朝	〈始皇詔權一〉〈泰山刻石〉
		漢　朝	《馬王堆・陰陽五行甲篇 21》 《馬王堆・戰國縱橫家書 237》

217、《說文》「巩」字云：「巩，褱也。从丮工聲。𢀜，巩或加手。」〔註 132〕

篆文作「巩」，从丮工聲，與〈史牆盤〉的「」近同；或體作「𢀜」，从丮从手工聲，將之與「」〈毛公鼎〉相較，「」所从之「丮」的「手」直接與「工」接連，疑「𢀜」左側的形體，應是受此影響，故疊加「手」於「巩」。

字　例	重　文	時　期	字　形
巩 巩	𢀜	殷　商	
		西　周	〈史牆盤〉〈毛公鼎〉
		春　秋	
		楚　系	
		晉　系	
		齊　系	
		燕　系	
		秦　系	
		秦　朝	
		漢　朝	

218、《說文》「厷」字云：「厷，臂上也。从又，从古文厷。，古文厷象形。，厷或从肉。」〔註 133〕

甲骨文作「」《合》（1772 正）、「」《合》（21565），正反無別，于省

〔註 132〕《說文解字注》，頁 114。

〔註 133〕《說文解字注》，頁 116。

吾指出在肱的曲處加上「�」是表示「厷」的所在〔註134〕；戰國楚系文字作「ᙦ」〈上博・民之父母 9〉，辭例爲「厷（宏）矣」，「ㄩ」與「ᙦ」割裂，並訛寫爲「口」；《說文》篆文「ᙦ」，亦爲割裂形體的字形，「ㄩ」訛爲「ㄥ」，並以「ㄥ」爲古文，或體增添「肉」作「ᒝ」，加上偏旁「肉」，蓋爲彰顯「臂上」之義，卻產生从肉厷聲的形聲字。

字 例	重 文	時 期	字 形
厷	ㄥ，ᒝ ᙦ	殷 商	ᕐ《合》（1772 正） ᙦ《合》（21565）
		西 周	
		春 秋	
		楚 系	ᙦ〈上博・民之父母9〉
		晉 系	
		齊 系	
		燕 系	
		秦 系	
		秦 朝	
		漢 朝	

219、《說文》「叜」字云：「叜，老也。从又灾。ᕐ，籀文从寸。ᒝ，叜或从人。」〔註135〕

甲骨文作「ᕐ」《合》（4634 反），姚孝遂指出像「人執火鉅在室內搜索」，字形「从又持火」而非「从灾」〔註136〕，其後的文字省略火炬之形，僅保留上半部的「火」，寫作「叜」〈睡虎地・爲吏之道21〉，《說文》篆文「叜」與之相同；籀文从寸作「ᕐ」，又、寸作爲形符使用時，替代的現象，據「禱」字考證，爲一般形符的代換；或體从人爲「ᒝ」，商承祚云：「年老之人，謹于燭火，故使之司炬燭，遂引申而爲老人之通稱矣。」〔註137〕从人者，應指老叟之「叟」，指「老人」。

〔註134〕于省吾：《甲骨文字釋林・釋厷》，頁390～391，臺北，大通書局，1981 年。

〔註135〕《說文解字注》，頁 116 年。

〔註136〕《精校本許慎與說文解字》，頁 115。

〔註137〕商承祚：《甲骨文字研究》，頁 182，天津，天津古籍出版社，2008 年。

字　例	重　文	時　期	字　形
夋	， 	殷　商	《合》（4634 反）
		西　周	
		春　秋	
		楚　系	
		晉　系	
		齊　系	
		燕　系	
		秦　系	〈睡虎地・為吏之道 21〉
		秦　朝	
		漢　朝	

220、《說文》「燮」字云：「燮，和也。從言又炎聲。讀若溼。燮，籀文燮从羊。」〔註138〕

甲骨文或从又持炬从三火、四火、五火，所从之火的數量不一，作「燮」《合》（6455）、「燮」《合》（18178）、「燮」《合》（18793），羅振玉認爲即《說文》之「燮」字，从辛者爲火炬之形的訛誤〔註139〕，又金文作「燮」〈曾伯霏簠〉，王國維指出「燮」字籀文所見之「羊」爲辛的訛寫，而金文所見作「十」，可知實非辛或羊〔註140〕，于省吾亦引戴侗言「羊之譌爲辛，辛之譌爲言。」〔註141〕容庚則云：「與燮爲一字」〔註142〕，可知《說文》篆文从言之「燮」，籀文从羊之「燮」，或是「燮」之「燮」，本應爲从又持炬从火之形，因形體的訛寫遂易爲从言、从羊、从辛等字形。

字　例	重　文	時　期	字　形
燮		殷　商	《合》（6455）《合》（18178）《合》（18793）
		西　周	

〔註138〕《說文解字注》，頁 116。

〔註139〕《增訂殷虛書契考釋》卷中，頁 52。

〔註140〕王國維：《王觀堂先生全集・史籀篇疏證》冊七，頁 2397，臺北，文華出版公司，1968 年。

〔註141〕于省吾：《殷栔駢枝三編・釋燮》，頁 50，臺北，藝文印書館，1971 年。

〔註142〕《金文編》，頁 186。

		春　秋	〈曾伯霥簠〉
		楚　系	
		晉　系	
		齊　系	
		燕　系	
		秦　系	
		秦　朝	
		漢　朝	

221、《說文》「尹」字云：「，治也。从又丿。握事者也。，古文尹。」〔註 143〕

甲骨文作「」《合》（3481）、「」《合》（27011）、「」《合》（31981），從又持丨筆〔註 144〕，其後文字多承襲作「」〈頌鼎〉、「」〈郤䛁尹征城〉，《說文》篆文「」即源於此；亦見增添肉作「」〈新蔡・零 200〉、「」〈八年相邦劍〉、「」〈郾王詈戈〉，辭例依序爲「陵尹」、「大工尹」、「右工尹」，以後二者爲例，皆爲職官名，又「尹」的字義爲「治」，已明確表義，增添「肉」，實屬無義偏旁的性質。古文作「」，上半部的形體亦見於「君」字古文「」，據「君」字考證，係將「」的形體割裂所致，遂寫作「」，又據「」的形體觀察，古文下半部之「」，「」疑爲「肉」，「」或爲「又」，表示从手持肉之形，馬叙倫以爲古文形體「从豕尹聲」，爲「尹祭」之「尹」〔註 145〕，其說可參。

字　例	重　文	時　期	字　形
尹		殷　商	《合》（3481）《合》（27011）《合》（31981）
		西　周	〈頌鼎〉
		春　秋	〈郤䛁尹征城〉〈王子午鼎〉
		楚　系	〈鄂君啓舟節〉〈新蔡・零 200〉

〔註 143〕《說文解字注》，頁 116。

〔註 144〕王國維：〈釋史〉，《定本觀堂集林》，頁 267，臺北，世界書局，1991 年。

〔註 145〕《說文解字六書疏證》一，卷六，頁 792。

晉　系	夢	〈八年相邦劍〉
齊　系		
燕　系	夢	〈郾王喜戈〉
秦　系		
秦　朝		
漢　朝	又	《馬王堆・五行篇 314》

222、《說文》「及」字云：「⺼，逮也。从又人。弓，古文及，秦刻石及如此；弓，亦古文及；遺，亦古文及。」〔註146〕

甲骨文作「⺼」《合》（20456），金文或增添彳作「⺼」〈訇鼎〉，「象人前行而又及之，……从彳，示行意。」〔註147〕將「⺼」與「⺼」〈保卣〉對照，若將「人」置於「又」的上方，並以貫穿筆畫的方式書寫，即作「⺼」；《說文》篆文「⺼」，从又人，形體應源於「⺼」，近於「⺼」〈石鼓文〉，而與「⺼」〈繹山碑〉相同。若於「⺼」上半部之「人」的右側增添一道短斜畫「ㄟ」飾筆，即爲「⺼」〈侯馬盟書・宗盟類 3.10〉。戰國楚系文字作「遺」〈包山 122〉、「遺」〈郭店・語叢二 19〉、「⺼」〈上博・孔子詩論 15〉、「⺼」〈上博・容成氏 13〉、「遺」〈上博・容成氏 19〉，辭例依序爲「孔弗及」、「及（逮）生於欲」、「及其人」、「乃及邦子」、「四海之內及四海之外」，無論形體如何變易，透過辭例觀察，皆爲「及」字的異體，在「⺼」或「⺼」的形體增添「止」則作「遺」，增添「辵」則爲「遺」，據「歸」字考證，「止」、「辵」替換，屬義近偏旁的替代，又若將「⺼」或「⺼」上半部所从之「人」的筆畫貫穿「又」，並於豎畫上增添飾筆「ㄥ」即可寫作「遺」，《說文》古文「遺」應源於此。又二古文形體作「弓」、「弓」，字形尚未見於出土文獻，小徐本於「弓」下〈注〉云：「似己字但少曲身」〔註148〕，馬叙倫以爲「借己爲及」〔註149〕，「己」字作「弓」，形體確與「弓」近同，且「及」字上古音屬「群」紐「緝」部，「己」字上古

〔註146〕《說文解字注》，頁 116。

〔註147〕《甲骨文字研究》，頁 241。

〔註148〕（漢）許愼撰、（南唐）徐鍇撰：《說文解字繫傳》，頁 57，北京，中華書局，1998 年。

〔註149〕《說文解字六書疏證》一，卷六，頁 794。

音屬「見」紐「之」部，二者發聲部位相同，見群旁紐，理可通假，馬叙倫之說可從，又另一古文爲「乙」，形體近於「弓」，亦應爲「己」，或因書寫草率而作「乙」，遂誤爲二字。

字 例	重 文	時 期	字 形
及 及	乙， 己， 遂	殷 商	𠬝《合》（20456）
		西 周	𠬝〈保卣〉 𠬝〈智鼎〉 𠬝〈不嬰簋〉
		春 秋	𠬝〈王孫遺者鐘〉 𠬝〈石鼓文〉 𠬝〈侯馬盟書・宗盟類 3.10〉
		楚 系	𠬝〈包山 122〉 𠬝〈郭店・語叢二 19〉 𠬝〈上博・孔子詩論 15〉 𠬝〈上博・容成氏 13〉 𠬝〈上博・容成氏 19〉
		晉 系	𠬝〈中山王🏺鼎〉
		齊 系	
		燕 系	
		秦 系	𠬝〈青川・木牘〉
		秦 朝	𠬝〈繹山碑〉
		漢 朝	𠬝《馬王堆・春秋事語 74》

223、《説文》「反」字云：「𠬝，覆也。从又厂。𠬝，古文。」〔註150〕

篆文作「𠬝」，與甲骨文「𠬝」《合》（36537）相同；古文作「𠬝」，於「又」的上方增添一道短橫畫「-」。戰國楚系文字或增添一道短橫畫「-」於起筆橫畫之上，寫作「𠬝」〈郭店・成之聞之 12〉，或作「𠬝」〈新蔡・乙四 100〉，辭例爲「還反（返）至於東陵」，將短斜畫「ノ」增添在「又」的左側；晉系貨幣文字作「𠬝」〈甫反一釿・弧襠方足平首布〉，燕系作「𠬝」〈王后鼎〉，於「又」的左側所增添的短豎畫「丨」，其性質與短橫畫「-」或短斜畫「ノ」相同，皆爲飾筆。

〔註150〕《説文解字注》，頁 117。

字　例	重　文	時　期	字　形
反	戹 戹	殷　商	戹《合》（36537）
		西　周	戹〈九年衛鼎〉
		春　秋	
		楚　系	戹〈包山88〉戹〈郭店・成之聞之12〉戹〈新蔡・乙四100〉
		晉　系	戹〈甫反一釿・弧襠方足平首布〉
		齊　系	
		燕　系	戹〈王后鼎〉戹〈坔睘小器〉
		秦　系	戹〈睡虎地・為吏之道22〉
		秦　朝	戹《秦代陶文》（1261）
		漢　朝	戹《馬王堆・戰國縱橫家書13》

224、《說文》「叔」字云：「叔，拾也。从又尗聲。汝南名收芌為叔。叔，叔或从寸。」〔註151〕

金文或从丑作「叔」〈叔鼎〉，或从又作「叔」〈師嫠簋〉、「叔」〈大克鼎〉；發展至戰國時期，秦系文字或从寸作「叔」〈睡虎地・法律答問153〉，或从又作「叔」〈睡虎地・日書甲種19〉，漢代文字分別承襲為从寸之「叔」《馬王堆・三號墓木牌》、「叔」，从又之「叔」。又據金文「叔」字所从之「尗」作「尗」、「尗」，上半部的「十」、「屮」，即「弋」字之「十」〈五年召伯虎簋〉，下半部為「八」、「八」，戰國以來或作「尗」、「尗」、「尗」、「市」，从「屮」者，蓋「尗」的訛省，从「尗」者，為「尗」的訛省，以「市」為例，即將「八」中間的短畫與「十」的豎畫合寫作「市」，又許書作「市」應襲自「屮」。此外，尚見从女者，如：「叔」《馬王堆・三號墓遣策》。又、寸作為形符使用時，替代的現象，據「禱」字考證，為一般形符的代換。《說文》「又」字云：「手也」，「攴」字云：「小擊也」，「丑」字云：「紐也」〔註152〕，又、攴、丑作為形符使用時，替代的現象，如：「敗」字或从攴作「敗」〈包山68〉，或从又作「敗」〈包山76〉，「徹」字或从攴作「徹」〈鬲攸鐘〉，或从又作「徹」〈史牆盤〉，或从丑作「徹」〈牆尊〉，三者的字義無涉，屬非形義近同的替代。

〔註151〕《說文解字注》，頁117。

〔註152〕《說文解字注》，頁115，頁123，頁751。

字　例	重　文	時　期	字　形
叔 枝	枝 	殷　商	
		西　周	![圖]〈叔鼎〉　![圖]〈師錾簋〉　![圖]〈大克鼎〉
		春　秋	
		楚　系	
		晉　系	
		齊　系	
		燕　系	
		秦　系	![圖]〈睡虎地・法律答問 153〉　![圖]〈睡虎地・日書甲種 19〉
		秦　朝	
		漢　朝	![圖]《馬王堆・三號墓遣策》　![圖]《馬王堆・三號墓木牌》

225、《說文》「彗」字云：「![圖]，埽竹也。从又持![圖]。![圖]，彗或从竹。![圖]，古文彗从竹習。」〔註153〕

甲骨文作「![圖]」《合》（33717），或从又持帚作「![圖]」《合》（7056）；戰國時期或从竹作「![圖]」〈曾侯乙9〉，較之於「![圖]」，「![圖]」下半部的形體應爲「![圖]」的訛寫，「彗」爲「掃帚」，增添「竹」，可以表示「帚」的質材，類似的現象亦見於曾侯乙墓竹簡，如：「虎」字增添肉作「![圖]」〈曾侯乙13〉；馬王堆漢墓出土文獻或作「![圖]」《馬王堆・天文雲氣雜占F63》，或增添口作「![圖]」《馬王堆・一號墓遣策136》，或增添竹作「![圖]」《馬王堆・刑德乙本82》，馬王堆漢墓出土文獻所見从「木」之字，如：「梅」字作「![圖]」《馬王堆・一號墓遣策136》，「松」字作「![圖]」《馬王堆・相馬經9》，「柏」字作「![圖]」《馬王堆・養生方192》，形體近於「![圖]」，疑此字或爲「木」，又上半部的「![圖]」，即《說文》篆文「![圖]」、或體「![圖]」所見之「![圖]」，究其形體，亦應爲「![圖]」的訛寫，「![圖]」增添「竹」，或是「![圖]」增添竹，皆可表示「帚」的質材，「![圖]」下半部的「口」，應與表義無關，屬無義偏旁的增添。又《說文》古文从竹習聲作「![圖]」，「彗」字上古音屬「邪」紐「月」部，「習」字上古音屬「邪」紐「緝」部，雙聲，習、彗作爲聲符使用時可替代。

〔註153〕《說文解字注》，頁117。

字例	重文	時期	字形
彗	，	殷商	《合》（7056）《合》（33717）
		西周	
		春秋	
		楚系	〈曾侯乙 9〉
		晉系	
		齊系	
		燕系	
		秦系	
		秦朝	
		漢朝	《馬王堆・天文雲氣雜占 F35》 《馬王堆・天文雲氣雜占 F63》 《馬王堆・刑德乙本 82》

226、《說文》「叚」字云：「，借也。闕。，古文叚。，譚長說叚如此。」〔註 154〕

金文作「」〈禹鼎〉、「」〈師寰簋〉、「」〈曾伯陭壺〉，「」的「」，係因「」與「「」相連，遂省減一道筆畫，後人沿襲此一形體，以「」取代原有的「」；戰國楚系文字作「」〈上博・周易 54〉，辭例爲「王叚（假）於廟」，「」或爲「」之省，若「」確定爲未省之形，則「叚」字應爲「从石从爪从又」，何琳儀言「从𠬪石聲」〔註 155〕可從，或作「」〈清華・保訓 8〉，辭例爲「昔微叚（假）中于河」，對照「」的形體，係省略「又」，或進一步將「」訛爲「」，寫作「」〈清華・皇門 6〉，辭例爲「小民用叚（假）能稼穡」，究其因素，係因「」誤寫爲「」，書手未察，又以「」代之所致；晉系文字作「」〈十七年平陰鼎蓋〉、「」〈周王叚戈〉，較之於「」、「」，戰國時期以前的「叚」字左側形體所見的「=」，皆未與「「」連接，寫作「」，其後作「」、「」，係誤將二者連接，又「」右側上半部的「彐」亦由「」而來；秦系文字作「」〈睡虎地・秦律十八種 101〉，對照「」的形體，除了將「=」與「「」連接外，更於起筆橫畫上增添一道飾筆性質的短橫

〔註 154〕《說文解字注》，頁 117。

〔註 155〕《戰國古文字典——戰國文字聲系》，頁 547。

畫「-」，《說文》篆文「叚」，左側的「尸」，應為「辰」之「尸」的訛寫，右側「又」之「コ」，則為「彐」之誤；馬王堆漢墓出土文獻作「叚」《馬王堆・五十二病方 158》、「叚」《馬王堆・春秋事語 91》，形體近於「叚」，後者因誤將「彐」與「又」接連，又在「尸」起筆橫畫上增添一道飾筆性質的短畫「ˋ」，再加上於「尸」豎畫增添「一」遂形成「叚」，重文「叚」左側的形體亦近於「叚」，「彐」為「彐」的訛寫；另一古文作「𨴴」，較之於「叚」，「冂」的形體係將「冂」與「彐」接連所致，本應寫作「叚」卻誤為「𨴴」，又因未識形體，進一步訛寫為「𨴴」，故商承祚言「此與〈袁盤〉近，當是寫誤。」〔註 156〕

字 例	重 文	時 期	字 形
叚	𨴴， 叚	殷 商	
		西 周	〈禹鼎〉 ， 〈師袁簋〉
		春 秋	〈曾伯陭壺〉
		楚 系	〈上博・周易 54〉 〈清華・保訓 8〉 〈清華・皇門 6〉
		晉 系	〈十七年平陰鼎蓋〉 〈周王叚戈〉
		齊 系	
		燕 系	
		秦 系	〈睡虎地・秦律十八種 101〉
		秦 朝	《馬王堆・五十二病方 158》
		漢 朝	《馬王堆・春秋事語 91》

227、《說文》「友」字云：「友，同志為友。从二又相交。𠬺，古文友；𠬻，亦古文友。」〔註 157〕

甲骨文作「友」《合》（20689），从二又，會「同志為友」之意，兩周以來的文字或承襲之，如：「友」〈毛公旅方鼎〉、「友」〈王孫遺者鐘〉、「友」〈郭店・語叢四 22〉、「友」〈睡虎地・日書甲種 65 背〉、「友」《馬王堆・周易 13》，《說文》篆文「友」源於此，而近同於「友」，又古文作「𠬺」，若於「友」的較長筆畫各增添一道短橫畫「-」，即形成「𠬺」；或增添「口」作「𠬻」〈農

〔註 156〕《說文中之古文考》，頁 25。

〔註 157〕《說文解字注》，頁 117。

卣〉、「𤔔」〈七年趞曹鼎〉；或進一步在「口」中增添一道短橫畫「-」爲「甘」，寫作「𤔔」〈毛公旅方鼎〉、「𤔔」〈侯馬盟書‧宗盟類 85.9〉、「𤔔」〈郭店‧六德 28〉；或從「自」作「𤔔」〈郭店‧語叢三 6〉，「𤔔」豎畫上的小圓點「‧」若拉長爲「-」，則近於「𤔔」，至於下半部的形體，應是「甘」上半部的橫畫「一」在書寫時誤作「∧」，使得「甘」的形體訛爲「自」。《說文》另一古文從羽從自作「𤔔」，「𤔔」應爲「𤔔」之誤，以「𤔔」爲例，上半部的「𦫳」近於「𦫳」，又若在「𤔔」所從之「自」的豎畫增添一道「一」，即形成從羽從自的「𤔔」，可知「𤔔」實爲傳抄之訛。

字 例	重 文	時 期	字　　　形
友	𤔔, 𤔔	殷　商	𤔔《合》（20689）
		西　周	𤔔，𤔔〈毛公旅方鼎〉 𤔔〈農卣〉 𤔔〈七年趞曹鼎〉
		春　秋	𤔔〈王孫遺者鐘〉 𤔔〈侯馬盟書‧宗盟類 85.9〉
		楚　系	𤔔〈郭店‧六德 28〉 𤔔〈郭店‧語叢三 6〉 𤔔〈郭店‧語叢四 22〉
		晉　系	
		齊　系	
		燕　系	
		秦　系	𤔔〈睡虎地‧日書甲種 65 背〉
		秦　朝	
		漢　朝	𤔔《馬王堆‧周易 13》

228、《說文》「事」字云：「𤔔，職也。从史㞢省聲。𤔔，古文事。」

〔註 158〕

甲骨文作「𤔔」《合》（3295）、「𤔔」《合》（20088），兩周以來的文字多承襲「𤔔」，寫作「𤔔」〈天亡簋〉、「𤔔」《古陶文彙編》（3.32），或一方面在上半部「𤔔」的左側增添一道短斜畫「ˊ」，另一方面又以收縮筆畫的方式書寫，並於「口」中增添一道橫畫「一」，寫作「𤔔」〈侯馬盟書‧宗盟類 200.10〉，或將「𤔔」作「𤔔」，形成「𤔔」〈侯馬盟書‧宗盟類 1.53〉；戰國

〔註 158〕　《說文解字注》，頁 117～118。

楚系文字多以收縮筆畫的方式書寫，或作「（字形）」〈上博・緇衣 4〉，在上半部「（字形）」的豎畫增添一道短橫畫「-」，或作「（字形）」〈包山 135 反〉，一方面於「（字形）」的左側增添一道短斜畫「ˊ」，另一方面又在「口」的右側增添一道短斜畫「ˋ」，或在「（字形）」、「（字形）」的構形上，於「口」中增添一道橫畫「一」，寫作「（字形）」〈包山 16〉、「（字形）」〈郭店・語叢一 41〉，《說文》古文「（字形）」，形體與「（字形）」相近，其間的差異，爲上半部筆畫的收縮與否，前者作「（字形）」，後者爲「（字形）」；晉系與齊系文字亦多以收縮筆畫的方式書寫，如：「（字形）」〈哀成叔鼎〉、「（字形）」〈兆域圖銅版〉、「（字形）」〈墜璋方壺〉，「（字形）」應源於「（字形）」；秦系文字則採取貫穿筆畫的方式，如：「（字形）」〈睡虎地・日書甲種 130 背〉，篆文「（字形）」與之相同。

字例	重文	時期	字　形
事 （字形）	（字形）	殷商	（字形）《合》（3295）　（字形）《合》（20088）
		西周	（字形）〈天亡簋〉
		春秋	（字形）〈秦公簋〉　（字形）〈侯馬盟書・宗盟類 1.53〉 （字形）〈侯馬盟書・宗盟類 200.10〉
		楚系	（字形）〈包山 16〉　（字形）〈包山 135 反〉　（字形）〈郭店・語叢一 41〉 （字形）〈上博・緇衣 4〉
		晉系	（字形）〈哀成叔鼎〉　（字形）〈兆域圖銅版〉
		齊系	（字形）〈墜璋方壺〉　（字形）《古陶文彙編》（3.32）
		燕系	
		秦系	（字形）〈睡虎地・日書甲種 130 背〉
		秦朝	
		漢朝	（字形）《馬王堆・戰國縱橫家書 17》

229、《說文》「攴」字云：「（字形），去竹之枝也。从手持半竹。凡攴之屬皆从攴。（字形），古文攴。」〔註159〕

篆文作「（字形）」，从手持半竹，與《馬王堆・五十二病方 49》的「（字形）」相同，然「手」字篆文爲「（字形）」，「（字形）」爲「又」，其義爲「手」，字形應爲「从又持半

〔註159〕《說文解字注》，頁 118。

竹」；古文作「<ruby>帚</ruby>」，段玉裁〈注〉云：「上下各分竹之半，手在其中。」可知古文係從又持竹，將「艸」分置於「又」的上下兩側。

字 例	重 文	時 期	字 形
攴	帚	殷 商	
		西 周	
		春 秋	
		楚 系	
		晉 系	
		齊 系	
		燕 系	
		秦 系	攴〈睡虎地・法律答問 25〉
		秦 朝	攴《馬王堆・五十二病方 49》
		漢 朝	攴《馬王堆・三號墓遣策》

230、《說文》「肆」字云：「肆，習也。从聿隸聲。肄，籀文肆。隸，篆文肆。」[註160]

甲骨文作「<ruby>㣇</ruby>」《合》（22758）、「<ruby>㣇</ruby>」《合》（31877），于省吾云：「象以手刷洗帚畜豪毛之形，或从數點者，象水滴之形。」[註161] 金文作「<ruby>肄</ruby>」〈坷尊〉、「<ruby>肄</ruby>」〈大盂鼎〉、「<ruby>肆</ruby>」〈毛公鼎〉、「<ruby>肄</ruby>」〈肆簋〉，甲骨文右側从又，金文或从又从巾，或从丑从巾，或从帚从市，「<ruby>帚</ruby>」或爲「肃」之源。戰國秦系文字作「<ruby>肆</ruby>」〈睡虎地・日書乙種 191〉，左側之「帚」作「<ruby>帚</ruby>」，較之於「<ruby>肄</ruby>」，係在「<ruby>夫</ruby>」的豎畫增添一道短橫畫「-」所致，右側的「<ruby>聿</ruby>」則源於「<ruby>帚</ruby>」，《秦代陶文》（1232）爲「<ruby>肆</ruby>」，以收縮筆畫的方式書寫，使得左側的「<ruby>夫</ruby>」，形成上「匕」下「矢」的形體，右側的「<ruby>聿</ruby>」亦易爲上「又」下「木」的「<ruby>肃</ruby>」。《說文》古文「<ruby>肄</ruby>」蓋源於「<ruby>肄</ruby>」，惟將「<ruby>帚</ruby>」易爲「肃」；籀文作「<ruby>肄</ruby>」，左側爲「<ruby>帚</ruby>」，段玉裁〈注〉云：「从籀文帚」，右側亦爲「肃」；篆文爲「<ruby>隸</ruby>」，左側的「<ruby>帚</ruby>」，近於「<ruby>肄</ruby>」，亦源於「<ruby>夫</ruby>」，又較之於「<ruby>肆</ruby>」《馬王堆・戰國縱橫家書 17》，若將「<ruby>聿</ruby>」豎畫上的「<ruby>彡</ruby>」分割，即寫作「隶」。《說文》「巾」字

〔註160〕《說文解字注》，頁 118。

〔註161〕于省吾：《殷契駢枝・釋叙叕》，頁 48，臺北，藝文印書館，1971 年。

云：「佩巾也」，「市」字云：「韠也」〔註162〕，「巾」與「市」皆爲紡織品，爲服飾之一，作爲形符使用時，替代的現象，又見於「布」字，如：從巾作「㡀」〈作冊睘卣〉，從市作「枎」〈曾侯乙122〉；再者，據「叔」字考證，又、丑作爲形符使用時，亦見兩相替代的現象。

字　例	重　文	時　期	字　　　　　形
隸 隷	隸, 隷	殷　商	𦥑 《合》（22758）　𦥑 《合》（31877）
		西　周	𤰔 〈柯尊〉　𤰔 〈大盂鼎〉　𤰔 〈毛公鼎〉　𤰔 〈隸簋〉　𤰔 〈毛公旅鼎〉
		春　秋	
		楚　系	
		晉　系	
		齊　系	
		燕　系	
		秦　系	隸 〈睡虎地・日書乙種191〉
		秦　朝	隸 《秦代陶文》（1232）
		漢　朝	隸 《馬王堆・戰國縱橫家書17》　隷 《武威・少牢15》

231、《說文》「肅」字云：「肅，持事振敬也。從聿在上𣶒，戰戰兢兢也。𢼁，古文肅從心卩。」〔註163〕

　　金文作「肅」〈王孫遺者鐘〉、「肅」〈王孫誥鐘〉，上半部從「聿」、「聿」爲「聿」，下半部從「𣶒」、「𣶒」，即〈石鼓文〉所見「淵」右側的形體。馬王堆漢墓出土文獻爲「肅」《馬王堆・經法29》，將上半部「聿」的豎畫與下半部「𣶒」之「𣶒」中間的二短畫接連，遂作「肅」，《說文》篆文「肅」與之相近。戰國楚系文字或作「肅」〈包山174〉，或作「肅」〈上博・孔子詩論5〉，亦從「聿」得形，下半部爲「𣶒」、「𤇄」，辭例依序爲「肅王」、「肅雝」，楚系的「淵」字作「𣶒」〈郭店・性自命出62〉，兩相對照，可知「𣶒」、「𤇄」應爲「𣶒」的訛省。古文從聿從心從卩作「肅」，張世超等人指出〈禹鼎〉有

〔註162〕《說文解字注》，頁360，頁366。
〔註163〕《說文解字注》，頁118。

一字「㦰」，下半部的「㸚」似「心」，「㿁」的形體應源於此〔註 164〕，其說可參；又從「卪」者，段玉裁〈注〉云：「聖達節，次守節，下失節，故從卪。」從「卪」者，如：「令」字作「㣇」〈保卣〉，「卲」字作「㲝」〈井侯簋〉，「卪」的形體皆像人席地而坐之形，「卪」應爲「㇇」的訛寫，「肅」的字義爲「持事振敬」，此爲「人」特有之心，故從「人」之造形。

字　例	重　文	時　期	字　形
肅 㿁	㿁	殷　商	
		西　周	
		春　秋	㿁〈王孫遺者鐘〉　　㿁〈王孫誥鐘〉
		楚　系	㿁〈包山 174〉　　㿁〈上博・孔子詩論 5〉
		晉　系	
		齊　系	
		燕　系	
		秦　系	
		秦　朝	
		漢　朝	肅《馬王堆・經法 29》

232、《說文》「畫」字云：「畫，介也。從聿，象田四介，聿所呂畫之。凡畫之屬皆從畫。畫，古文畫；畫，亦古文畫。」〔註 165〕

甲骨文作「㿁」《合》（3047），金文承襲之，作「㿁」〈五年師旋簋〉、「㿁」〈毛公鼎〉、「㿁」〈番生簋蓋〉、「㿁」〈彔伯㦰簋蓋〉，基本構形皆從「又」、「田」、「乂」，王國維云：「又象又持筆，乂象畫文」〔註 166〕；或從聿從田作「畫」〈車大夫長畫戈〉，商承祚指出「從聿田，象畫田正經界也。」〔註 167〕《說文》古文「畫」與之相近，惟將「聿」作「㓞」；較之於「畫」〈十三年瘐壺〉、「畫」〈伯晨鼎〉，「囮」、「申」爲「田」之訛，又與「畫」形體近同者，如：「㿁」〈上博・子羔 10〉，辭例爲「畫（劃）於背而生」，上半部由「聿」省寫爲「㇇」，

〔註 164〕《金文形義通解》，頁 670。

〔註 165〕《說文解字注》，頁 118。

〔註 166〕《王觀堂先生全集・史籀篇疏證》冊七，頁 2398。

〔註 167〕《說文中之古文考》，頁 26。

又因誤將「⿰」與「⿱」接連，形成「⿱」或「⿱」的形體；睡虎地秦簡作「⿱」〈睡虎地‧為吏之道 1〉，與之形體相同者，如：「⿱」《馬王堆‧三號墓遣策》，皆於「田」的下方增添一道橫畫「一」，篆文「⿱」蓋源於此，惟於「田」的四週各增添一道筆畫作「⿱」；另一古文从刀，寫作「⿰」，以刀刻畫之，亦有「畫田正經界」之意。

字 例	重 文	時 期	字 形
畫 ⿱	⿰， ⿰	殷 商	⿰《合》（3047）
		西 周	⿰〈五年師旋簋〉 ⿰〈毛公鼎〉 ⿰〈番生簋蓋〉 ⿰〈泉伯威簋蓋〉 ⿰〈十三年瘦壺〉 ⿰〈伯晨鼎〉
		春 秋	
		楚 系	⿰〈曾侯乙 128〉 ⿰〈上博‧子羔 10〉
		晉 系	⿰〈上官豆〉
		齊 系	
		燕 系	⿰〈車大夫長畫戈〉
		秦 系	⿰〈睡虎地‧為吏之道 1〉
		秦 朝	
		漢 朝	⿰《馬王堆‧三號墓遣策》

233、《說文》「晝」字云：「⿱，日之出入與夜為介也。从畫省从日。⿱，籀文晝。」〔註168〕

甲骨文作「⿱」《合》（22942），从日从聿，何琳儀、黃錫全指出「聿」為聲符〔註169〕，其後的文字多承襲作「⿱」〈獸簋〉、「⿱」〈楚帛書‧甲篇8.8〉，戰國楚系文字或見「⿱」〈九店56.67〉，辭例為「晝得」，較之於「⿱」，上半部的「⿱」係以收縮筆畫的方式書寫，遂由「聿」易為「⿱」，《說文》籀文「⿱」从日从聿，形近於「⿱」、「⿱」，王國維云：「籀文所从之⿱當為⿱之譌變矣」〔註170〕，從「晝」字的形體觀察，「⿱」與「晝」之「⿱」上半部皆

〔註168〕《說文解字注》，頁 118。

〔註169〕何琳儀、黃錫全：〈獸簋考釋六則〉，《古文字研究》第七輯，頁 112，北京，中華書局，2005 年。

〔註170〕《王觀堂先生全集‧史籀篇疏證》冊七，頁 2398。

從「⿰」，又與「畫」對照，「書」所從之「⿰」下半部的「⿰」蓋如王國維之言。睡虎地秦簡作「畫」〈睡虎地・日書乙種 159〉，下半部爲「⿰」，究其因素，係因「日」的收筆橫畫與「一」相同，故以共用筆畫的方式書寫，與「畫」形體近同者，如：「畫」《馬王堆・出行占 24》，皆於「日」的下方增添一道橫畫「一」，篆文「畫」蓋源於此，惟於「日」的四週各增添一道筆畫作「囷」。

字 例	重 文	時 期	字 形
畫 畫	書	殷 商	⿰《合》（22942）
		西 周	書〈獣簋〉
		春 秋	
		楚 系	書〈九店 56.67〉 書〈楚帛書・甲篇 8.8〉
		晉 系	
		齊 系	
		燕 系	
		秦 系	畫〈睡虎地・日書乙種 159〉
		秦 朝	畫《馬王堆・出行占 24》
		漢 朝	畫《武威・服傳乙本 2》

234、《說文》「隸」字云：「隸，附箸也。从隶奈聲。隸，篆文隸从古文之體。」[註171]

　　古文作「隸」，从隶奈聲，與「隸」〈高奴禾石權〉、「隸」〈睡虎地・秦律十八種 96〉相近。「隶」字作「⿰」〈邵鐘〉、「⿰」〈郭店・尊德義 31〉，从「隶」之「逮」字作「⿰」〈郭店・語叢一 75〉，將之與「隶」相較，「隶」字上半部从「又」，一方面因筆畫的貫穿，將下半部的豎畫貫穿「又」，一方面又因筆畫的分割，把「⿰」割裂爲「⿰」，遂寫作「隶」；「隸」或「隸」之「隶」豎畫上的短橫畫「-」，蓋爲飾筆的增添，故與「未」同。「隸」左側上半部爲「⿰」，係以收縮筆畫的方式書寫，將「木」寫爲「⿰」。《說文》篆文爲「隸」，从隶祟聲，「奈」字上古音屬「泥」紐「月」部，「祟」字上古音屬「心」紐「物」部，二者無聲韻關係，又「隸」字上古音屬「來」紐「質」部，

〔註171〕《說文解字注》，頁 119。

隸、柰的聲紐同爲舌音，爲來泥旁紐，隸、祟的韻部分屬質、物二部；若從字
形言，「㣚」左側上半部爲「出」，將之與「隸」對照，從「出」者應是受到
「㞢」的影響，「之」字作「㞢」〈睡虎地・效律 49〉，「出」字作「齿」〈睡
虎地・效律 60〉、「齿」〈睡虎地・日書乙種 42〉，「齿」下半部的筆畫若拉直，
則與「㞢」或「㞢」近同，遂將從木者寫作從「屮」的「㣚」。

字　例	重　文	時　期	字　　　形
隸 㣚	隸	殷　商	
		西　周	
		春　秋	
		楚　系	
		晉　系	
		齊　系	
		燕　系	
		秦　系	隸〈高奴禾石權〉 㣚〈睡虎地・秦律十八種 96〉
		秦　朝	
		漢　朝	

235、《說文》「豎」字云：「豎，堅立也。从臤豆聲。䝂，籒文豎从
　　　殳。」〔註172〕

篆文作「豎」，从臤豆聲，與〈侯馬盟書・宗盟類 1.92〉的「豎」、《馬王
堆・戰國縱橫家書 114》的「豎」相近，其間的差異有二，一爲所从之「豆」
的筆畫繁簡不一，一爲以筆畫接連的方式將「目」作「臣」。或見「壴」〈侯
馬盟書・宗盟類 156.27〉、「臤」〈侯馬盟書・宗盟類 200.39〉、「豎」〈包山 94〉，
以包山竹簡爲例，辭例爲「范豎」，皆省減偏旁「又」，將「壴」與「臤」相
較，二者在偏旁位置的經營亦不同，前者爲上臣下豆，後者爲左豆右臣。《說文》
籒文爲「䝂」，从殳豆聲，「殳」从殳臣聲，《說文》「又」字云：「手也」，「殳」
字云：「以杖殊人也」，〔註173〕其字義雖無涉，但作爲形符使用時卻見替代的現
象，如：「啓」字或从又作「啟」《合》（30194），或从殳作「啓」〈�君啓舟

〔註172〕《說文解字注》，頁 119。

〔註173〕《說文解字注》，頁 115，頁 119。

節〉，屬一般形符的替換。

字 例	重 文	時 期	字 形
豎 豎	豎	殷 商	
		西 周	
		春 秋	豎〈侯馬盟書‧宗盟類 1.92〉 豎〈侯馬盟書‧宗盟類 156.27〉 豎〈侯馬盟書‧宗盟類 200.39〉
		楚 系	豎〈包山 94〉
		晉 系	
		齊 系	
		燕 系	豎《古陶文彙編》（4.38）
		秦 系	
		秦 朝	
		漢 朝	豎《馬王堆‧戰國縱橫家書 114》

236、《說文》「臧」字云：「臧，善也。从臣戕聲。臧，籀文。」
〔註 174〕

　　甲骨文作「臧」《合》（6404 反），像以戈刺眼之形，金文易「目」為「口」並增添「爿」聲作「臧」〈臧孫鐘〉。戰國文字或承襲从「口」的形體作「臧」〈包山 160〉，或增添「土」作「臧」〈包山 177〉，辭例依序為「臧奠」、「廖臧」，古文字習見增添無義偏旁「土」，如：「萬」字作「萬」〈噩侯簋〉、「萬」〈黿公䵼鐘〉，或增添土作「萬」〈黿公䵼鐘〉，「堯」字作「堯」《合》（9379），或增添土作「堯」〈郭店‧唐虞之道 1〉，「臧」之「土」應為無義偏旁的增添；或增添攵作「臧」〈墜璋方壺〉，辭例為「大臧（藏）」，古文字或見增添標義偏旁「攵」，作為動詞的詞性使用，如：「迖」字作「迖」〈簪大史申鼎〉，或增添攵作「迖」〈厵羌鐘〉，「臧」之「攵」應為標義偏旁的增添。或承襲从「目」的形體作「臧」〈睡虎地‧秦律十八種 197〉、「臧」〈睡虎地‧日書乙種 46〉，「目」字為「目」〈頌鼎〉，寫作「目」，係筆畫接連所致，《說文》篆文「臧」與「臧」相近，籀文「臧」與「臧」相近，惟籀文从「二」，秦簡从「一」。戰國晉系貨幣之〈安臧‧平肩空首布〉作「臧」、「臧」、「臧」、「臧」、

〔註 174〕《說文解字注》，頁 119。

「╱╳」、「◁」，將之與「�」、「臧」相較，皆省略「戈」，「╱╳」非僅省略「戈」，「臣」亦省寫為「╳」，「◁」更進一步省略聲符「爿」。《說文》「口」字云：「人所吕言食也」，「目」字云：「人眼也」〔註175〕，口、目皆為人體的器官，以「目」替代「口」，應屬義近替代的方式。又段注本籀文从二作「臧」，大徐本从上作「臧」，小徐本从土作「臧」〔註176〕，段玉裁〈注〉云：「宋本及《集韻》、《類篇》皆從二，今本下從土，非。」從殷周以來的字形言，从土者，或見於楚系的「臧」，惟从目、从口有別；从二者，尚未見於出土文獻，蓋由秦系的「臧」而來。

字 例	重 文	時 期	字 形
臧 臧	臧	殷 商	�A《合》（6404 反）
		西 周	
		春 秋	臧〈臧孫鐘〉
		楚 系	臧〈包山 160〉 臧〈包山 177〉
		晉 系	ＢＦ，ＢＤ，臧，臧，◁，╱╳〈安臧‧平肩空首布〉
		齊 系	臧〈墜璋方壺〉 臧《古陶文彙編》（3.366）
		燕 系	
		秦 系	臧〈睡虎地‧秦律十八種 197〉 臧〈睡虎地‧日書乙種 46〉
		秦 朝	臧〈咸陽瓦〉
		漢 朝	臧《馬王堆‧十六經 127》 臧《馬王堆‧十問 3》

237、《說文》「役」字云：「役，戍也。从殳彳。伇，古文役从人。」〔註177〕

篆文作「役」，从殳彳，與《馬王堆‧出行占 7》的「役」相近；甲骨文作「伇」《合》（8139），《馬王堆‧五行篇 318》為「役」，古文之「伇」，从殳人，應源於此，惟右側上半部作「𠈃」，與「殳」之「役」的上半部「尸」

〔註175〕 《說文解字注》，頁 54，頁 131。

〔註176〕 《說文解字繫傳》，頁 58；（漢）許慎撰、（宋）徐鉉校定：《說文解字》，頁 66，香港，中華書局，1996 年。

〔註177〕 《說文解字注》，頁 121。

不同，「∭」應爲「∬」的變形。《說文》「彳」字云：「小步也」，「人」字云：「天地之性取貴者也」〔註178〕，「彳」、「人」的字義無涉，替代的現象，係造字時對於偏旁意義的選擇不同所致。

字　例	重　文	時　期	字　形
役　役	役	殷　商	役《合》（8139）
		西　周	
		春　秋	
		楚　系	
		晉　系	
		齊　系	
		燕　系	
		秦　系	
		秦　朝	
		漢　朝	役《馬王堆・出行占7》 役《馬王堆・五行篇318》

238、《說文》「殺」字云：「殺，戮也。从殳杀聲。凡殺之屬皆从殺。殺，古文殺；殺，古文殺；殺，古文殺；杀，古文殺。殺，籀文殺。」〔註179〕

金文作「殺」〈庚壺〉，玉石文字或作「殺」〈侯馬盟書・委質類156.21〉、「殺」〈侯馬盟書・委質類156.24〉，《說文》古文「殺」近於「殺」，若將「杀」下半部的「∕﹨」省略，並將上半部的形體略作變易，則近於「殺」；戰國楚系文字承襲「殺」作「殺」〈包山83〉、「殺」〈包山86〉、「殺」〈包山134〉，以其辭例言，〈包山83〉爲「冑殺嗌易公會」，〈包山86〉爲「冑殺其弟」，形體雖略異，皆「殺」字異體，又或見「杀」〈郭店・唐虞之道7〉，辭例爲「孝之殺」，古文「杀」與之近同，陳偉指出該字即爲「殺」字的古文，有「衰減」之意〔註180〕，二者的差異，係前者爲「乇」，後者將筆畫引曳拉長作「朮」；秦系文字作「殺」〈睡虎地・日書甲種27〉，對照「殺」的形體，左側的「杀」，

〔註178〕《說文解字注》，頁76，頁369。

〔註179〕《說文解字注》，頁121。

〔註180〕陳偉：〈郭店竹書〈唐虞之道〉校釋〉，《江漢考古》2003：2，頁57。

應由「⿰」演變而來，馬王堆漢墓出土文獻承襲爲「殺」《馬王堆‧老子甲本80》、「殺」《馬王堆‧春秋事語 82》，形體近同於篆文「殺」，又籀文「殺」亦應源於此，惟「殳」上半部由「⺄」寫作「⺡」；武威漢簡作「殺」《武威‧特牲 10》，與古文「殺」近同，其間的差異，係書體的不同。另一古文作「⿰」，左側所從之「朮」，何琳儀指出疑將「⿱」的兩筆短豎畫向下移所致〔註181〕，其言或可備爲一說，右側的「⿱」，形體近於「殺」，若將「朮」上半部的形體略作變易，則近於「朱」。又於石經中或見「殺」字，如：「⿱」、「⿱」、「⿱」〈僖公〉，「⿱」、「⿱」〈文公〉，「⿱」〈無逸〉〔註182〕，「⿱」近於石經「⿱」〈僖公〉，《說文》古文「⿱」同於「⿱」〈文公〉，篆文「殺」及古文「朱」，亦可與「⿱」、「⿱」對應，可知許書收錄的重文形體多有所據。

字　例	重　文	時　期	字　形
殺 殺	殺, ⿰, 殺, 朱, 殺	殷　商	
		西　周	
		春　秋	殺〈庚壺〉殺〈侯馬盟書‧委質類 156.21〉 殺〈侯馬盟書‧委質類 156.24〉
		楚　系	殺〈包山 83〉殺〈包山 86〉殺〈包山 134〉 殺〈郭店‧唐虞之道 7〉
		晉　系	
		齊　系	
		燕　系	
		秦　系	殺〈睡虎地‧法律答問 66〉殺〈睡虎地‧日書甲種 27〉
		秦　朝	
		漢　朝	殺《馬王堆‧老子甲本 80》殺《馬王堆‧春秋事語 82》 殺《武威‧特牲 10》

239、《說文》「皮」字云：「⿰，剝取獸革者謂之皮。从又⿰省聲。凡皮之屬皆从皮。⿰，古文皮。⿰，籀文皮。」〔註183〕

〔註181〕　《戰國古文字典──戰國文字聲系》，頁 940。

〔註182〕　商承祚：《石刻篆文選》，頁 160，北京，中華書局，1996 年。

〔註183〕　《說文解字注》，頁 123。

　　甲骨文作「𠂛」《花東》（550），兩周文字或承襲作「𣪊」、「𣪊」〈叔皮父
簋〉，所从之「又」，或置於左側，或置於下方，皆未影響文字的辨識，王國維
指出「皮」字作「𣪊」，省去「𢎘」，即像「革」的一半形體，「从又持半革」
故有「剝去獸革之名」，籀文作「𣪊」實爲訛誤之形〔註184〕，高鴻縉進一步言
「象手剝取獸皮之形，字倚又（手）而畫獸（𠂇象獸頭及其身）皮剝起之形。」
〔註185〕黃錫全以爲「皮」字上半部應从「𠙶」，古文作「𣎳」、籀文作「○」，
或是古文字中所見的「廿」，皆爲「𠙶」的訛寫。〔註186〕其言可從。楚系文字
亦見作「𣪊」〈郭店・緇衣 18〉、「𣪊」〈上博・緇衣 10〉、「𣪊」〈上博・容成
氏 37〉，〈緇衣〉的辭例皆爲「皮（彼）求我則」，〈上博・容成氏 37〉爲「皮（跛）」，
皆爲「皮」字的異體。將之與「𣪊」相較，因「𠙶」與「𡰪」割裂，再加上
筆畫延伸，即將「𠙶」的橫畫「一」向左右兩側延展，訛寫爲「𣎳」或「廿」，
同樣的現象亦見於〈䍃盉壺〉的「𢆶」或〈皮氏・平襠方足平首布〉的「𣪊」，
至於作「人」者，因「皮」字本从「半革」之形，楚系「革」字作「𣪊」〈�君啓車節〉、「𣪊」〈包山 264〉或「𣪊」〈包山 271〉，「人」應爲「𠙶」或「廿」
省減所致。《說文》篆文作「𣪊」，左側的「𠂉」應爲「𡰪」的訛寫；古文作
「𣪊」，亦爲「𡰪」之訛，段玉裁〈注〉云：「从竹者，葢用竹以離之。」實
以訛形說解；籀文作「𣪊」，上半部的「𠂉」，亦「𡰪」之訛。

字　例	重　文	時　期	字　　形
皮	𣪊，𣪊	殷　商	𠂛《花東》（550）
		西　周	𣪊〈九年衛鼎〉 𣪊，𣪊〈叔皮父簋〉
		春　秋	𣪊〈石鼓文〉
		楚　系	𣪊〈郭店・緇衣 18〉 𣪊〈上博・緇衣 10〉 𣪊〈上博・容成氏 37〉
		晉　系	𢆶〈䍃盉壺〉 𣪊，𣪊〈皮氏・平襠方足平首布〉
		齊　系	𣪊〈墜子皮戈〉
		燕　系	

〔註184〕《王觀堂先生全集・史籀篇疏證》冊七，頁 2400。

〔註185〕高鴻縉：《中國字例》，頁 262，臺北，三民書局股份有限公司，1981 年。

〔註186〕黃錫全：《汗簡注釋》，頁 150，頁 187，武漢，武漢大學出版社，1993 年。

	秦　系	⿰ 〈睡虎地·秦律十八種 7〉
	秦　朝	
	漢　朝	⿰《馬王堆·戰國縱橫家書 319》

240、《說文》「𡢁」字云：「⿰，柔韋也。从⿰从皮省夐省聲。凡𡢁之屬皆从𡢁。讀若夐。一曰：『若儇』。⿰，古文𡢁。⿰，籀文𡢁从夐省。」〔註187〕

篆文作「⿰」，籀文作「⿰」，王國維指出「𡢁」上半部的形體「⿰」像「二人在穴上」，籀文上半部的形體「⿰」則像「一人在穴上」，从一人或从二人，其意相同。〔註188〕其言可備一說。又古文作「⿰」，从皮省从人，段玉裁〈注〉云：「从皮省，从人治之。」《說文》「又」字云：「手也」，「人」字云：「天地之性最⿰貴者也」〔註189〕，人類身體的組成份子，包括又（手），以偏旁「人」取代「又」，係以整體替代部分的現象，在古文字中亦見以整體取代部分的情形，如：「體」字或从人作「⿰」〈上博·緇衣 5〉，或从骨作「⿰」〈郭店·緇衣 8〉，或从肉作「⿰」〈郭店·窮達以時 10〉，人、又在意義上有所關係，作為形旁時可因義近而替代。

字　例	重　文	時　期	字　形
⿰⿰	⿰⿰	殷　商	
		西　周	
		春　秋	
		楚　系	
		晉　系	
		齊　系	
		燕　系	
		秦　系	
		秦　朝	
		漢　朝	

〔註187〕《說文解字注》，頁 123。

〔註188〕《王觀堂先生全集·史籀篇疏證》冊七，頁 2400。

〔註189〕《說文解字注》，頁 115，頁 369。

241、《說文》「龖」字云：「龖，羽獵韋絝。从龖幵聲。寰，〈虞書〉
　　　曰：『鳥獸襐毛』，从𦟓从衣。」〔註190〕

篆文作「龖」，从龖幵聲；古文作「寰」，从衣𦟓聲。《說文》「龖」字云：「柔韋也」，「衣」字云：「依也」〔註191〕，「衣」像衣領、衣袖及襟衽之形，「龖」可製作爲「衣」，二者在字義上有一定的關聯，作爲形符使用時理可兩相替代。從字音言，「龖」字从「幵」得聲，然遍查許書未見「幵」字，段玉裁〈注〉云：「龖本音葢在六部，轉入九部也。而隴切。」從反切上字可知上古聲紐屬「日」紐，章太炎言「古娘日二紐歸泥」，可知「日」於上古可歸於「泥」，「𦟓」字上古音屬「定」紐「侵」部，二者發聲部位相同，定泥旁紐，又「𦟓」从幵得聲，幵、𦟓作爲聲符使用時可替代。

字　例	重　文	時　期	字　　形
龖 龖	寰	殷　商	
		西　周	
		春　秋	
		楚　系	
		晉　系	
		齊　系	
		燕　系	
		秦　系	
		秦　朝	
		漢　朝	

242、《說文》「徹」字云：「徹，通也。从彳从攴从育。一曰：『相臣』。㣙，古文徹。」〔註192〕

甲骨文或从鬲从又作「」《合》（1023），或从鬲从丑作「」《合》（8076），徐中舒指出又或丑皆像手形，「徹」字像「以手徹去食具之形，會食畢之意。」〔註193〕西周金文承襲爲「」〈史牆盤〉、「」〈柯尊〉，戰國時期或从攵作

〔註190〕　《說文解字注》，頁123。
〔註191〕　《說文解字注》，頁123，頁392。
〔註192〕　《說文解字注》，頁123。
〔註193〕　《甲骨文字典》，頁332～333。

「𩰿」〈㝬羌鐘〉，據「叔」字考證，又、丑、攴作為形符使用時，兩相替代的現象，屬一般形符的互代。秦系文字易「鬲」為「𤔔」外，又增添「彳」旁作「𢼸」〈睡虎地·日書乙種50〉，《說文》篆文作「𢼸」，或源於此，其形體與《武威·特牲42》的「微」相近，惟書體不同，較之於「𢼸」之「𤔔」、「𢽳」之「𤔔」與「𢼸」之「𦥑」，可知「𤔔」即「𤔔」的訛省。楊樹達云：「從育者，育從肉聲假育為肉也，……謂以手持肉而他去。」〔註194〕係就訛形說解，或可備一說。古文作「𢽳」，與「𩰿」相較，仍从鬲从攴，其間的差異在於「彳」旁的增添，據此推測，从彳者或源於戰國時期的秦系文字，或受其影響所致。

字 例	重 文	時 期	字 形
徹 𢽳	𢽳	殷 商	𢽳《合》（1023） 𩰿《合》（8076）
		西 周	𩰿〈珂尊〉 𩰿〈史牆盤〉
		春 秋	
		楚 系	
		晉 系	𩰿〈㝬羌鐘〉
		齊 系	
		燕 系	
		秦 系	𢼸〈睡虎地·日書乙種50〉
		秦 朝	
		漢 朝	徹《馬王堆·戰國縱橫家書51》𢽳《馬王堆·二三子問26》 微《武威·特牲42》

243、《說文》「赦」字云：「𢾭，置也。从攴赤聲。𢾭，赦或从亦。」〔註195〕

篆文作「𢾭」，从攴赤聲；或體作「𢾭」，从攴亦聲，與〈㝬匜〉的「𢾭」相同。「赤」字上古音屬「昌」紐「鐸」部，「亦」字上古音屬「余」紐「鐸」部，昌、余皆為舌音，錢大昕言「舌音類隔不可信」，黃季剛言「照系三等諸紐古讀舌頭音」，可知「昌」於上古聲母可歸於「透」，旁紐疊韻，赤、亦作為聲符使用時可替代。

〔註194〕楊樹達：《文字形義學》，頁166，上海，上海古籍出版社，2006年。
〔註195〕《說文解字注》，頁125。

字 例	重 文	時 期	字 形
赦 赦	赦	殷 商	
		西 周	赦〈𤲋匜〉
		春 秋	
		楚 系	
		晉 系	
		齊 系	
		燕 系	
		秦 系	赦〈睡虎地・法律答問 153〉
		秦 朝	
		漢 朝	赦《馬王堆・五行篇 203》

244、《說文》「攸」字云：「攸，行水也。从攴从人水省。𢓜，秦刻石嶧山，石文攸字如此。」〔註196〕

甲骨文作「攸」《合》（17569 正），从人从攴，金文或承襲作「攸」〈井鼎〉，或增添「﹕」作「攸」〈毛公鼎〉，或易「﹕」為「丨」作「攸」〈頌簋〉，或易「﹕」為「丨」作「攸」〈中山王�鼎〉，《說文》篆文之「攸」蓋源於「攸」，其言「行水也。从攴从人水省。」非是。秦刻石从水作「𢓜」，將之與「攸」、「攸」、「攸」相較，應為形體之訛，故商承祚云：「此从彳作者，其攴之譌與？」〔註197〕可從。又戰國楚系文字作「攸」〈郭店・老子乙本 16〉、「攸」〈上博・性情論 25〉，辭例依序為「攸（修）之身」、「攸（修）身者也」，所从之「人」作「尸」，據「赦」字考證，即形近所致。

字 例	重 文	時 期	字 形
攸 攸	攸	殷 商	攸《合》（17569 正）
		西 周	攸〈井鼎〉 攸〈毛公鼎〉 攸〈頌簋〉
		春 秋	
		楚 系	攸，攸〈𨟻陵君鑑〉 攸〈郭店・老子乙本 16〉 攸〈上博・性情論 25〉

〔註196〕《說文解字注》，頁 125。

〔註197〕《說文中之古文考》，頁 29。

晉 系	𩱛	 〈中山王𗉓鼎〉
齊 系		
燕 系		
秦 系		
秦 朝		
漢 朝	𠊳	《馬王堆・繆和 41》

245、《說文》「敉」字云：「𢼸，撫也。从攴米聲。〈周書〉曰：『亦
未克敉公功』。讀若弭。�，敉或从人。」〔註198〕

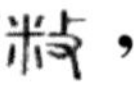

篆文作「𢼸」，从攴米聲，與《馬王堆・戰國縱橫家書184》的「𣪠」相
同；或體作「俆」，从人米聲。又金文亦見从「尸」作「𡰪」〈墜侯因𦎫敦〉，
「人」字云：「天地之性𠬪貴者也」，「尸」字云：「陳也」〔註199〕，二者的字義
無涉，然「尸」字像「臥之形」，所從偏旁的差異，應是取象不同所致，其代換
的現象亦見於戰國文字，如：「居」字或从尸作「𡲢」〈包山 32〉，或从人作「𠈄」
〈包山 90〉，「作」字或从尸作「𠈂」〈包山 212〉，或从人作「𠈐」〈包山 206〉，
又以楚系文字為例，「人」字作「𠤎」、「𠤎」、「𠂊」、「𠘧」、「人」、「𠂇」、「𠃌」，
「尸」字作「𠃌」、「𠂊」、「𠃌」、「𠃌」，形體亦近，从人、从尸的差異，亦為
形近所致。其次，《說文》「攴」字云：「小擊也」〔註200〕，係以手持棍棒擊打，
所從之「手」亦為人之手，「敉」的字義為「撫」，「攴」、「人」的字義無涉，替
代的現象，應為造字時對於偏旁意義的選擇不同所致。

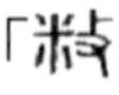

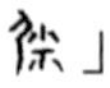

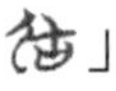

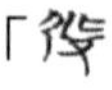

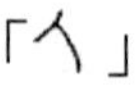

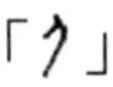

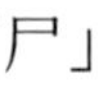

字 例	重 文	時 期	字 形
敉  𢼸	俆	殷 商	
		西 周	
		春 秋	
		楚 系	
		晉 系	
		齊 系	 𡰪 〈墜侯因𦎫敦〉

〔註198〕 《說文解字注》，頁 126。

〔註199〕 《說文解字注》，頁 369，頁 403。

〔註200〕 《說文解字注》，頁 123。

		燕　系	
		秦　系	
		秦　朝	
		漢　朝	《馬王堆·戰國縱橫家書 184》

246、《說文》「敗」字云：「，毁也。从攴貝。賊、敗皆从貝。，籀文敗从賏。」〔註 201〕

甲骨文或从攴从鼎作「」《合》（2274 正），或从攴从貝作「」《合》（18317），金文多从攴从二貝作「」〈五年師旋簋〉、「」〈南疆鉦〉，戰國時期从二貝之形或从一貝作「」〈睡虎地·秦律十八種 164〉、「」〈睡虎地·日書甲種 132〉，「」之「」應爲「」之省。《說文》篆文之「」，與「」相同；籀文作「」，與「」近同。楚系文字或从殳从二貝作「」〈鄂君啓舟節〉，辭例爲「大司馬昭陽敗晉師於襄陵之歲」；或从戈从二貝作「」〈信陽 1.29〉，辭例爲「不知其敗」；或从攴从二貝作「」〈包山 23〉、「」〈包山 68〉，辭例依序爲「少司敗」、「司敗」；或从攴从貝作「」〈包山 128〉，辭例爲「司敗」；或从又从二貝作「」〈包山 76〉，辭例爲「司敗」；〈上博·民之父母 2〉有一字作「」，辭例爲「四方有敗」，左側从二貝，右側爲「」，疑爲「攴」之訛。《說文》「又」字云：「手也」，「殳」字云：「以杖殊人也」，「攴」字云：「小擊也」，「戈」字云：「平頭戟也」〔註 202〕，其字義雖無涉，但作爲形符使用時卻習見替代的現象，如：「誓」字或从又作「」〈散氏盤〉，或从攴作「」〈信陽 1.42〉，「誽」字或从又作「」〈者沪鐘〉，或从攴作「」〈者沪鐘〉，「祭」字或从又作「」〈史喜鼎〉，或从攴作「」〈邾王義楚觶〉，「命」字或从殳作「」〈鄂君啓車節〉，或从攴作「」〈鄂君啓舟節〉，「政」字或从殳作「」〈鄂君啓舟節〉，或从攴作「」〈史牆盤〉，「敢」字或从又作「」〈史牆盤〉，或从攴作「」〈包山 17〉，或从殳作「」〈新郪虎符〉，「啓」字或从又作「」〈啓卣〉，或从攴作「」〈中山王■鼎〉，或从殳作「」〈鄂君啓舟節〉，「攻」字或从又作「」〈𪒠鎛〉，或从攴作「」〈臧孫鐘〉，或从殳作「」〈鄂君啓車節〉，或从戈作「」〈郭店·成之聞之 10〉，

〔註 201〕《說文解字注》，頁 126。

〔註 202〕《說文解字注》，頁 115，頁 119，頁 123，頁 634。

「敔」字或从攴作「」〈臧孫鐘〉，或从戈作「」〈王孫誥鐘〉，皆屬一般形符的替換。

字　例	重　文	時　期	字　形
敗		殷　商	《合》（2274 正）《合》（18317）
		西　周	〈五年師旋簋〉〈南疆鉦〉
		春　秋	
		楚　系	〈鄂君啓舟節〉〈信陽 1.29〉〈包山 23〉〈包山 68〉〈包山 76〉〈包山 128〉〈上博・民之父母 2〉
		晉　系	
		齊　系	
		燕　系	
		秦　系	〈睡虎地・秦律十八種 164〉〈睡虎地・日書甲種 132〉
		秦　朝	
		漢　朝	《馬王堆・相馬經 9》

247、《說文》「𢾝」字云：「𢾝，閉也。从攴度聲。讀若杜。剫，𢾝或从刀。」〔註 203〕

篆文作「𢾝」，从攴度聲；或體作「剫」，从刀度聲。《說文》「攴」字云：「小擊也」，「刀」字云：「兵也」〔註 204〕，二者無形近、義近、音近的關係。從字形言，古文字或見从攴、从戈作爲偏旁時互代的現象，如：「寇」字或从攴作「」〈曶鼎〉，或从戈作「」《古陶文彙編》（4.50），「敔」字或从攴作「」〈敔簋〉，或从戈作「」〈王孫誥鐘〉，「戈」字云：「平頭戟也」〔註 205〕，亦爲兵器的一種，从刀之「剫」字，可能受到「戈」、「刀」字義有所關聯的影響，而產生替換的情形。又段玉裁〈注〉云：「刀部，剫：『判也』，則此當刪。」從字音言，𢾝、剫二字皆从度得聲，「𢾝」字所收或體「剫」，亦可能爲通假所致，故許慎將之收入其間。

〔註 203〕《說文解字注》，頁 126。

〔註 204〕《說文解字注》，頁 123，頁 180。

〔註 205〕《說文解字注》，頁 634。

字　例	重　文	時　期	字　　形
敡 敡	廎	殷　商	
		西　周	
		春　秋	
		楚　系	
		晉　系	
		齊　系	
		燕　系	
		秦　系	
		秦　朝	
		漢　朝	

248、《說文》「教」字云：「𤕦，上所施下所效也。从攴𡥈。凡教之屬皆从教。𢻆，古文教；𢼀，亦古文教。」〔註206〕

甲骨文作「𣃉」《合》（10），許進雄以爲像「以鞭打方式教小孩學打繩結」〔註207〕，張世超等人指出「象扑子，扑作教刑之意，爻聲。」〔註208〕兩周以來的文字或作「𣃉」〈匜侯載器〉、「𢻆」〈睡虎地・語書 2〉，《說文》篆文「𤕦」與「𢻆」相同；或省略「子」作「𢻆」〈散氏盤〉、「𢼀」〈郭店・唐虞之道 4〉、「𢼀」《馬王堆・雜療方 69》，古文「𢼀」源於此，形體近於「𢼀」；或省略所从之「爻」的部分形體作「𢻆」〈郭店・唐虞之道 5〉，辭例爲「太教（學）之中」，較之於「𢻆」，左側上半部的「乂」爲「爻」之省，或進一步將「乂」省略，作「𡥈」《秦代陶文》（485）；或省略「爻」作「𡥈」〈上博・性情論 4〉，辭例爲「教使然也」；或易「爻」爲「殳」，寫作「𤕦」〈郭店・語叢一 43〉，辭例爲「或生或教者也」，爻、殳作爲形符使用時替代的現象，據「敗」字考證，屬一般形符的替換；或將「𣃉」所从之「子」易爲「言」，作「𤕦」〈郭店・尊德義 4〉，或進一步省略「爻」作「𤕦」〈郭店・尊德義 4〉，辭例依序爲「教之也」、「教非改道也」，《說文》「言」字云：「直言日言，論難日語」，「子」字

〔註206〕《説文解字注》，頁 128。

〔註207〕許進雄：《古文諧聲字根》，頁 357，臺北，臺灣商務印書館，1995 年。

〔註208〕《金文形義通解》，頁 773。

云：「十一月，易气動，萬物滋，人吕爲偁。」〔註209〕「子」像人子之形，「教」字「象扑子，扑作教刑之意」，從「言」者，亦可表示以言語教導之意，「子」、「言」的字義無涉，替代的現象，係造字時對於偏旁意義的選擇不同所致；或從言從爻從口作「<ruby>𧦝</ruby>」〈上博・從政甲篇 3〉，辭例爲「教之以刑則遯」，較之於「<ruby>𤕝</ruby>」，右側的「<ruby>𡥈</ruby>」下半部本應爲「言」，因將「言」置於左側，遂寫作「<ruby>𧦝</ruby>」，致使形體產生左右不對稱，又受到左側「言」的影響，增添「口」於「爻」的下方，遂形成「<ruby>𧦝</ruby>」。古文「<ruby>斆</ruby>」，段玉裁〈注〉云：「右從古文言」，從商周以來的文字構形觀察，段玉裁釋字形爲「從言<ruby>𡥈</ruby>」，所從之「言」，確實可「表示以言語教導之意」，然據「詩」字考證，「<ruby>𡴂</ruby>」爲「心」的訛寫，可知古文所見的「<ruby>𡴂</ruby>」，應爲傳抄訛誤所致。

字 例	重 文	時 期	字 形
教 教	斆， 㸽	殷 商	𣉘《合》(10)
		西 周	𢻹〈散氏盤〉
		春 秋	
		楚 系	𤕝，𤕝〈郭店・尊德義 4〉 𢼄〈郭店・唐虞之道 4〉 𢼄〈郭店・唐虞之道 5〉 𢽙〈郭店・語叢一 43〉 𢽙〈郭店・語叢三 12〉 𡥈〈上博・性情論 4〉 𧦝〈上博・從政甲篇 3〉
		晉 系	𢽙〈王何戈〉
		齊 系	
		燕 系	𢼄〈匽侯載器〉
		秦 系	𢻻〈睡虎地・語書 2〉
		秦 朝	𣃦《秦代陶文》(485)
		漢 朝	𢽙《馬王堆・稱 155》 𢽙《馬王堆・雜療方 69》

249、《說文》「學」字云：「𢽉，覺悟也。從敎冂，冂，尚矇也，臼聲。學，篆文𢽉省。」〔註210〕

〔註209〕《說文解字注》，頁 90，頁 749。

〔註210〕《說文解字注》，頁 128。

甲骨文作「⿱」《合》（952 正）、「⿱」《合》（8304）、「⿱」《合》（30827），基本構形爲「⿱」、「⿱或⿱」，或增添「⿰」；金文或增添「子」作「⿱」〈靜蓋〉，或再增添「女」作「⿱」〈沈子它簋蓋〉，《説文》古文「⿱」、篆文「⿱」形體與之相同，張世超等人指出「爻蓋著莖交午之象形，从臼，示習學之義。」金文所見「⿱」係「教」與「學」的字形混同所致 ﹝註211﹞；戰國楚系文字或作「⿱」〈郭店・老子乙本 3〉，或作「⿱」〈郭店・老子乙本 4〉，辭例依序爲「學者日益」、「絶學無憂」，較之於「⿱」，「⿱」將「爻」省寫爲「丨」，並省略「子」上的「冖」，「⿱」則省略部件「冖」與「爻」。

字 例	重 文	時 期	字 形
學 ⿱	⿱	殷 商	⿱《合》（952 正） ⿱《合》（8304） ⿱《合》（30827）
		西 周	⿱〈沈子它簋蓋〉 ⿱〈靜蓋〉
		春 秋	
		楚 系	⿱〈者沪鐘〉 ⿱〈郭店・老子乙本 3〉 ⿱〈郭店・老子乙本 4〉
		晉 系	⿱〈中山王⿱鼎〉
		齊 系	
		燕 系	
		秦 系	⿱〈睡虎地・日書乙種 14〉
		秦 朝	
		漢 朝	⿱《馬王堆・老子乙本 184》

250、《説文》「卜」字云：「卜，灼剝龜也。象炙龜之形。一曰：『象龜兆之縱衡也』。凡卜之屬皆从卜。⿰，古文卜。」﹝註212﹞

甲骨文作「⿰」《合》（21404）、「⿰」《合》（31686），正反無別，其後的文字多承襲此形體而發展，侯馬盟書作「⿰」〈卜筮類 303.1〉，將斜畫「丶」書寫爲短橫畫「－」，《説文》篆文之「卜」與其相同；或作「⿰」〈曶鼎〉、「⿰」〈明・弧背齊刀〉，將斜畫「丶」易寫爲「丨」或「⿰」，古文之「⿰」與「⿰」

﹝註211﹞ 《金文形義通解》，頁 774～775。

﹝註212﹞ 《説文解字注》，頁 128。

相同；或作「丸」〈郭店・緇衣 46〉，辭例爲「不可爲卜筮也」，形體與「ㄏ」相近，惟於豎畫上增添一道短橫畫「-」，古文字習見增添小圓點「・」或短橫畫「-」的現象，如：「氏」字作「ㄒ」、「ㄒ」〈散氏盤〉，或作「ㄑ」〈杕氏壺〉，「十」字作「｜」《合》（137 正），或作「ㄑ」〈虢季子白盤〉，或作「ㄓ」〈十四年方壺〉，「丸」豎畫上的短橫畫亦爲飾筆的增添。

字 例	重 文	時　期	字　形
卜　卜	ㄏ	殷　商	ㄣ《合》（21404）　ㄟ《合》（31686）
		西　周	ㄣ〈曶鼎〉
		春　秋	卜〈侯馬盟書・卜筮類 303.1〉
		楚　系	丸〈郭店・緇衣 46〉
		晉　系	卜《古陶文彙編》（6.98）
		齊　系	卜〈齊大刀・齊刀〉ㄏ〈明・弧背齊刀〉
		燕　系	卜〈明・弧背燕刀〉
		秦　系	ㄣ〈睡虎地・法律答問 194〉
		秦　朝	卜《秦代陶文》（1406）
		漢　朝	卜《馬王堆・要 8》

251、《說文》「兆」字云：「兆，灼龜坼也。从卜州，象形。州，古文兆省。」〔註213〕

戰國楚系文字作「兆」〈包山 265〉，或从卜作「卦」〈新蔡・乙四 122〉，商承祚云；「卜而後得兆，故篆文从卜。」〔註214〕于省吾以爲「兆」字像「兩人背水而逃」，因而有「分別」之義，形體的演變係由「州 而 州 而 兆 而 兆」〔註215〕，金文从兆之「姚」字作「姚」〈姚鼎〉、「姚」〈虘叔樊鼎〉、「姚」〈毛伯簋〉，戰國楚系「逃」字作「逃」〈上博・容成氏 41〉，「覜」字作「覜」〈郭店・老子甲本 1〉、「覜」〈上博・容成氏 6〉，「乚」兩側所从皆爲「止」，「止」者人之足趾，其形猶如于省吾之「兩人背水而逃」，故其言可備一說。

〔註213〕《說文解字注》，頁 128。

〔註214〕《說文中之古文考》，頁 29。

〔註215〕于省吾：《殷栔駢枝三編・釋兆》，頁 7，臺北，藝文印書館，1971 年。

又燕國刀幣文字作「〣〣」〈明・弧背燕刀〉，睡虎地竹簡爲「兆」〈日書乙種169〉，將之與「〣〣」所从之「兆」相較，「〉」、「〈」與「𠁁」、「𠃊」爲「止」之訛，亦由此可知于省吾所列舉的字形演變，應就秦系文字言，《說文》古文之「〣〣」，蓋由「兆」而來。

字　例	重　文	時　期	字　形
兆　　〣〣	〣〣	殷　商	
		西　周	
		春　秋	
		楚　系	𠁁〈包山 265〉 𣥂〈新蔡・乙四 122〉
		晉　系	
		齊　系	
		燕　系	〣〣〈明・弧背燕刀〉
		秦　系	兆〈睡虎地・日書乙種 169〉
		秦　朝	
		漢　朝	兆《馬王堆・易之義 24》

252、《說文》「用」字云：「用，可施行也。从卜中。衛宏說。凡用之屬皆从用。用，古文用。」 〔註216〕

甲骨文作「用」《合》（6）、「用」《合》（559 正）、「用」《合》（1878 正）、「用」《合》（21405），商承祚以爲像「龜甲之形」〔註217〕，于省吾指出「用」字像有柄的桶形，並以秦簡之「用」作爲「桶」爲證據。〔註218〕從甲骨文的字形觀察，于省吾的說法可從。兩周以來多承襲「用」發展，如：「用」〈大盂鼎〉，或於豎畫上增添小圓點「・」作「用」〈邾公釛鐘〉，或於豎畫上增添一道短橫畫「-」作「用」〈永用析涅壺〉、「用」〈清華・皇門 1〉，《說文》篆文从卜中作「用」，係割裂「用」的形體所致，古文作「用」，形體近於「用」，而與「用」相同。

〔註216〕《說文解字注》，頁 129。

〔註217〕《甲骨文字研究》，頁 190。

〔註218〕于省吾：《甲骨文字釋林・釋用》，頁 359～361，臺北，大通書局，1981 年。

字 例	重 文	時 期	字 形
用		殷 商	⊞《合》(6) ⊞《合》(559 正) ⊔《合》(1878 正) ⊔《合》(21405)
		西 周	⊞〈大盂鼎〉
		春 秋	⊞〈郘公釛鐘〉 ⊞〈石鼓文〉
		楚 系	⊞〈曾侯乙鼎〉 ⊞〈清華・皇門 1〉
		晉 系	⊞〈中山王畧方壺〉
		齊 系	⊞〈子禾子釜〉
		燕 系	⊞〈永用析涅壺〉
		秦 系	⊞〈睡虎地・法律答問 25〉
		秦 朝	⊞〈咸陽瓦〉
		漢 朝	⊞《馬王堆・春秋事語 80》

253、《說文》「爽」字云：「爽，明也。从𣊟大。𤕩，篆文爽。」
〔註219〕

　　甲骨文作「𤕩」《合》(409)、「爽」《合》(32744)、「爽」《合》(36234)，兩側的形體並未固定，或爲「𭅺𭅺」，或爲「𑀦𑀦」，或爲「𖡼𖡼」，金文承襲之，〈矢令方尊〉的「爽」與「爽」相同，〈班簋〉從「＃＃」作「𤕩」，辭例爲「唯作邵考爽」，于省吾以爲無論形體如何變化，皆爲「爽」字，至於作「╳╳」者，與「＃＃」僅是單雙之別〔註220〕，其後文字或作「爽」〈睡虎地・日書甲種 54 背〉、「爽」《馬王堆・經法 43》，所從之「𣊟」，應由「＃＃」而來，《說文》篆文「𤕩」的形體與「爽」近同，商承祚指出「𤕩」當爲古文〔註221〕，字形與「爽」相同。

字 例	重 文	時 期	字 形
爽	𤕩	殷 商	𤕩《合》(409) 爽《合》(32744) 爽《合》(36234)
		西 周	爽〈矢令方尊〉 𤕩〈班簋〉

〔註219〕《說文解字注》，頁 129～130。

〔註220〕于省吾：《殷栔駢枝・釋爽》，頁 41～42，臺北，藝文印書館，1971 年。

〔註221〕《說文中之古文考》，頁 30。

爽	春　秋	
	楚　系	
	晉　系	
	齊　系	
	燕　系	
	秦　系	爽〈睡虎地・日書甲種 54 背〉
	秦　朝	
	漢　朝	爽《馬王堆・經法 14》　爽《馬王堆・經法 43》